ŒUVRES INÉDITES

DE

XAVIER DE MAISTRE

Premiers essais. — Fragments
et correspondance

AVEC UNE ÉTUDE ET DES NOTES

Par EUGÈNE RÉAUME

TOME PREMIER

FAC ET SPERA

PARIS

ALPHONSE LEMERRE, ÉDITEUR

27-31, PASSAGE CHOISEUL, 27-31

M DCCC LXXVII

ŒUVRES

DE

XAVIER DE MAISTRE

ŒUVRES INÉDITES

DE

XAVIER DE MAISTRE

Premiers essais. — Fragments
et correspondance

AVEC UNE ÉTUDE ET DES NOTES

Par EUGÈNE RÉAUME

TOME PREMIER

PARIS

ALPHONSE LEMERRE, ÉDITEUR

27-31, PASSAGE CHOISEUL, 27-31

—

M DCCC LXXVII

ÉTUDE

SUR

XAVIER DE MAISTRE

ÉTUDE

SUR

XAVIER DE MAISTRE

> Les conversations et les correspon-
> dances intimes des personnages où se
> révèlent toutes leurs pensées sont d'un
> prix véritable aux yeux de la généra-
> tion qui les suit immédiatement.
>
> (*Chateaubriand et son temps*, par le
> comte de Marcellus.)

I

ous ne faisons qu'acquitter une dette en inscrivant, dès la première page de ce volume, le nom du comte et de la comtesse de *Marcellus*. Ce nom rappellera aux contemporains de Xavier de Maistre toutes les sévérités d'une conscience fidèle retrouvant l'emploi de son activité dans des travaux d'érudition, tout le charme de la grâce unie à la spi-

rituelle bonté. Encore, à peine sommes-nous assuré que cet hommage, presque imposé par notre gratitude à celle qui en est l'objet, ne va pas troubler sa modestie dans le recueille-ment d'une existence consacrée au culte de chers souvenirs.

M. le comte Édouard de Marcellus, frère du diplomate érudit, nous a par le poids de son nom prêté un précieux concours moral. Il a bien voulu être « de notre parti » contre des scrupules dont, sans lui, nous n'eussions pu triompher; et nous le remercions ici d'une intervention décisive qui nous a permis d'user à notre gré de la correspondance de Xavier de Maistre. « Une telle publication, nous écrit-il de sa retraite de Beauséjour, est une sorte de devoir vis-à-vis de l'homme excellent et si ai-mable qui aimait Mme la comtesse de Marcellus comme sa fille. J'ai regretté vivement que mon frère y eût renoncé, car personne ne le connais-sait mieux. Vous saurez recueillir les souvenirs d'un autre lui-même... Peut-être suis-je poussé par l'involontaire désir de voir ce nom que je porte rapproché du nom de Maistre, quand déjà les lettres de Joseph à mon père mon-trent les sentiments que tous deux s'étaient inspirés mutuellement, sans s'être jamais vus. »

A tort ou à raison, Xavier de Maistre croyait avoir à se plaindre de la publicité. Un émi-nent critique par les éloges les plus flatteurs et les plus délicats n'avait pu se faire pardonner une ligne malencontreuse, une insinuation innocente à ses yeux, mais jugée indiscrète et de mauvais goût. L'ombrageuse susceptibilité du vieillard n'avait plus désarmé et il léguait à son ami, le comte de Marcellus, le soin de « venger » après lui sa mémoire d'un soupçon de « ridicule fatuité ». Tout en recueillant pieusement ce vœu, le second biographe eût, croyons-nous, plaidé pour Sainte-Beuve les circonstances atténuantes en faveur de l'intention.

Cependant le comte de Marcellus, qui n'avait vécu dans l'intimité de Xavier de Maistre que depuis 1828, écrivait en 1852 à la famille, à quelques amis, pour recueillir les matériaux d'une étude biographique où il voulait, non pas défendre une délicatesse inattaquée, mais donner pour cadre à des fragments de correspondance ses informations et ses souvenirs personnels. Nous supposons qu'il se proposait, avec moins d'enthousiasme pour un plus modeste talent, mais avec une sympathie plus profonde, d'élever à son ami un monument semblable à celui qu'il érigeait quelques années après à la mémoire de son maître Chateaubriand. L'empressement ne répondit pas à l'attente de M. de Marcellus. Il recevait avec quelques indications biographiques le manuscrit de trois ou quatre nouvelles inachevées,

mais son enquête venait se heurter à des scrupules respectables ou à des réserves inatten-
dues. Xavier était mort depuis quelques mois
seulement, et si son légataire littéraire esti-
mait faire acte de piété en remplissant immédiatement une dernière volonté, les possesseurs de sa correspondance hésitaient à
livrer sitôt des lettres tout intimes. On se
rappelait que leur auteur redoutait le bruit et
la vive lumière, que nul n'avait semblé plus
étonné que lui-même de ses succès et de sa
célébrité. Nous ne contestons pas la valeur
de pareils motifs à cette époque; mais aujour-
d'hui la popularité persistante et consacrée de
l'aimable conteur l'a fait entrer forcément
tout entier dans le domaine public et dans la
postérité. Ce n'est plus l'ami discret et quelque
peu ombrageux, l'hôte aimé de Naples et de
Castellamare, c'est l'auteur du *Voyage autour de ma chambre* et du *Lépreux*. Depuis
un quart de siècle tous les contemporains de
sa jeunesse ont disparu, — circonstance favorable à la publication des correspondances. —
D'ailleurs, disons-le tout de suite, pour qu'on ne
s'attende point ici à des médisances posthumes,
à de piquantes révélations : la bonté, l'innocente malice de Xavier n'a jamais blessé profondément, elle effleurait à peine les plus maltraités. Le goût des lecteurs, même des lecteurs sérieux, a changé. Ils trouvent une saveur

particulière au style négligé d'une plume qui
court librement sur le papier pour un intime,
saveur qui manque à tant de pages composées
et apprêtées. Aux mémoires posthumes, comme
aux plus consciencieuses études sur un auteur
aimé, ils préfèrent ses épanchements et ses
causeries et se plaisent, moins par indiscrète
curiosité que par passion du naturel, à ces
correspondances qui révèlent l'homme dans
ses habitudes, ses goûts, sa familiarité. On
désire enfin qu'il se produise lui-même, que
son introducteur ou son interprète sache rester dans l'ombre et se retirer à temps. La
critique, c'est son défaut, tire toujours à soi
un écrivain et le tourmente pour le faire déposer dans le sens de ses opinions ; un auteur
dans ses lettres, alors même qu'il se compose ou
se contraint, se manifeste par quelque endroit,
il est toujours lui. Blâmerons-nous le public de
préférer le corps à l'ombre, Xavier de Maistre
au plus exact biographe ? D'ailleurs, dans une vie
si simple, toute en dehors de la scène du monde,
toute remplie par les affections intimes et domestiques, quelle meilleure biographie qu'une
correspondance suivie de vingt-cinq années ?

La correspondance avec la famille Marcellus, « ces pieuses reliques du passé », confiée
à nos mains, nous en avons tout d'abord, sans
plan arrêté et comme sous le charme, transcrit
des lettres entières, de longs fragments. Puis

nous nous sommes avisé qu'ayant cueilli le
meilleur, nous gâterions cette gerbe en la
brisant, en l'éparpillant pour la plier à un travail artificiel. Fallait-il imiter ces amateurs
maladroits qui écrasent sous la lourdeur d'un
cadre énorme quelques fines et délicates aquarelles? Nous avions parfois moins glané que
moissonné largement. Quelques sacrifices nous
étaient donc nécessairement imposés. Quoique
la correspondance d'un homme tel que Xavier
de Maistre ne réclamât point de coupures,
nous en avons souvent usé, sans jamais modi-
fier le texte, pour soulager le lecteur de répéti-
tions, de détails domestiques trop intimes ou
dénués d'intérêt, quelquefois aussi pour mé-
nager la modestie d'amis loués avec la passion
qu'il mettait à les aimer. Le plaisir de nos lecteurs n'eût certes pas racheté pour nous le
déplaisir causé à celle qui s'en est remise à
notre discernement et à notre discrétion, et
n'a fait taire ses scrupules que dans la pensée
d'un public hommage rendu à une chère mémoire. Si la liberté même qui nous était octroyée nous a parfois entraîné, l'hommage
n'en sera que plus complet, et ce sera notre
excuse auprès de celle qui eut le privilége et
l'honneur d'inspirer une si constante amitié
à de Maistre, aussi bien qu'à sa femme et à sa
nièce, de consoler les deuils du père, de ranimer jusqu'au dernier jour les défaillances

du vieillard par la douceur d'une correspondance régulière.

C'est bien aujourd'hui que cette couronne, encore fraîche et verte après vingt-cinq ans, peut, telle que nos mains l'ont tressée, être déposée sur la tombe de Xavier, sans crainte de blesser aucune susceptibilité*. Ces pages intimes augmenteront-elles la renommée littéraire du charmant conteur? Un éditeur peut sembler suspect d'engouement; ce que nous affirmons, c'est qu'elles révèlent un modèle de bonté, de sensibilité exquise, de gratitude pour les moindres services rendus, un trésor de chaleureuse affection que n'avaient diminué ni les deuils les plus cruels, ni le poids des années accumulées.

On trouvera, placées à leur date, quelques lettres émanées de sources différentes. Nous devons à une communication du savant secrétaire de l'Académie des sciences, M. Joseph Bertrand, la première en date de notre recueil (1823). Elle est tirée de la précieuse collection de M. Boutron. M. J. Bertrand nous avait encore signalé deux lettres écrites à la même date, de Saint-Pétersbourg, et classées dans

---

*. On ne s'étonnera pas que nous ayons cru devoir remplacer quelques noms par des initiales ou des étoiles. Bien des réserves sont nécessairement imposées à un éditeur qui doit tout à l'obligeance d'autrui et à qui l'on ne devait rien.

une collection d'autographes appartenant à
Mme de Fourcy. L'une d'elles était adressée à
son père, M. Lami, professeur à l'École des
ponts et chaussées de Saint-Pétersbourg et depuis membre de l'Académie des sciences de
Paris. Xavier écrivait au jeune savant qu'il
acceptait de lui servir de témoin à son mariage. La collection laissée à Sèvres pendant
la dernière guerre avait été dispersée par les
Prussiens; une partie en a été retrouvée plus
ou moins maculée sur le parquet des chambres
ou dans les allées du jardin, mais *la lettre M*
manquait tout entière.

M. le colonel Hüber Saladin, auteur de
quelques romans délicats, fort prisés de Xavier qui s'y connaissait, a bien voulu nous permettre la transcription de quatre lettres. Elles
sont parmi les plus curieuses en ce qu'elles
nous font connaître assez expressément *les
théories politiques* de Xavier. M. Hüber Saladin nous a seulement demandé la suppres-
sion d'une page, flatteuse pour lui, mais intéressant trop directement sa personne et ses
opinions. Les notes qu'il a jointes à ces lettres
témoignent de son obligeance autant que de
sa fraîche et fidèle mémoire. Nous sommes
heureux de lui renouveler ici l'expression de
notre reconnaissance.

Nous devons encore au fils du général Oudinot, à M. le duc de Reggio, communication,

par l'intermédiaire de Mme la comtesse de Marcellus, de cinq lettres qui nous ont prouvé qu'après les Marcellus, c'était la famille Oudinot qui, en France, occupait la meilleure place dans le cœur de Xavier. Cette intimité est maintes fois attestée dans notre correspondance par les fréquents souvenirs donnés à *Eulalie*, aujourd'hui Mme la duchesse douairière de Reggio.

Un de nos plus vifs regrets a été de ne pouvoir enrichir notre volume de cinquante lettres adressées par notre écrivain à Topffer, la première datée du 28 mars 1838, la dernière du commencement de 1846. Un commerce familier entre deux pareils esprits sur des matières de goût, d'art ou de littérature eût jeté une piquante variété sur notre recueil. Mme Topffer ne s'était pas prêtée à cette publication; les filles de l'écrivain genevois ont hérité des scrupules maternels, et leur frère, M. Ch. Topffer, sculpteur distingué à Paris, M. Édouard Sayous, l'historien des Hongrois, allié à la famille, se sont vainement entremis pour obtenir communication de ces lettres. L'association des noms de Topffer et de Maistre ne pouvait cependant qu'honorer et rajeunir la mémoire du premier qui était rempli d'une respectueuse admiration pour son noble correspondant. On en pourra juger par la lettre inédite que nous publions à la fin du second volume.

Des efforts pour grossir notre recueil de lettres, ont aussi été tentés, mais sans plus de succès, au faubourg Saint-Germain, par un bienveillant intermédiaire qui porte l'un des noms les plus illustres de la vieille France. Sa passion pour les recherches littéraires comme pour les travaux d'érudition lui avait suggéré la pensée et l'espoir de nous aider à combler la longue et regrettable lacune qui s'étend dans notre correspondance sur la plus grande partie de la carrière de notre auteur.

A la date de notre première lettre (septembre 1823), Xavier, âgé d'environ soixante ans, était entré dans la vieillesse. Ce n'est pas qu'elle ait jamais atteint un cœur qui devait battre encore près de trente ans ; mais nous eussions aimé offrir à nos lecteurs quelques lettres de son adolescence et de sa vigoureuse maturité. Nous ne doutons pas que Mme la duchesse de Laval, fille de Joseph de Maistre, que les enfants du comte Rodolphe son fils, que les de Vignet de Chambéry, que M. le colonel de Buttel, neveu particulièrement aimé, que Mme la comtesse de Faurax, née de Saint-Réal, tous deux enfants de sœurs et héritiers de Xavier, que d'autres membres encore vivants de la famille ne possèdent un grand nombre de lettres datant de son séjour en Russie (1801 à 1826), ou même antérieures à cette époque. Mais nous n'avons pas supposé pouvoir être plus heureux de ce côté que le comte de Marcellus lui-même à qui l'on écrivait que « la réputation de Xavier de Maistre n'aurait rien à gagner à la publication de ces lettres ». M. J. Philippe, député de la Savoie, sollicitant dans le même but un petit neveu de notre écrivain, M. Amédée de Focas, en a reçu une réponse analogue. L'agrément et l'intérêt d'une pareille publication est affaire de goût et sujette à discussion, son opportunité regarde la famille, elle y est juge sans appel. Nous comprenons par exemple que la correspondance entre Xavier de Maistre et celle qui devint Mme de Maistre en 1812, Sophie Zagriatski, a un caractère trop particulièrement intime pour tomber de longtemps dans le domaine public par le fait d'un membre survivant de la famille.

Sur nos cent seize lettres, quatre seulement avaient été imprimées : la première (29 décembre 1812), fragment extrait de la correspondance diplomatique de Joseph de Maistre, adressée par lui à son souverain, le roi de Sardaigne, la deuxième et la troisième adressées en 1828 à cette jeune *Élisa* dont il est question dans le *Lépreux* et dans l'*Expédition nocturne*, publiées par M. Carrel ; la quatrième (avril 1839), écrite par Xavier à Charpentier, éditeur des *Nouvelles genevoises* de Topffer. Nous avons tiré quelques renseignements bio-

graphiques de notes rapides communiquées
au comte de Marcellus par le baron Gustave
de Friesenhoff. Celui-ci était devenu le neveu
de Xavier de Maistre par son mariage avec
« la chère nièce Natalie », si souvent nommée
dans la correspondance. « Mon oncle, écrit-il
à M. de Marcellus, avait fait, après la mort de
sa femme (30 septembre 1851), un immense auto-
da-fé de tous ses papiers, lettres, dessins, minutes, etc. » Rien n'en fut sauvé qu'une partie de sa correspondance avec sa femme et le
manuscrit de quelques nouvelles inachevées.
Ces nouvelles étaient apparemment la dernière
œuvre de l'écrivain qui y attachait un certain
prix, car l'une des héroïnes de ces petits récits,
Catherine Freminski, hantait encore aux derniers jours sa mémoire défaillante. Aussi avons-
nous extrait de ces cahiers incomplets, couverts de ratures et de renvois, les pages les
meilleures et les plus suivies. On ne lira pas
sans intérêt celles qui offrent un pittoresque
tableau de mœurs des paysans russes.

Mᵐᵉ la baronne de Friesenhoff possédait de
son oncle un petit livret de pensées détachées
et un autre de poésies. L'auteur, toutes les fois
que ce dernier lui tombait sous la main, ne
manquait pas d'en arracher quelque feuille qui
lui déplaisait dans le moment. On le voit, la
sévérité du frère aîné sur cet article n'avait
qu'à demi découragé Xavier de faire des vers,

mais ces rigoureuses exécutions n'avaient dû
en épargner que la fleur. Nous regrettons
d'autant plus de n'avoir pas eu ce choix entre
les mains, que nous ne pouvons offrir à nos
lecteurs que quelques pièces qui ont déjà vu
le jour.

M. J. Troubat, secrétaire de Sainte-Beuve
et héritier de ses papiers et manuscrits, a
bien voulu chercher de nouveau dans ses papiers une ode de Xavier (1817), que le critique
avait promise à M. J. Philippe pour son *Anthologie des Poëtes de la Savoie* (1865). A défaut
de cette ode décidément perdue, nous avons
tiré de ce dernier volume deux fables tradui-
tes, ou plutôt, croyons-nous, très-librement
imitées par notre auteur du poëte russe
Kriloff. Nous reproduisons aussi, après un
journal parisien, une pièce adressée à la princesse H. G. « Elle n'est pas la seule, dit l'auteur de l'article : M. de Maistre a fait beaucoup de vers et laissé de nombreux manuscrits,
entre autres une traduction du poëte russe
Pouchkine, précieusement conservée par ses
amis. » La parenté de Mme de Maistre et des
dames Pouchkine, leur cohabitation à Rome
attestée par une lettre de l'auteur, l'imitation
des deux fables que nous venons de signaler
rendent vraisemblable le fait de quelques traductions du poëte russe. Si Xavier comprenait
le russe un peu mieux que Joseph, il ne le

c

parlait guère; il a pu occuper ainsi quelques
heures de son long exil dans le Nord, mais nous
doutons qu'il ait jamais songé à une traduction de longue haleine des œuvres de Pouchkine. Nous n'en trouvons aucune trace dans
ses lettres à Mme la comtesse de Marcellus,
qu'il tient si exactement au courant de ses
travaux artistiques comme de ses moindres
lectures. En tout cas, le témoignage de M. de
Friesenhoff, cité plus haut, ne permet pas
de supposer qu'un grand nombre de ces pièces
ait échappé à la destruction.

Des deux autres pièces données par nous,
l'une, *le Prisonnier et le Papillon,* avait déjà
été reproduite par Sainte-Beuve, l'autre, *l'Épi-*
taphe du chat Pantalone, est tirée de l'étude
du comte de Marcellus, *Chateaubriand et son*
temps. Quelques personnes, dit Sainte-Beuve,
ont copie de son épitaphe, qui rappelle un
peu celle de La Fontaine. Il n'en cite que les
quatre premiers vers :

> Ci-gît sous cette pierre grise
> Xavier qui de tout s'étonnait,
> Demandant d'où venait la bise
> Et pourquoi Jupiter tonnait !

Verrons-nous dans ce badinage la preuve
d'une orgueilleuse modestie? Sans insister sur
la valeur de notre explication, n'est-ce pas
plutôt une allusion plaisante à son goût pas-

sionné pour les problèmes : de physique, de chimie et de météorologie?

Nous avons exactement reproduit les manuscrits, ne nous permettant jamais sous aucun prétexte de rien ajouter au texte. Lorsqu'un mot manquait par suite d'une inadvertance évidente, nous l'avons rétabli entre crochets. Là toutefois se sont arrêtés nos scrupules. Nous aurions craint d'encourir le reproche d'un pédantisme ridicule, d'une véritable trahison envers notre aimable conteur qui ne s'est jamais piqué d'érudition et de philologie, en affectant de conserver certaines irrégularités d'orthographe. Xavier de Maistre néglige l'accord du participe aussi bien que la règle de concordance des temps subordonnés ; il supprime volontiers les *y*, met ou retranche les lettres doubles un peu au hasard et sans souci de l'étymologie, emploie tantôt la forme *oit*, tantôt la forme *ait*, etc. Nous souvenant que Xavier de Maistre est un homme de l'*ancien régime*, nous avons pu respecter quelques *archaïsmes* caractéristiques, non les *anomalies* orthographiques qui échappent à la plume distraite d'un vieillard.

En 1852, M. de Friesenhoff engageant le comte de Marcellus à persévérer, malgré quelques difficultés, dans son projet de publication, lui écrivait ces lignes : « Vous ferez certainement quelque chose d'agréable à la famille, à ses amis et au public qui aime les jolies lectures, *si vous augmentez le nombre par trop restreint des œuvres de Xavier de Maistre,* et *si vous vous servez, pour raconter sa belle vie, de cette plume que vous savez si bien manier.* » Un quart de siècle s'est écoulé et la mort a poursuivi son œuvre dans le cercle chaque jour plus restreint de la famille et des amis; elle a prématurément glacé cette main qui tenait la plume la plus capable de faire revivre Xavier de Maistre. Et nous qui avons recueilli ce vœu deux fois exprimé à vingt-cinq ans de distance par son neveu, par le frère de son meilleur ami, puissions-nous l'avoir rempli de manière à satisfaire à la fois famille amis et public!

II

Je ne connais rien de plus fàcheux pour la renommée d'un écrivain que d'être surfait par un enthousiasme maladroit; les grands hommes eux-mêmes y perdent quelque chose. Laissons donc Xavier de Maistre à sa place, ni plus haut, ni plus bas; elle est assez honorable pour contenter ses plus fervents admirateurs.

Heureux l'écrivain qui n'a livré au public, sous la forme d'un ou deux volumes, que la quintessence de son esprit et de son cœur, ou qui, dans le naufrage inévitable d'une œuvre trop lourde, a su du moins sauver quelques pages à l'adresse de la postérité! Les *Caractères* de La Bruyère, *Gil Blas*, *Manon Lescaut*, *Paul et Virginie*, *Colomba*, *Picciola*, le *Voyage autour de ma chambre*, *Le Lépreux* sont du petit nombre de ces livres privilégiés.

D'où vient l'heureuse fortune de ces chefs-d'œuvre, quel est le secret de leur popularité incontestée et de bon aloi? C'est, outre des mérites divers et inégaux, qu'on s'y garde des controverses et des polémiques passionnées. Le fond en est tantôt une histoire vraie, tantôt la mise en action d'un lieu commun, rayon de bon sens, type frappant d'un sentiment éternel. Quoi de plus simple que l'invention? Ici de petits portraits, médaillons merveilleusement frappés, galerie de *caractères* variés, toujours vrais, toujours vivants; là, dans une sorte d'odyssée à travers toutes les conditions sociales, un aventurier aux prises avec la vie, fils de Panurge et père de Figaro; ailleurs c'est un amant de vingt ans affolé d'une folle et misérable maîtresse, ou bien encore deux enfants qui s'aiment, sans le savoir, au milieu des splendeurs d'un paysage nouveau : cœurs vierges sous les forêts vierges. Enfin, que le conteur mette en scène une sœur armée pour la vengeance d'un frère, un prisonnier amoureux d'une fleur, un officier aux arrêts trompant la consigne par un *Voyage autour de sa chambre,* un pauvre paria, dévoré de lèpre, qui refuse courageusement la main tendue d'un ami, quel que soit le cadre, la fiction ou le personnage, peu d'incidents romanesques, point de coups de théâtre, jamais de lourdes dissertations. Ces tableaux, ces petits récits, simples parfois jusqu'à la naïveté, survivront, par le mérite de la brièveté, du naturel, de la candeur et de la simplicité, à de hautes spéculations, à de brillants

paradoxes, à des œuvres plus profondes. Écrivains, polémistes, vaillants athlètes qui avez
combattu de grands combats pour les passions
du siècle que vous avez crues l'éternelle vérité, vous demeurerez ensevelis sous la poussière de vos champs de bataille, oubliés comme
les plus obscurs soldats : un heureux conteur
aura le privilége d'intéresser par une larme ou
un sourire et cette larme ne se séchera pas
et ce sourire gardera une grâce inéffaçable !

Quand un paysage a été décrit par un grand
écrivain, une maison chantée par un illustre
poëte; c'est à cet écrivain, à ce poëte qu'il
faut demander les premiers renseignements
sur le toit héréditaire et sur ses maîtres, surtout s'il en fut un jour l'hôte et toujours
l'ami. Laissons donc la parole à Lamartine,
d'autant plus volontiers que, malgré la profonde divergence de leurs opinions, Xavier l'a
toujours admiré et aimé, comme il le dit,
« quand même ». « Un hasard m'a fait connaître familièrement, à la fleur de mes jours,
les trois frères de Xavier de Maistre et plus
tard Joseph de Maistre lui-même. En voyageant en Savoie et en visitant un ami d'enfance qui était le neveu des de Maistre, alors
presque ignorés, je tombai par accident dans le
nid champêtre qui avait vu naître cette cou-
vée d'hommes extraordinaires. C'était une
de ces maisonnettes (demeure ordinaire des

gentilshommes peu opulents de la Savoie), en
général carrées ou basses, que rien ne distingue
trop des maisons de la petite bourgeoisie qu'une
ou deux tourelles qui flanquent les angles et
qui ressemblent plus à des colombiers qu'à des
bastions... On l'appelait *Bissy*. Je l'ai célébrée
dans mes premiers vers par une épître familière adressée au colonel de Maistre, propriétaire de cet hermitage. La maison est située
sur le flanc septentrional de la vallée qui court,
à travers des prairies et des bocages, de Chambéry au lac du Bourget. La haute muraille
noire du *Mont du chat* étend et gonfle ses
fondements jusque dans cette vallée; ses ruis-
seaux, ses cascades, ses longues ombres s'y
versent dans le torrent large et rocailleux de
l'Aïsse. Tout y est retentissant de leurs murmures et de leur fraîcheur. C'est sur un de
ces renflements des racines du Mont du chat
qu'est assise la maison de Bissy. Un petit
bois de châtaigniers sauvages, toujours jeunes,
parce qu'on les coupe toujours pour le chauf-
fage de la métairie, la domine et la protége
du vent du nord; une petite cour pavée de
cailloux de deux couleurs roulés par l'Aïsse et
arrosée d'une fontaine, comme dans les cours
de village en Suisse ou dans le Jura, y coule
à petits filets, d'un tronc d'arbre creusé et
verdi de mousse. Un corridor, une cuisine,
une salle à manger, quelques chambres basses

pour les provisions, les lingeries, les domestiques composent le rez-de-chaussée. On monte par un escalier de pierres grises au premier étage, où l'on trouve un petit salon et cinq ou six chambres de maîtres ou d'hôtes. »

Malgré le charme de la description, assurément exacte dans son poétique ensemble, négligeons le parterre, le verger, le potager, la prairie, les immenses noyers, les oliviers gigantesques du Nord, le torrent de l'Aïsse, l'horizon fermé par les tourelles du petit manoir de Servolex et la montagne de Nivolet. Pénétrons sur les pas du poëte dans le rustique manoir. « C'est là que vivait à cette époque la famille. Elle se composait du *comte de Maistre* l'aîné, ambassadeur de Sardaigne à Pétersbourg, rentrant après une longue absence dans sa patrie..... de sa femme et de ses filles retrouvées à cette halte après une longue séparation, du *colonel de Maistre*, propriétaire de Bissy, de sa femme toujours souriante et de quelques nièces aussi enjouées et aussi avenantes que cette tante ; de l'*abbé de Maistre*, autre frère qui devait bientôt devenir évêque d'Aoste, et en fin de *Xavier de Maistre*, dont on regrettait l'absence et qu'on attendait de Pétersbourg, où un heureux et riche mariage avait fixé son sort errant. » Lamartine ne nomme pas un cinquième frère, *Victor*, qui mourut jeune. Celui que le poëte appelle le

d

colonel de Maistre est le *chevalier Nicolas*
qui devint colonel du régiment de Savoie.
Une lettre de Nicolas, adressée de Vigevano
(17 mai 1798) à la comtesse Ponte, raconte
comment il contribua avec trois cents hommes à Gravelone, au cri de *Savoie, Savoie, en
avant!* à sauver un régiment de Savoisiens
écrasé par les Français et à rejeter ceux-ci
sur l'autre rive de la Strona. En 1815 il fut
l'un des quatre députés de la Savoie envoyés à
Paris pour demander à l'empereur Alexandre
que ce pays fût rendu à ses anciens maîtres.

En résumé, le chef de cette famille, Fran-
çois Xavier de Maistre, d'origine languedo-
cienne, avocat fiscal près le Sénat de Savoie,
dont il devint président, eut de son mariage,
contracté le 7 avril 1750, avec Mlle Christine
de Motz dix enfants, cinq filles et cinq fils :
Joseph fut magistrat comme son père, *André*
entra dans les ordres, les trois derniers, *Nicolas, Xavier* et *Victor,* ont suivi la carrière des
armes. Joseph et l'une des sœurs, Marie, ont
été parrain et marraine de Xavier.

Ce n'est là qu'un sec dénombrement; il
faudrait pouvoir s'arrêter devant chaque
portrait, en relever, comme fait Lamartine, la
physionomie et le trait original. Le philosophe
Joseph, la gloire alors et la majesté de la
famille; l'abbé à la fois très-pieux et très-
enjoué, une sorte de Sterne savoyard, l'égal au

moins de ses deux frères lettrés, par l'esprit,
l'étrangeté et la sève locale; le colonel, la
bonté par excellence, jouissant de tous ses
frères comme un père aurait joui de la supériorité de ses fils, parlant du comte comme
d'un prophète, de l'abbé comme d'un saint,
de Xavier comme de l'ami, du Benjamin absent et regretté de la tribu.

Ce qu'il faut demander à un poëte, ce sont
des impressions plutôt que des renseignements
précis. Lamartine ne nous dit pas, il l'igno-
rait assurément, en quelle année naquit Xavier.
Notre auteur écrit dans une lettre qu'il est né
à Chambéry, le 8 octobre 1760. Si nous ne
connaissions les distractions de Xavier, quel
témoignage semble plus probant que le sien?
Une lettre du baron de Friesenhoff le fait
naître en 1762; Sainte-Beuve et la plupart de
ses biographes le font naître avec raison,
croyons-nous, en octobre 1763. Une lettre de
1828, adressée à *Élisa,* dans laquelle Xavier
se donne soixante-cinq ans, paraît confirmer
cette assertion. Xavier écrit à Mme de Marcellus : « Il n'est pas au pouvoir de Dieu
lui-même de me faire mourir à *soixante-dix
ans,* parce que j'en ai *soixante et onze.* » Ce
dernier témoignage semblerait péremptoire,
la plaisanterie reposant précisément sur l'exactitude du chiffre; malheureusement la lettre,
par exception, n'est pas datée. Les actes offi-

ciels aux mains de la famille auraient seuls pu
trancher la question.

Tandis que le comte Joseph, suivant l'usage
traditionnel des gentilshommes savoisiens,
embrassait la carrière parlementaire et séna-
toriale, le comte Xavier, entré au service, fut
fait officier dans l'infanterie de marine sarde.
Un duel du jeune officier en garnison à
Alexandrie qui valut, à lui quarante-deux
jours d'arrêts, au public le *Voyage autour
de ma chambre*, une tentative d'ascension en
montgolfière (1784), dont nous reproduisons
en tête de ce volume la piquante relation
donnée par l'auteur lui-même, tels sont les
seuls épisodes connus d'une jeunesse qui nous
montre Xavier avide d'aventures de toutes
sortes, curieux d'expériences scientifiques,
plume déjà vive et alerte comme son épée.

« Je dois à la vérité d'avouer, disait-il un
jour dans sa vieillesse, que, pendant cet espace
de temps, j'ai fait consciencieusement la vie
de garnison, sans songer à écrire et assez rarement à lire ; il est probable que vous n'auriez
jamais entendu parler de moi sans la circonstance indiquée dans mon *Voyage autour de
ma chambre* et qui me fit garder les arrêts
pendant quelque temps. » Xavier écrit dans une
lettre (Naples, 1837), à propos de ses projets
d'éducation pour son jeune fils, qu'il a été le
plus paresseux des enfants. Nous voulons bien

l'en croire, mais il paraît que si les premières
études furent un peu négligées, plus tard le
« militaire », pour réparer autant que possible
cette lacune, dans son séjour à Aoste (1793-
1797), entre la trentième et la trente-cin-
quième année, aurait pris des leçons de littérature et de philosophie du Père Frassy, professeur de rhétorique, du Père Alexandre
et de quelques autres Barnabites au collége
d'Aoste. M. de Saint-Réal, intendant à Aoste,
son proche parent, homme très-savant et bon
littérateur, se faisait rendre compte toutes les
semaines des leçons qu'il avait reçues de ces
maîtres. Xavier cultivait aussi à la même époque le dessin et la peinture. S'il faut en croire
ce témoignage, de Maistre se serait donc sur
le tard et bien courageusement remis en quelque sorte sur les bancs, sous la haute surveil-
lance de son parent. Cela nous étonne un peu
de la part de l'officier ardent et chatouilleux,
du hasardeux aéronaute qui risquait son ascension à l'insu de sa famille. Il est vrai que l'un
des professeurs barnabites était oncle de « *la
charmante Élisa* ».

Lorsque la Savoie devint française, Xavier
s'engagea dans l'armée de Souvaroff et pendant
sa campagne d'Italie se lia avec son chef d'une
amitié de frère d'armes. Nous ignorons s'il
assistait aux journées de Cassano, de Trébie,
de Novi et de Zurich; ce qui est certain,

c'est qu'il accompagna Souvaroff disgracié par Paul Ier et lui ferma les yeux à Moscou. La disgrâce et la mort de l'illustre feld-maréchal étaient un coup fâcheux pour la fortune du jeune officier, qui avait pris du service, le 5 janvier 1800, dans l'armée russe avec son grade de capitaine. Alors commence une période de difficultés pour l'exilé, qui dut au talent de son pinceau de pouvoir subvenir aux embarras d'une partie de sa famille. Pendant que Joseph, ministre plénipotentiaire à Saint-Pétersbourg d'un roi dépossédé, s'efforçait d'y vivre à peu près sans traitement, Xavier, lui, ouvrait un atelier et n'était sans doute pas le moins riche des deux frères. Plus tard, l'auteur semble n'avoir pas volontiers fait allusion à cette époque de sa vie où il déploya pourtant le plus d'activité et d'énergie; une fois seulement il écrit : « Heureux qui n'est pas obligé de faire des tableaux pour vivre! » C'est moins vanité, à notre avis, que rancune contre un régime si contraire à son tempérament; et de fait il aima toujours une vie douce, méditative et sans souci du lendemain. Promu au grade de major, le 22 janvier 1802, nommé par l'empereur Alexandre, le 4 avril 1805, membre honoraire du département de l'amirauté, puis, grâce à l'amiral Tchitchagoff qui s'était pris d'amitié pour Joseph, appelé à la direction du musée de ce département, il reprend dans la société russe un rang officiel qui le rapproche de son frère le diplomate et lui permet de faire face aux énormes exigences de la vie à Saint-Pétersbourg. Dans cet emploi il obtint successivement les grades de lieutenant-colonel, le 12 décembre 1807, et de colonel, le 26 août 1809. Ces faveurs n'avaient pas laissé d'exciter la jalousie de quelques officiers sardes engagés au service de la Russie. Bien que l'usage en Russie autorisât tous les membres d'une famille à porter le même titre que le chef, on protestait contre le titre de comte donné au cadet des Maistre; on allait jusqu'à l'appeler déserteur pour avoir suivi Souvaroff en Russie. Joseph s'indignait de ces mesquines jalousies, d'autant plus justement qu'il s'était imposé la loi de ne jamais rien demander pour lui et les siens, et patronnait chaudement tous les officiers piémontais : « Lorsqu'on est tout à la fois, écrivait-il, militaire, physicien, chimiste, écrivain brillant, dessinateur de premier ordre, etc., on peut bien obtenir quelque chose. Celui qui envoie des chansons aux dames et des mémoires à l'Académie des sciences sortira nécessairement des rangs. » Joseph ne poussait pas le désintéressement jusqu'à repousser les grâces de l'empereur qui venaient chercher son fils et son frère. Le 8 juillet 1810, Xavier passa dans la suite de l'empereur à l'état-major, division de l'administration du quartier-

maître général, et quelques jours après, entre
dans l'armée active, il fut envoyé en Géorgie.
Il y accompagna le marquis Paulucci à Ti-
flis, assista, du 30 septembre au 21 octobre,
aux opérations dirigées contre les peuplades
insoumises du Kouban et prit part à la pour-
suite du chef Shah Aali, dans l'expédition du
Tabassaran. Pendant cette campagne, Xavier
se distingua souvent, et surtout au siège de
la forteresse Akhaltzich, où, dans une sortie
faite par l'ennemi, il fut blessé au bras par
un coup de feu tiré à bout portant. Une
lettre de Joseph écrite le 1/13 février 1811
confirme cet accident : « Mon frère Xavier
a été blessé grièvement à Alkaleik, en Géorgie.
Dans une lettre qu'il a dictée le 19 décembre
(v. style), il me charge de vous témoigner
combien il regrette que son bras droit, percé
de part en part, ne lui permette pas d'écrire.
Trente-deux jours après le coup, l'inflamma-
tion n'avait pas diminué et les chirurgiens
n'étaient pas d'accord. L'un disait que le pé-
rioste avait été attaqué, l'autre voulait que ce
fût un tendon. Tous s'accordaient pour une
opération qui me tient fort en souci jusqu'à ce
que j'en sache le résultat. » Heureusement
pour le militaire et l'artiste le bras guérit.

L'année suivante, Xavier demande un congé
et contracte un mariage depuis longtemps désiré. Nous trouvons dans une lettre de Joseph

datée du 19 février (2 mars) 1812, d'intéressants détails sur cette union : « Je vous prie de vouloir bien faire part à S. M. (le roi de Sardaigne) du prochain mariage de mon frère, colonel dans l'état-major général de l'armée à la suite de Sa Majesté Impériale, avec Mlle Zagriatski, demoiselle d'honneur de Leurs Majestés Impériales. C'est une personne du plus grand mérite et de la plus grande distinction. Sa Majesté Impériale a daigné donner à ce mariage une approbation qui ajoute beaucoup à la satisfaction de ma famille. Le grand Maréchal de la Cour est venu voir Mlle Zagriatski dans l'appartement qu'elle occupe au palais et lui a fait part qu'en témoignage de l'approbation que l'Empereur donnait à ce mariage, il daignait convertir pour elle en pension viagère la somme de 3,000 roubles que les demoiselles d'honneur reçoivent annuellement pour leur entretien et qu'on nomme *argent de table*. Il lui a promis de plus qu'à la première occasion, Sa Majesté Impériale daignerait encore approcher mon frère de sa personne en le nommant son aide de camp. » Dans une lettre écrite le 12 mars de l'année suivante, Joseph donne quelques détails qui montrent que, si ce mariage était affaire d'inclination, l'intérêt autant que l'amour-propre trouvait ample satisfaction dans cette union. « Mon frère a joué de bonheur dans cette

e

affaire d'une manière bien-singulière. Le mariage, excellent sous tous les autres rapports,
était un peu faible sous celui' de la fortune ;
mais le jour-même où il a quitté sa femme
pour se rendre au quartier général de l'Empereur, où il a été rappelé (le 11/23 février, dernier), le chambellan Zagriatsky, frère unique
de la demoiselle, a jugé à propos de mourir
d'un coup d'apoplexie dans sa terre de Tamboff. C'était un fort mauvais sujet, dissipateur
du premier ordre ; cependant la terre seule
de Tamboff vaut 1,200,000 roubles au moins,
et ce n'était pas sa seule propriété. D'ailleurs,
l'oncle d'ici (grand échanson, et non grand
chambellan, comme je l'ai dit par distraction)
a 40,000 roubles de rente, et cette hoirie,
qui devait se fondre dans celle du neveu qui
la dévorait d'avance, se trouve libre et tómbe-
ra encore à ces dames. Des personnes parfaitement au fait des affaires de cette maison
m'assurent que, toute soustraction faite, il ne
peut pas rester à mon frère ou à sa femme
moins de deux mille paysans, c'est-à-dire plus
de 50,000 livres de Piémont de rente. L'air de
Russie, comme Votre Majesté voit, nous convient assez..» L'oraison funèbre du beau-frère
chambellan est plus laconique que l'énumération des biens apportés à Mme de Maistre par
cette mort opportune. Les Maistre ont trop
d'orgueil pour être intéressés, mais l'aîné, long-

temps besoigneux malgré la plus stricte économie, trop fier et désintéressé pour se plaindre de la gène, n'est pas fâché d'exposer aux
yeux du roi le contraste entre son honorable
pauvreté et la brillante position de son frère.
Les âmes les plus hautes ne peuvent s'empêcher de sourire un instant aux faveurs inac-
coutumées de la fortune. Quant à Xavier,
nous l'avons dit, ce qu'il rechercha le moins
dans ce mariage ce fut la dot, et les riches espérances qu'il lui apportait ont même pu contribuer, avec un caractère délicat et ombrageux
comme le sien, à en retarder la conclusion.

Une lettre adressée par Xavier à son frère
et datée de Vilna (9/21 décembre 1812), nous le
montre assistant à l'affreux désastre de notre
armée, contemplant avec un profond sentiment de pitié pour les Français, d'horreur
pour « l'homme infernal qui les a conduits à
cet excès de malheur »; « ce champ de bataille
continu » depuis Moscou jusqu'à la frontière.

Au 18/30 avril 1813, Xavier était quartier-
maître de l'armée commandée par le lieutenant-général Walmoden « qui, suivant les apparences, est destiné à de grandes aventures
et doit incessamment entrer en Hollande ».
« Mon frère, ajoute Joseph, voit les choses
de près et ne peut plus douter du succès, depuis qu'il voit l'esprit public et l'enthousiasme
allemand : chacun court aux armes, chacun.

s'empresse de fournir aux dépenses nécessaires. L'Université de Kœnisberg a fait une adresse à ses·sœurs, dans·laquelle elle dit qu'il ne s'agit plus de science en ce moment, qu'il faut fermer les livres et monter à cheval; c'est ce que tous les jeunes gens ont fait. » Ce grand mouvement ,national· nous préparait la défaite de Leipsick, à laquelle assista le fils de Joseph, Rodolphe de Maistre, mais·non Xavier, retenu alors par une fièvre obstinée dans ·un village de Silésie.

Le 7 août 1813, ce dernier. se rendit sous les murs de Dantzick, avec le grade de général-major qui lui avait été donné le 18 juillet précédent, en récompense de ses services comme officier d'état-major. A dater du 15 novembre 1813, il compta effectivement dans l'armée russe, qu'il devait quitter peu d'années après,· poussé sans doute par. quelques difficultés que lui créa, malgré sa·bonté, la susceptibilité de son caractère.

Enfin, pour épuiser les renseignements biographiques fournis par la correspondance de Joseph, dans une lettre du 6/18 avril 1815 qui met en scène une partie de la famille, Mme de Saint-Réal, sœur de MM.·de Maistre, le vicaire général de Chambéry ·et de Tarentaise, leur frère, appelé à Paris, puis à Bordeaux, pour une œuvre de conversions, nous voyons Xavier avec son jeune ·neveu « qui partent pour cette infernale guerre que le soldat russe va faire cependant en dansant ». C'est un douloureux spectacle, mais qui ne surprend pas, de voir dans cette correspondance l'Europe entière se ruer sur la France avec cette furie pour venger vingt ans d'affronts et de revers, et deux écrivains, Français par la langue comme par tant de côtés de leur esprit, malgré leurs secrètes et involontaires sympathies, applaudir alors à ces terribles représailles.

Après la guerre, Xavier fut envoyé à Abo, en Finlande ; il s'y trouvait, et sans sa femme, en 1816, comme nous l'apprend une lettre de Joseph. Nous perdons ensuite la trace de Xavier ; nous savons seulement qu'après un séjour à Moscou, il vint habiter définitivement Saint-Pétersbourg. Là, retiré pendant dix ans dans sa tranquille demeure du quai de la Moïka, il ne la quitta qu'une fois pour un voyage d'affaires dans les terres de sa femme. La perte de deux enfants, attribuée à l'inclémence du climat, le détermina sans doute, après un court séjour en 1825 dans son pays natal, à venir habiter douze années en Italie, (1826-1838), dans l'espoir, hélas déçu, d'y sauver ses deux derniers enfants. A partir de 1828, à Pise, à Lucques, à Livourne, à Rome, à Naples, à Castellamare, sa vie est si bien unie par une affectueuse intimité à celle de la famille de Marcellus que nous suivons dans une corres-

pondance mensuelle, parfois hebdomadaire,
je ne dirai pas les événements d'une existence
uniforme et brisée, mais les mouvements de
son cœur, sa vie morale et les progrès conti-
nus d'une affection qui allégea le poids de ses
douleurs. Quand la mort lui eut tout ravi,
lorsque le père eut éprouvé le midi aussi inclé-
ment que le nord, il dit adieu à l'Italie; mais
avant le départ, un dernier et douloureux pè-
lerinage lui reste à accomplir : il veut repasser
par Livourne « qui demande un autre tribut
de larmes ». Xavier laissait en Italie deux
tombes, la moitié de son cœur, et pourtant,
invincible séduction de cette adorable contrée,
les doux souvenirs qu'il emporte sont presque
aussi vivaces, aussi puissants sur son âme que
ses douleurs paternelles.

Après ces deuils, jusqu'à son retour définitif
en Russie, plus d'incidents, sauf des changements de stations, des aménagements dont le
soin incombe à Mme de Maistre, une visite à
Audour, domaine de la famille Marcellus, et un
séjour de quelques mois à Paris (1838-1839) sur
lequel notre correspondance fournit d'intéressants détails. Xavier voyait Paris pour la
première fois, âgé de soixante-seize ans. Cette
année même, il retourne à Saint-Pétersbourg,
qu'il ne quittait plus qu'à la belle saison pour
quelque campagne voisine. « Mlle J.., écrivait
à cette époque son neveu, a assisté aux der-

niers joûrs de sa vie, lorsque, quittant la ville, il partait pour la campagne et se trouvait tout à coup en face de ce golfe qu'il revoyait après une longue absence et qu'il se rappelait les jours où, amoureux de Sophie, son sort fut fixé à jamais. » Xavier de Maistre meurt à Saint-Pétersbourg, le 12 juin 1852.

Xavier devait atteindre les limites d'une extrême vieillesse, voir disparaître tous les contemporains de sa jeunesse, et enfin sa chère Sophie (30 septembre 1851). Dès lors il ne vivra plus, il attendra la mort. Mme de Maistre morte, il brûla tous ses papiers, comme si, sa vie terminée, il eût voulu anéantir jusqu'aux derniers confidents de ses joies et de ses deuils. Mais avant ce dernier coup, malgré les infirmités qui enchaînaient ses membres, malgré « la léthargie » qui envahissait parfois son esprit, il s'obstine à vivre par le cœur, par le regret de la patrie, par l'affection des siens. « Si je pouvais être jalouse de mon mari, disait Mme de Maistre, je le serais de sa famille. » S'absente-t-elle quelques jours, Xavier est tout déconcerté. « Je ne suis bon à rien, écrivait-il, quand je suis *dépareillé*. » Et quand il a perdu sa femme, c'est vers cette famille et un ou deux amis qu'il se retourne tout entier. Au lendemain de son veuvage, il dictait une lettre pour son neveu M. de Buttel et depuis lui en envoyait une par la poste chaque jour.

« Sans le souvenir de mes amis absents et les témoignages d'amitié que j'en reçois, je cesserais bien vite d'exister et, comme la lampe des vierges folles, je m'éteindrais faute d'huile. » (30 avril 1844.) A qui adresse-t-il cette charmante pensée? aux Marcellus, on le pense bien, à cette seconde famille de son cœur. La lampe, avant de s'éteindre, doit jeter encore quelques douces lueurs; nous le voyons ainsi pendant huit années, cet homme du Midi, cet amant du soleil et de l'Italie, transplanté par le hasard sur les bords de la Néva, lutter bravement contre les glaces de l'âge et de sa patrie d'adoption. « Toutes les fois, écrit-il, qu'une pensée agréable, gaie, *ou même un peu folle,* se présente, je lui ouvre à deux battants toutes les portes de mon imagination, et au lieu d'appeler cette faculté précieuse *la folle de la maison,* je me jette à corps perdu dans ses bras et je m'en trouve bien. » Xavier à quatre-vingts ans! N'est-ce pas comme un de ces derniers rayons d'hiver qui colorent encore sous le ciel du Nord un sombre paysage de sapins et de bouleaux? Bien que Mme de Maistre ait entouré la vie de son mari d'une affection passionnée, bien qu'elle ait assaisonné des plus exquises douceurs « ce pain amer de l'étranger qui a tant de graviers sous les dents », jamais, nous le croyons, il ne s'est acclimaté sous ce ciel si avare de lumière pour les yeux et le pinceau

de l'artiste. Lamartine a dit avec plus d'esprit
que de justesse : « Les glaces de la Russie semblaient l'avoir conservé. » En réalité son cœur
aimant s'y morfondait ; il soupire après « sa
pauvre petite Savoie ». La note du regret
vibre sincère et continue chez de Maistre.
Si sa pensée s'envole parfois à Rome, « cette
seconde patrie de tout homme qui a une
âme », il écrira : « Je vous avoue que je regrette vivement mon pays, mes parents et *la
France, qui est bien aussi mon pays.* » Xavier
a regardé comme un devoir, n'ayant plus rien
à défendre contre la mort, de ramener dans
sa patrie celle qui lui avait apporté toute félicité, mais il ne peut s'empêcher à chaque lettre
de s'écrier : « Ah ! quelle différence avec ma vie
d'Italie, de Nice, de Savoie et de Paris ! »

Et puis, le dirons-nous, Xavier semble un
peu perdu et comme délaissé dans ce froid et
brillant désert de Saint-Pétersbourg. Sa femme
a bien des parents haut placés, mais la vie officielle et les devoirs de leurs charges les ab-
sorbent ; à peine rend-on de loin en loin quelques visites à ce vieillard infirme, deux fois
étranger pour cette famille. Quelle différence
avec sa petite cour de Castellamare !

La France et Paris même il les aime, ou croit
les aimer, ne fût-ce que par contraste. « A Paris, écrit-il, *on est quelque chose par soi-même,*
sans avoir besoin de faveurs et de décora-

tions ! » Curieux et involontaire hommage
rendu à l'esprit d'égalité et de liberté dont,
en toute autre circonstance, Xavier faisait
assez bon marché. Illusion flatteuse en somme
pour ses amitiés, car ce qu'il aime de Paris, ce
n'est ni le bruit, ni la pluie, ni la boue, ni le
ciel, ni le mouvement, ni le quai *Voltaire*, ni
les Chambres surtout, ni rien enfin de ce qui
fait la physionomie, la vie et le mouvement
de la grande ville ; il aime deux ou trois hôtels
que nous pourrions citer, le culte discret rendu
à son talent et quelques rares amis qui lui
rappellent les plus douces années de sa longue
vie. Si la mort n'eût devancé l'empressement
des siens, sa famille, croyons-nous, s'apprê-
tait à rapatrier le pauvre veuf exilé, pour lui
donner la consolation de mourir et de reposer à l'ombre de ses montagnes savoisiennes.

En résumé, comme l'atteste le surnom de
« *bien bon* » qu'on lui donnait dans sa famille,
le trait dominant de ce caractère est *la bonté*.
Mme de Maistre appelait un jour son mari
« notre *adorable malade* ». Quel éloge en deux
mots ! Pour un malade, il est déjà si beau
d'être seulement supportable ! M. le comte
Georges de Caraman, dans une lettre à son ami
le comte de Marcellus, relève aussi ce mérite
particulier : « M. de Maistre, vénérable et
aimable vieillard, *plein d'indulgence et de
bonté*, si intéressant par les malheurs dont il a

été accablé et qui, dans la simplicité et la *douceur* de ses manières, semble ne pas se douter
de sa réputation ».

La seule lecture des œuvres de Xavier de
Maistre fait déjà deviner la nature de son esprit simple et loyal, sa sensibilité vraie, rele-
vée d'un grain de sel gaulois, sa bonhomie
finement railleuse. Les lettres des deux frères
écrites à leur famille, à leurs amis nous permettent de compléter la physionomie morale
de notre aimable conteur.

L'esprit *pratique* semble faire un peu défaut
à toute la famille. Le troisième frère, André,
l'évêque d'Aoste, celui qu'on appelle assez
plaisamment dans l'intimité « *le frère Pope* »,
enjoué et sérieux, pieux et badin, ne paraît
pas échapper lui-même à ce trait de caractère.
Joseph, en dépit de la rigidité de ses doctrines,
répète souvent de lui-même que « Dieu le fit
pour *penser* et non pour *vouloir* ». « Je souffre ridiculement de me voir *penser à mes
affaires*, j'aimerais mieux couper du bois » ; et
ailleurs : « Je prévois que je ne prévoirai jamais. » L'inflexible théoricien disparaît dans
les détails de la vie pratique. Heureusement
que, comme son frère, il a une femme dévouée, vigilante, « *Madame Prudence* », qui sait
vouloir pour lui. Xavier est coupable au premier chef d'inconséquences et de distractions
« souvent incommodes pour ses amis », bref,

c'est un rêveur. « Molière, dit-il dans *'Expédition nocturne,* a fort mal à propos tourné en ridicule un homme qui s'amuse à faire des ronds dans les puits. » L'auteur ici plaide un peu sa cause, car il ne dédaigne pas cette faculté de détendre un instant le ressort de l'intelligence pour le reposer. La distraction, qui prouve le désintéressement des intérêts matériels, est, sinon la fin, du moins le commencement de la sagesse ; tous les philosophes ont été distraits. A propos d'une ode commencée depuis huit ans et dont le début ne répondait plus à la fin : « Tu sais, disait aussi Xavier à son aîné, que je ne fais jamais ce que je veux. » Joseph, écrivant à sa fille Adèle, lui peint ainsi son oncle : « Il se moque de lui-même sur ses lubies de la meilleure grâce du monde. C'est *un excellent homme* qu'il faut prendre comme il est. Chez lui tout dépend de l'inspiration. Tu penses bien, ma chère Adèle, que je voudrais fort t'envoyer le portrait de ton vieux papa fait de cette main habile, mais, jusqu'à présent, il n'y a pas moyen ; ce n'est pas qu'il ne dise souvent : « A propos, il faut que je fasse ton portrait, mais bientôt une idée vient à la traverse et les jours se passent ainsi. » Ce que Xavier tarde tant à faire avec son pinceau, Joseph, lui, d'un trait de plume l'achève ; ces lignes ne sont-elles pas un portrait ? Trois ans après, voulant ranimer le goût de sa fille qui se plaint d'être découragée de peindre, il écrit encore : « Ton oncle est sujet plus que personne à cette *maladie*, mais dans les intervalles des paroxysmes, il enfante de jolies choses. » Rien de plus profond que l'affection des deux frères, avec une nuance marquée de respectueuse déférence du cadet pour l'aîné. Joseph séparé de son frère emprunte à Horace son expression si touchante : « Il a emporté avec lui *la moitié de ma vie; cette plaie est incurable.* » Joseph a donc les meilleures raisons pour n'admonester qu'avec une affectueuse indulgence les distractions du cher capitaine *Pococurante*, il sait et confesse tout le premier que la *pococuranza* est un mal de famille.

Après tout, ce défaut est inhérent, dit-on, à l'esprit français et rien n'est plus français que la famille des Maistre. Joseph s'indignait d'être né à Chambéry; c'était, disait-il, une erreur de la nature qui l'avait fait Savoisien. « Je vous ai trouvé excessivement Français dans quelques-unes de vos pensées, écrit-il un jour à M. de Bonald, on vous en blâmera, je vous pardonne; je le suis bien, moi qui ne le suis pas. *La nature a naturalisé ma famille chez vous, en faisant entrer la langue française jusque dans la moelle de nos os.....* Il ne me vient pas seulement en tête qu'on puisse être éloquent dans une autre langue qu'en français. » Et qu'on ne voie pas là un simple échange de politesses internationales avec le vicomte de Bonald. Ce n'est pas la France que les Maistre ont haïe, mais son gouvernement de conquêtes et d'oppression. Le jour où disparut de la scène celui que Joseph appelait « le mauvais génie de la France » et Xavier « l'homme infernal », tout en restant de l'*opposition*, ils se reprirent à aimer la France, qui n'avait jamais cessé d'exercer sur leur esprit une irrésistible attraction. En somme, ce n'est ni pour Chambéry, ni pour Turin, ni pour Saint-Pétersbourg qu'ils ont écrit, c'est pour Paris.

Qu'on nous pardonne, comme Xavier de Maistre l'eût fait lui-même, de nous être laissé un instant entraîner sur la trace du « glorieux aîné ». Aussi bien ne pouvions-nous achever le portrait moral de notre auteur sans rappeler sa respectueuse tendresse pour son frère et l'esprit de famille qui l'animait. Sans doute, il eut des défauts, une vive susceptibilité, tout cœur aimant y est sujet, une grande faiblesse, bien naturelle chez un artiste distrait et rêveur. Mme de Friesenhoff appelait spirituellement sa tante « *le mari* ». « Le bien bon » avait dû, croyons-nous, abdiquer de bonne heure à son grand profit. En somme, ce fut, disait son neveu, « un cœur d'or ». N'est-ce pas là le tout de l'homme ? « J'ai toujours été *un peu enfant* toute ma

vie », écrivait à Mme de Marcellus Xavier de
Maistre, quelques mois avant sa mort. Il faisait là sa confession générale. C'est le dernier
mot de sa correspondance et peut-être bien de
son caractère.

III

UELQUE charme que nous éprou-
vions aux souvenirs d'une corres-
pondance qui nous a introduit dans
l'intimité d'un bon, aimable et spi-
rituel vieillard, elle ne saurait nous
faire oublier les premiers, les véritables titres
littéraires de l'écrivain, ceux auxquels l'auteur
doit sa popularité. Écrivain! auteur! termes im-
propres et déplaisants, appliqués à celui qui
fut écrivain presque à son insu, et qui, soit
par modestie, soit pour tout autre motif, ne
voulait pas être auteur. « *C'est écrit comme
nous* », disait Joseph à propos du *Voyage* et du
Lépreux. Il ne fait là que rapporter le mot
incorrect d'un admirateur, car il fut toujours
très-*puriste;* mais l'expression peint assez bien
je ne sais quel dédain secret pour le métier
d'écrivain proprement dit, quelle désinvolture
de gentilhomme qui ne dissimule pas ses lectures et ses études, mais se pique d'écrire
toujours un peu « la bride sur le cou ».

Joseph, le premier éditeur du *Voyage autour de ma chambre,* appelle cette œuvre

« une bluette » et telle paraît bien réellement l'opinion des deux frères. Cinq *bluettes* dont la plus longue n'a pas quatre-vingts pages, en voilà assez pour assurer à Xavier un nom et un souvenir à côté de l'illustre auteur du *Pape*. Des hardis paradoxes, des spéculations politiques, des prophéties éloquentes de l'inflexible théoricien, qu'a retenu le public? Une invective contre Voltaire, une étrange apologie du bourreau. L'illustre aîné, malgré tout son génie, après un demi-siècle est un astre pâlissant; la petite étoile du jeune frère, du modeste conteur n'a rien perdu de son doux éclat. Xavier, nous le verrons, ne fût-ce que par esprit de famille et piété fraternelle, partage toutes les opinions de Joseph, mais il se garde bien de disserter, de dogmatiser, de foudroyer comme lui; ce ne sont pas là ses affaires. Les problèmes ardus de morale, de philosophie, de politique, il les effleure parfois dans ses récits, mais pour tourner court et rompre brusquement le propos par une boutade humoristique à la Sterne. Ce n'est pas qu'il repousse l'inspiration sérieuse d'un beau mouvement, quand son âme est vivement émue. Il est trop sincère, trop lui-même, trop *naïf*, pour rougir d'un noble sentiment éloquemment exprimé. Personne n'a écrit une page plus touchante sur l'immortalité de l'âme à propos de la mort d'un ami, presque digne du souvenir de Montaigne à son ami la Boëtie. On connaît moins ce beau passage de l'*Expédition nocturne* sur le même sujet : « J'aime à penser que ce n'est point le hasard qui conduit jusqu'à mes yeux cette émanation des mondes éloignés, et chaque étoile verse avec sa lumière un rayon d'espérance dans mon cœur. Eh quoi! ces merveilles n'auraient-elles d'autre rapport avec moi que celui de briller à mes yeux? et ma pensée qui s'élève jusqu'à elles, mon cœur qui s'émeut à leur aspect leur seraient-ils étrangers?... Spectateur éphémère d'un spectacle éternel, l'homme lève un instant les yeux vers le ciel et les referme pour toujours; mais pendant cet instant rapide qui lui est accordé, de tous les points du ciel et depuis les bornes de l'univers, un rayon consolateur part de chaque monde et vient frapper ses regards pour lui annoncer qu'il existe un rapport entre l'immensité et lui et qu'il est associé à l'éternité. » La note est rarement aussi élevée. Ces échappées vers le ciel et les étoiles cèdent ordinairement la place à une piété moins lyrique, plus terrestre. Disciple d'Horace plutôt que de Pascal, il terminera par ces mots une vaine tentative de trancher la question de prééminence entre la raison et le sentiment : « Je me consolai, pensant que le résultat de mes spéculations ne ferait au moins de mal à personne, je laissai la question indécise et je résolus pour le reste de mes jours de suivre alternativement ma tête et mon cœur, suivant que l'un des deux l'emporterait sur l'autre... Je vais descendant le rapide sentier de la vie, sans crainte et sans projets, en riant et en pleurant tour à tour et souvent à la fois, ou bien en sifflant quelque vieil air pour me désennuyer le long du chemin. D'autres fois, je cueille une marguerite dans le coin d'une haie, j'en arrache les feuilles les unes après les autres en disant : *Elle m'aime, un peu, beaucoup, passionnément, pas du tout...* en effet, Élisa ne m'aime plus. » Voilà le vrai Xavier, le capitaine *Pococurante*. La dissertation à peine entamée se termine par une pointe de badinage. Sa philosophie est sans prétention, à son usage personnel, tirée non des livres, mais de son cœur, de sa propre vie, des émotions de l'heure présente, du fond de ses entrailles. Éclectique, il sert à sa fantaisie l'âme ou « *la bête* », *l'autre*, comme il dit ; mais à dire vrai, bien plus la première. « Je pense, écrit-il, qu'il faut se permettre de rire, ou du moins de sourire, toutes les fois que l'occasion *innocente* s'en présente. » Épicurien plus ému, plus humain qu'Horace, il laisse parfois entrevoir une larme sous le sourire.

Ainsi, Xavier de Maistre possède tous les tons, toutes les cordes depuis les plus graves jusqu'aux plus gracieusement légères. Dans ses

deux *voyages*, où « l'immensité et l'éternité
sont à ses ordres », il effleure en se jouant et
sans se piquer d'aucune solution, mais avec un
bon sens précis et finement railleur, une foule
de questions sociales et philosophiques. Un
duel, « une affaire », l'a fait mettre aux arrêts
et forcé de voyager quarante-deux jours autour de sa chambre. Jeune et militaire, il est
forcément l'esclave du préjugé, mais sa raison
y échappe. Nul mieux que lui ne sent la contradiction de sa conduite et de sa théorie, il
ne s'écriera pas avec l'emphase du philosophe
genevois : « Celui qui va se battre de gaieté
de cœur n'est à mes yeux qu'une bête féroce
qui s'efforce d'en déchirer une autre ! » Écou-
tez-le vous demander avec son fin sourire :
« Est-il rien de plus naturel et de plus juste
que de se couper la gorge avec quelqu'un qui
vous marche sur le pied par inadvertance? »
Charmante boutade qui en dit plus qu'une
longue dissertation !

Voulez-vous l'interroger sur la guerre ? il ne
se fait pas plus d'illusion sur la gloire des conquérants, et avec une pointe d'amère raillerie
qui rappelle une belle page de La Bruyère, il
vous répondra : « Comme si l'orage de la vie
n'était pas assez impétueux, comme s'il nous
poussait trop lentement aux barrières de l'existence, les nations en masse s'égorgent en courant et préviennent le terme fixé par la nature.

Des conquérants, entraînés eux-mêmes par le rapide tourbillon du temps, s'amusent à jeter des milliers d'hommes sur le carreau. Eh! messieurs, à quoi songez-vous? Attendez! ces bonnes gens allaient mourir de leur belle mort... Attendez, au nom du ciel! Encore un instant, et vous, et vos ennemis, et moi et les marguerites, tout cela va finir! Peut-on s'étonner assez d'une semblable démence? » Quelle conscience, quelle expression de l'insanité et du néant des hommes! Et dans le chapitre suivant, notre sage fait remonter à qui de droit la responsabilité morale de ces massacres. « La Providence fait agir les plus grands hommes comme des marionnettes, tandis qu'ils s'imaginent conduire le monde; un petit mouvement d'orgueil qu'elle leur souffle dans le cœur suffit pour faire périr des armées entières et pour retourner une nation sens dessus dessous. » En 1812, Xavier, nous l'avons vu, bien qu'attaché au service de la Russie, en présence de nos soldats gisant sur toutes les routes, ne pouvait retenir un cri du cœur, une parole d'indignation contre la criminelle folie d'un de ces conquérants.

Si modeste et inconscient de son mérite que fût Xavier de Maistre, il avait été bien aise de voir le *Voyage autour de ma chambre* imprimé à son insu (Turin, 1794) par les soins de son frère, et il s'était mis à écrire les premières pages de l'*Expédition nocturne*. Joseph, son parrain littéraire, comme son parrain devant l'église, l'en détourna, se méfiant, disait-il, des *suites* et des *secondes parties*. Xavier néanmoins acheva à Saint-Pétersbourg le second *voyage*, et bien lui en prit d'avoir une fois par hasard désobéi à son mentor. Si l'on peut critiquer quelque monotonie résultant de l'emploi réitéré d'un artifice et d'un cadre fournis par l'humoriste anglais, l'inspiration est différente dans les deux voyages. L'œuvre du jeune officier cherchant à tromper l'ennui de ses loisirs forcés peut être plus légère, plus variée, plus originale; l'*Expédition nocturne,* quoique moins lue et moins vantée, accuse plus de profondeur, de mélancolie, de sensibilité. L'auteur a plus réfléchi, plus vécu.

Le Lépreux de la cité d'Aoste, « ce Job moderne », fut encore imprimé par Joseph à Saint-Pétersbourg et parut avec le premier voyage en 1812. Ce serait une tâche aussi fastidieuse qu'inutile de résumer, en les analysant, ces simples histoires auxquelles le talent du narrateur prête tout leur charme. Comme l'a dit excellemment Sainte-Beuve : Xavier « copie la réalité dans l'anecdote; l'idéal est dans le choix, dans la délicatesse du trait et dans un certain ton humain et pieux qui s'y répand doucement ». Là est tout le talent du conteur. Aussi ceux qui ont abordé les mêmes récits

lui ont-ils, par la comparaison, préparé un trop
facile triomphe. Le critique que nous citions
raconte que Mme Olympe Cottu, sur les conseils de Lamennais, entreprit « une édition
revue, corrigée et augmentée » du *Lépreux*.
A ce mélange si humain de résignation et de
désespoir elle voulut substituer une piété chré-
tienne et raisonneuse, c'est-à-dire que le récit
le plus touchant, le plus pathétique disparaît
sous une froide dissertation. Où le narrateur
excelle, c'est dans l'émotion subitement pro-
voquée par un mot, un sentiment tirés de la
situation même. Qui ne se rappelle les dernières lignes du *Lépreux*, au moment du départ de son interlocuteur ? « Vous n'avez jamais serré la main de personne, accordez-moi
la faveur de serrer la mienne, c'est celle d'un
ami... Le lépreux recula de quelques pas avec
une sorte d'effroi. » Voilà les coups de théâtre
de ce charmant esprit, de cette âme délicate.
En lisant ces mots, sans savoir pourquoi, l'on
se sent les yeux humides. Aussi Joseph, qui s'y
connaissait et ne gâtait point son frère, écrivait-il au marquis de Costa (avril 1816). « Je
suis charmé que vous ayez goûté *le Lépreux*
dont je suis grand partisan. » Ne quittons pas
ce récit sans rapporter à ce propos un mot plaisant que je trouve dans une lettre du frère
aîné au marquis de Maisonfort (9 mai 1817).
On présentait *le Lépreux* au censeur chargé

de délivrer le permis d'impression : « Hum !
fit-il avec une grimace, on a déjà bien écrit sur
cette maladie ! » mais un censeur littéraire,
surtout à Saint-Pétersbourg, n'était pas tenu
de lire, encore moins de comprendre.

Nous ne recommencerons pas le parallèle
si bien fait par Patin et Sainte-Beuve entre
l'*Élisabeth* de Mme Cottin et la *Prascovie* de
la jeune Sibérienne. Les femmes ont l'âme
sensible ; mais, quand elles écrivent, la plupart
veulent donner trop d'esprit à leur émotion ;
leurs larmes n'oublient pas le miroir. Mme Cottin n'a pas compris combien la réalité est plus
intéressante que la fiction, l'histoire que le
roman, et elle a gâté, comme Mme Cottu,
un *drame* tout fait par un drame romanesque
et sentimental. Quelle bévue de faciliter à
son héroïne l'invraisemblable voyage accompli
pour obtenir la grâce de son père, par de
hautes et puissantes protections qui, veillant
de près et de loin sur elle, la conduisent
par la main jusqu'au pied du trône impérial !
Quelle niaiserie de substituer des ressorts romanesques à la piété, à la foi qui, transportant
les montagnes, peut bien, Dieu seul aidant,
traverser les steppes désertes de la Russie !
« Prascovie, nous dit l'auteur, raconta les
aventures pénibles de son voyage avec tant
de simplicité et une éloquence si naturelle,
qu'elle fit répandre des larmes aux dames qui

l'écoutaient et leur inspira le plus vif intérêt. »
L'écrivain et son héroïne sont évidemment
de la même école. Xavier donne chemin faisant
le précepte de vie pratique que La Bruyère avait
déjà appliqué à la théorie du style : « L'étude
approfondie du monde ramène toujours ceux
qui l'ont faite avec fruit à paraître simples et
sans prétentions, en sorte que l'on travaille
quelquefois longtemps pour arriver au point
par où l'on devrait commencer »; ajoutons
que cette simplicité est le comble de l'art et
du talent et que, pour la sentir seulement,
il faut un esprit sain et un goût éprouvé.
Cette trame simple et unie, en repoussant les
enjolivements du style comme les inventions
romanesques, n'en admet pas moins les traits
rapides d'une fine observation, d'une raillerie
demi-voilée. Prascovie a langui un mois dans
les antichambres; le jour où elle a enfin parlé
à l'Impératrice, chacun s'intéresse à elle, chacun la veut protéger : « On observa même
qu'elle avait une jolie tournure et de beaux
yeux. » Que c'est bien là le ton de fade galanterie propre à certains courtisans! Prascovie vient enfin d'obtenir la grâce de son père,
il lui reste à accomplir un dernier vœu, celui
d'achever ses jours dans un couvent, ou plutôt
d'y aller mourir; mais le couvent qu'elle a
choisi, battu par les vents, aggrave encore le
mal qui la consume. « L'abbesse, que des affaires

h

appelaient à Saint-Pétersbourg, résolut d'emmener avec elle Prascovie. Outre l'espoir de favoriser par ce voyage le rétablissement de sa santé, *la bonne dame pensait avec raison que la réputation de sa novice et l'affection que tout le monde lui portait dans la capitale seraient utiles aux intérêts du couvent. Prascovie devint une solliciteuse aussi active que désintéressée.* » Quelle expérience des mobiles humains, quelle touche légère pour peindre d'un mot l'entraînement de ce zèle pieux qui parfois confond à son insu les intérêts spirituels et temporels !

La *jeune Sibérienne* nous a montré cette sainte témérité de l'innocence qui déconcerte la perversité humaine en n'y croyant pas. Dans les *Prisonniers du Caucase*, l'auteur semble avoir voulu lui opposer cette hardiesse virile qui connaît la méchanceté, l'ose affronter et combattre des mêmes armes, par la ruse comme par l'audace et la violence. Mérimée n'a rien écrit de plus coloré, de plus énergique que cette scène où Kascambo, le fidèle serviteur, sauve malgré lui son maître prisonnier, en versant le sang de leurs ennemis et nous contraint d'admirer son féroce et sublime dévouement.

Prascovie et Kascambo, le dévouement dans la douceur résignée et dans la force intrépide, quel contraste et quelle souplesse de talent, quelle variété de tons et de couleurs ! Xavier de Maistre, nous l'avons dit était peintre ;

n'est-ce pas, comme l'ont prouvé quelques artistes contemporains, une condition favorable
pour la vérité des narrations? L'artiste écrivain voit mieux le tableau qu'il peut à son gré
peindre ou décrire, évoquer sous son pinceau
ou sous sa plume. Le récit prend un corps,
les plans se dessinent, les traits s'accusent plus
nettement sous la plume de l'artiste pour qui
n'existe aucune création qu'à la condition d'être
déterminée et en quelque sorte palpable.

Est-ce à dire que le talent du conteur soit
absolument irréprochable, que la critique ne
découvre aucune tache parmi tant de qualités?
Sur quels préceptes juger l'esprit du *Voyage*,
ce léger tissu brodé de propos interrompus, de
digressions, d'épisodes, de hors-d'œuvre et de
parenthèses, cette « bluette », cette « agréable
bagatelle » assaisonnée d'un grain de philosophie sentimentale? On n'analyse pas plus l'*hu-
mour* de Sterne que la fantaisie de Xavier de
Maistre, son disciple. Disons seulement que si
le premier a plus d'imprévu, de sève et d'ex-
centrique originalité, le second a plus de grâce
aimable, d'émotion et de netteté. Là même où
les écrivains de notre langue sont tributaires
des étrangers, ils leur ajoutent « le vernis des
maîtres », la clarté. Les autres récits de l'auteur nous paraissent des modèles du genre. La
note de sensibilité y est toujours juste et pénétrante — tout ce qui vient du cœur chez

Xavier est irréprochable. A peine relèverait-on
parfois un peu de recherche et d'afféterie,
quelques expressions de galanterie légèrement
surannée.

Il ne faut pas l'oublier, Xavier de Maistre,
malgré sa simplicité, sa *bonhomie*, est homme
de cour; écrivain des dernières années du
XVIIIe siècle, par sa naissance, son éducation,
son mariage, ses opinions, il appartient tout
entier à cet « ancien régime » qui n'a pu voir
dans la Révolution et l'Empire que des fléaux
destructeurs et dont toutes les racines plon-
gent encore, à travers le XVIIIe siècle, dans la
société aristocratique du siècle précédent.
Cette noblesse a vu tout à coup disparaître dans
la tourmente trône, autel, foyers, chefs de
famille; elle a emporté dans ses divers exils,
langue, mœurs, traditions, et, s'en étonner
serait puéril, longs et amers ressentiments.
Grâce à Dieu, il n'y a plus en France « *d'émigrés* »; aujourd'hui surtout les derniers revers
de la patrie nous l'ont prouvé. On peut donc
s'incliner devant ces fidélités qui ont tout sa-
crifié sans espoir de revendication. D'ailleurs,
quelque opinion que l'on professe en France à
cette heure, quand on a vu, depuis tantôt cinquante ans, tant de chartes déchirées, tant de
serments violés, la force triomphante fouler
aux pieds le droit, juger, poursuivre et châtier
ses rares défenseurs, quand on a vu la poli-

tique « du fait accompli » substituée à l'éternelle morale, on croit saluer en cette petite
phalange, quelles que soient ses préventions,
les plus obstinés représentants de la foi, de
l'antique honneur et du respect de soi-même.
Il en est d'ailleurs parmi eux qui n'ont pas
fermé les yeux à la lumière, maudit toute aspi-
ration vers le progrès, et qui, cœurs vaillants,
consicences fidèles, esprits logiques et ouverts,
voudraient sincèrement concilier la tradition
et le progrès.

Xavier de Maistre, gentilhomme piémontais,
frère d'un évêque et du plus éloquent écrivain de
l'école *autoritaire*, allié à une des plus anciennes
familles de la Russie, sujet obstinément fidèle,
comme son aîné, d'un souverain malheureux,
Xavier à tous ces titres joignait des états de
service qui devaient lui ouvrir partout les
portes d'une société dévouée aux mêmes principes. — Il y avait, quelle que fût leur nationalité, comme une sainte alliance entre tous
ces desservants d'un même culte. Ce lien
commun ne fut pas, nous l'avons dit, la haine
de la France : — Les Maistre, qui n'étaient
pas Français, l'avaient combattue sans la dé-
tester, avec la plume, avec l'épée, — ce fut
la haine de la Révolution, ce fut surtout la
haine de Napoléon. Ils ont désarmé avec toute
l'Europe.

Xavier, au premier abord, semble ne guère

se soucier de politique. « Que Dieu vous accorde la santé et la paix, voilà ma profession de foi politique. » Reçoit-il de Lamartine sa *Politique rationnelle?* « Cet ouvrage, dit-il, n'est pas de ma compétence. » Il revient souvent sur son « inaptitude » en cette matière. On croirait parfois qu'il subordonne ses opinions à ses affections, à son besoin de repos, à certaines velléités d'égoïsme sénile bien pardonnables chez un vieillard malheureux ; il ne demande qu'à « pouvoir couler en paix quelques années qui lui sont peut-être encore dévolues ». Il semble même prendre son parti des malheurs du temps, s'ils épargnent du moins ses amitiés. « La fusée se brûlera en France et ne vous brûlera pas », écrit-il à ses amis. Qu'on ne se trompe pas cependant à cette apparente indifférence. Ses principes, quand il se donne la peine de les exprimer, sont très-arrêtés ; au fond, son esprit est trempé à la même source que celui de Joseph, ses *dogmes* ne sont pas moins absolus, en ce sens qu'il est partisan de l'autorité sans contrôle ni contre-poids, ennemi de toute liberté politique.

Nous comprenons que Xavier raille ou maudisse quelques tentatives de révoltes avortées et certains remuements qui dès lors agitaient déjà l'Italie : échauffourées misérables ou criminelles aux yeux d'un juge qui ne voit rien au-dessus des droits d'un gouvernement établi.

Nous ne demandons pas à Xavier ce don de
prophétie qu'on a quelquefois attribué à son
frère Joseph; nous lui reprochons encore moins
de n'avoir pu deviner cette nouvelle Italie,
affranchie, régénérée par un concours de circonstances inouïes, ramenée dans le concert
des plus puissantes nations de l'Europe, par
une monarchie libérale et bien servie, toujours
la première à provoquer les utiles réformes;
non, mais nous aimerions qu'un cœur si humain
laissât échapper quelque compassion généreuse
pour les tressaillements de la Pologne. Si la
revendication par les Polonais des conventions
mêmes du traité de 1815, cette charte politique
de l'ancienne société, ne semblait pas à Xavier
suffisamment légitime, nous voudrions au moins,
en dépit des intérêts qui le liaient à la Russie,
un mot de sympathie pour l'héroïque résistance,
un mot de regret pour l'inflexible rigueur de
la répression.

Xavier de Maistre, dans une chambre française, eût siégé à l'extrême droite et n'eût pu
s'entendre même avec les royalistes constitu-
tionnels.

« Un jour, en 1838, raconte M. de Marcellus, dans les loisirs de ma retraite où il
avait bien voulu me suivre, comme je lisais
avec le comte Xavier de Maistre le début de *la
Monarchie selon la Charte*, à ces paroles : « Je
sais bien comment on établit le despotisme;

je ne sais pas comment on fait un despote dans la famille des Bourbons », mon ami m'interrompit vivement : « Tant pis, me dit-il, le Bourbon despote c'est Louis XIV. *Comptez-vous avoir mieux?* Voici la première fois de ma longue vie que je mets les pieds en France, et je n'y trouve pas les Français plus capables de se diriger eux-mêmes que les Russes avec lesquels je vis depuis quarante ans. Comme eux, vos laboureurs, qui sont la majorité de la nation, payent, obéissent, ne font, ni ne demandent de révolutions, et valent moralement beaucoup mieux que ceux qui les mènent. *Le gouvernement d'un seul leur va bien mieux que toutes vos subtilités représentatives et votre prétendue indépendance.* Je vous avoue que d'après tout le tapage que vous faites en Europe de toute votre civilisation, je la croyais plus avancée. » Pressez Xavier de Maistre, il professe franchement *l'absolutisme*, laissez-le à sa pente naturelle, il pense comme Montaigne qui ne songe qu'à « planter une cheville en nostre roue pour en arrester le bransle », ou encore comme « ce bon M. Pibrac », ennemi de tout changement :

Aime l'Estat tel que tu le vois estre,
S'il est royal, aime la royauté,
S'il est de peu, ou bien communauté,
Ayme l'aussi, quand Dieu t'y a faict naistre.

Pour les deux frères de Maistre, toute an-

cienne souveraineté est inviolable, et le temps
qui dévore tout doit faire éternellement reverdir ces tiges immortelles, parce qu'elles sont
« de droit divin ». Bon ou mauvais, monarchique
ou républicain, une nation est condamnée à
garder son gouvernement en vertu de ce principe d'immobilité. Xavier, dans une lettre au
colonel Hüber Saladin, essaie de formuler ainsi
son *Credo* politique : « Un bon gouvernement,
c'est une réunion d'honnêtes gens, quel que
soit le nom qu'on lui donne, soit qu'ils aient
un roi à leur tète, *soit qu'ils se gouvernent eux-
mêmes.* » Tout en paraissant faire une énorme
concession au libéralisme de son jeune correspondant suisse, Xavier là encore est conséquent
avec lui-même, car ce qu'il dénie à un peuple,
c'est le droit de faire une révolution. Reste à
définir et surtout à trouver ce gouvernement
d'honnêtes gens ! En politique, comme en toute
chose, Xavier estime plus commode de fermer
les yeux, de s'en rapporter à la Providence. Après
avoir, dans une autre lettre, déclaré le gouvernement représentatif impossible. « Voilà, écrit-il,
mon opinion *à laquelle je ne tiens pas davantage
qu'à celle qui lui est contraire,* mais j'espère
en Dieu qui peut tout arranger et qui seul le
peut. » Sa politique est donc, si l'on peut dire,
négative ; elle se résout en une sorte de fatalisme religieux qui est le fond de toute doctrine théocratique : La volonté humaine et la

i

liberté sont considérées, non comme le but et la dignité de notre race, mais comme un attentat à l'omnipotence divine. En fait de liberté, l'auteur du *Voyage* n'est pas difficile, il ne réclame que celle « de saisir en passant l'herbe et les fleurs qui sont sur le bord du chemin »; à ce compte on comprend qu'il ne soit guère gêné même par « le joug du Czar », auquel il échappa d'ailleurs si longtemps par des *congés* et de longues absences. Mais la dose de liberté personnelle qui satisfait la fantaisie d'un rêveur peu exigeant suffit-elle en toutes circonstances aux aspirations d'un peuple?

Rien ne saurait mieux résumer les opinions philosophiques et religieuses de l'auteur qu'un fragment de conversation emprunté à M. de Marcellus. C'est encore un souvenir du séjour que fit en 1838, à Audour, l'auteur du *Lépreux* : « Joseph, me disait-il, n'était pas autant que moi épris des champs et de la nature ; il était partisan déterminé des villes et de leur prétendue civilisation. Il lui fallait le tumulte des capitales et le choc des esprits, quand il me suffisait à moi d'un brin d'herbe..... Le génie de Joseph s'élançait vers les espaces célestes pour planer d'en haut sur la pauvre humanité, tandis que je demeurais terre à terre auprès d'elle. Il regardait toujours au-dessus de lui et moi au-dessous. » Ici Xavier énumérait avec effusion et respect les bienfaits fraternels et il

mettait au nombre des services rendus l'honneur que l'auteur des *Soirées de Saint-Pétersbourg* lui avait fait en daignant quelquefois emprunter sa plume. Puis, se rappelant un hymne
du philosophe grec Proclus, qui faisait leurs
délices en Russie, et relisant les dernières
strophes que son savant ami venait de lui tra-
duire, il s'écriait : « Partout la prière est le
premier cri du cœur de l'homme. Oui, quand
je repasse mon *Pater* au fond de mon âme,
dès que mes lèvres le murmurent, je me sens
fier de m'unir ainsi en pensée avec tant de
grands esprits qui l'ont redit depuis dix-huit
siècles, avec un si grand nombre de mes frères
qui, dans les deux mondes, le récitent journel-
lement, enfin avec ce Dieu qui l'a dicté, qui
veut qu'on le répète et promet de ne pas le
laisser prononcer en vain. » C'est ainsi que,
sous un hêtre arrondi qui borde la route vers
les collines du Mâconnais, échauffé au contact
de la piété antique et de l'érudition d'un ami,
Xavier exaltait son âme, et improvisait, lui
aussi, son hymne religieux avec une sorte d'enthousiasme. Reconnaissons-le, quand il s'agit
de la Providence, plus d'apparence de doute
ou d'indifférence en son esprit, c'est la foi
robuste et naïve du croyant. A la nouvelle de
la révolution de 1830, il affirme bien que la
légitimité ne mourra pas, sa foi politique est
si je puis dire, de tradition ; mais ce qu'il sor-

tient avec un ton d'inébranlable certitude,
c'est que « toute cette baraque qu'on élève aujourd'hui sans Dieu et contre Dieu s'écroulera
sur ses architectes. »

Nous ne nous arrêterons guère sur le talent
poétique de l'auteur : « Il fallait, disait-il, être
possédé du diable, pour qu'à un certain âge
les *Muses* s'en mélassent. »

Le petit livret perdu dont nous avons parlé
nous eût-il révélé autre chose qu'une gracieuse
facilité ? Nous ne le pensons pas. Assurément
le conteur plaisante en affirmant dans son *Expédition nocturne* « qu'il travailla pendant plus
d'une heure sans pouvoir trouver une rime
au premier vers d'une épître ». Non, bien qu'il
ait mis huit ans à achever certaine ode, il a
la rime et le tour faciles ; la pièce du *Papillon*
suffirait à le prouver. La plaisante théorie qu'il
exposait à un ami n'est, si l'on veut, qu'une
boutade spirituelle sur la métromanie ; mais
elle est d'un sceptique qui ne croit guère à la
Muse, et n'y pas croire, n'est-ce pas se ranger
dans la foule des versificateurs? « Dans l'impossibilité où je suis de comprendre cette faculté
(du poëte) et pour ne pas avouer cette supériorité dans les autres, je pense que les poëtes
ont quelque chose dans le poignet qui change
la prose en vers, à mesure qu'elle passe par là
pour se rendre de la tête sur le papier ; en
sorte qu'un poëte ne serait qu'une filière plus

ou moins parfaïte. J'étais si persuadé de ce systéme consolant pour les prosateurs, que j'essayai un jour d'écrire des vers avec la main gauche, dans l'espoir d'y trouver cet heureux mécanisme, mais ma main gauche ne fut pas plus heureuse que ma droite, et je fus convaincu à jamais que je ne suis pas une filière à vers. J'avoue même que ce mauvais succès me laissa quelques doutes sur la vérité de mon système. »

Le poëme *en 24 chants* dont Xavier parle quelque part sans en avoir jamais écrit un vers est encore une plaisanterie. Il a pu méditer toute entreprise, sauf celle-là ; de tous les rêves, c'est le seul qu'il n'eût pas tenté de réaliser.

« Que la peinture est un art sublime ! » s'écrie l'auteur du *Voyage*. Ici nous sommes forcé de prendre très au sérieux cet enthousiasme. Sa correspondance avec Mme la comtesse de Marcellus est toute remplie de passion pour les belles toiles, de jugements souvent très-délicats sur les œuvres des artistes ; il y parle sans cesse des Vernet, de Gudin, de Schnetz, de Léopold Robert, de Calame, de Granet et autres peintres qui brillèrent à Rome, à Paris, à Saint-Pétersbourg pendant le premier tiers du siècle. Nous y voyons tous les paysages qu'il achève, tous ceux, bien plus nombreux, qu'il commence ou projette :

Ce n'est pas qu'il parle de ses œuvres avec
vanité; sur ce point, comme toujours, Xavier
est modeste et ne s'en fait point accroire. Il
écrira, sans fausse modestie : « Le marquis de
Lagrua qui peint des croûtes comme moi. » —
Un juge, sévère peut-être, mais plus compétent
que nous, M. Édouard Aubert, nous écrivait à ce
propos : « J'ai retrouvé à Aoste même le souvenir très-vivant de X. de Maistre. Ce charmant conteur vint à Aoste en 1793 et y resta
environ cinq ans. Il reçut l'hospitalité dans la
maison du comte de Latour où j'ai vu ornant
le salon deux dessins au lavis de Xavier. Ces
dessins sont des paysages conçus dans ce style
du commencement de l'Empire, qui est si loin
de valoir ce que valent aujourd'hui les sépias
et les aquarelles même de nos amateurs. La nature est arrangée, les arbres ont des papil-
lotes, il n'y a rien de naïf dans cet art apprêté.
L'auteur du *Lépreux* laissa en partant un ou
deux dessins à son hôte, et la comtesse de
Latour, qui me les a fait voir, en était très-
fière. » Nous avons vu nous-même quelques-
unes de ses œuvres qui nous ont paru emprunter leur plus grande valeur au souvenir et
à la notoriété de l'écrivain. L'air manque à ces
paysages sans relief et, quel qu'en soit le site,
il semble plutôt éclairé par le ciel de la Russie
que par celui de Rome. Un jour, Xavier regrettait de n'avoir pas acheté un certain nombre

d'esquisses, vendues à bon compte, pour les achever de son pinceau. Est-ce là le regret et le travail d'un artiste ou d'un amateur? Xavier de Maistre a un sens critique exact et délicat; impossible, par exemple, de mieux juger qu'il le fait les qualités et les défauts de la *Judith* d'Horace Vernet : mais son talent d'amateur ne l'abuse pas et c'est de la meilleure grâce du monde qu'il avouera que dans la copie d'un paysage « le vieux artiste a eu le déboire d'être évidemment surpassé par Natalie. » Lamartine parle avec enthousiasme d'une aquarelle repré-. sentant le château de Bissy et la vallée de Savoie où Xavier était né. « C'est le dernier de ses ouvrages envoyé de Pétersbourg, à la veille de sa mort. » Songeons que ce don est le legs d'un nonagénaire, que ce paysage est sa vallée natale si bien chantée par le poëte, et nous ne serons point tentés de sourire en entendant l'ami reconnaissant appeler l'artiste « un Corrège du paysage ».

Xavier n'aimait pas seulement la peinture, il en poursuivait avec une sorte de passion les procédés, la chimie et toute la partie technique et scientifique. Dans une lettre adressée de Pise au comte de Marcellus (1828), nous voyons que Xavier charge son ami de retirer des mains d'un correspondant un ouvrage sur *la physique des couleurs et sur le mécanisme de la peinture,* qu'il avait adressé à son neveu

Vignet. Les libraires refusaient de s'embarrasser d'un ouvrage sur la peinture et ne demandaient que des *lépreux*. « J'ai vu, dit M. de Marcellus, la théorie de la lumière et la décomposition de la couleur préoccuper sans cesse le comte Xavier de Maistre. Il destinait dans ses vieux jours au public un long traité sur cette savante matière, peut-être celui-là même que lui avaient refusé les libraires, tandis qu'il parlait fort dédaigneusement du *Voyage autour de ma chambre*. » Nous regrettons d'être forcé de résumer l'agréable récit qui suit ces lignes. Le savant helléniste se promenait avec son ami dans les bois de grenadiers et d'orangers qui descendent de Mola di Gaëta à la mer, quand, après l'avoir quitté deux heures, il le vit revenir tout fier et préoccupé de la découverte d'une petite fontaine sans nom, cachée dans une grotte, si près de la mer, que la réverbération de l'eau y jetait une teinte azurée. Ce phénomène, croyait Xavier, « lui donnerait beaucoup à penser et à écrire ». La fontaine découverte par notre promeneur était la fontaine *Artacie* d'Homère !

Certain mémoire sur *la couleur de l'air et des eaux profondes* (1832) ne serait-il pas l'explication du problème entrevu au cours de cette promenade? Ce qui est certain, c'est que l'Académie des sciences de Turin avait déjà reçu de notre *savant* en 1818 deux mémoires, l'un

sur *l'oxidation de l'or par le frottement*, l'autre
indiquant un *procédé pour composer avec
l'oxide d'or une couleur pourpre qui peut être
employée dans la peinture à l'huile*. Plus d'une
fois le peintre a laissé sécher et pinceaux et
palette pour ses cornues, alambics et verres de
couleur. Bien souvent les expériences d'optique
ou de chimie ont fait tort à la peinture, mais
il y songeait encore en paraissant la négliger.
Xavier, nous l'avons dit, et plusieurs lettres
l'attestent, se préoccupe plus que l'on ne le fai-
fait alors de la composition chimique des couleurs qu'il emploie pour ses tableaux. Incapable
d'apprécier la valeur de ses recherches scientifiques, nous remarquerons du moins qu'elles
prouvent la curiosité, le rayonnement en tous
sens d'une intelligence ouverte à des spéculations si diverses. D'ailleurs, on ne saurait nier
l'utilité pratique de ces expériences. L'art est
forcément tributaire de la science et de l'indus-
trie. Que de toiles perdues, ou sur le point de
disparaître, parce que l'artiste a négligé cette
vérité banale : il n'y aura que les tableaux
peints de *bonnes* couleurs qui passeront à la
postérité.

Joseph écrivait en 1806 à Mme Hüber-Alléon : « Mon frère adresse à votre excellent
fils *une longue épître scientifique*.» M. le colonel
Hüber Saladin, son petit-fils, n'a pu nous fournir de renseignements sur cette épître. *La Bi-*

bliothèque universelle de Genève a donné en 1841 un mémoire de Xavier intitulé : *Méthode pour observer les taches que l'on peut avoir dans le cristallin.* « Ce petit voyage autour de la chambre de l'œil » n'avait rien cette fois d'humoristique et de littéraire. Le même recueil a encore publié de Xavier : 1º des *Expériences imitatives pour servir à l'explication des trombes* (1832); 2º. *Conjecture sur la cause de la projection apparente des étoiles sur le bord de la lune* (1841). Nous tenions à citer les titres de ces divers mémoires à leur date, pour montrer qu'à toutes les époques de sa vie Xavier s'est plu aux recherches scientifiques; il n'a pas seulement goûté les magnificences de la nature en artiste ému et sensible, il l'a interrogée en savant qui poursuit l'explication de ses phénomènes. Qu'on ne s'étonne donc point de le voir un jour, dans une de ses promenades, tout en admirant les splendeurs du paysage napolitain, « rêver chimie ». Chez lui, rare exception, la préoccupation du savant n'anéantit pas l'impression de l'artiste. Toujours il revient à la couleur et à la lumière, parfois, dans sa jeunesse, comme un papillon, pour s'y brûler. Nous avons dit, on se le rappelle, que le premier essai de sa plume est le récit d'une ascension malheureuse. C'était encore le soleil, foyer de toute lumière, que notre téméraire aéronaute allait chercher pour le saluer de plus près, et « contempler d'un seul regard les êtres dont le génie de l'homme l'a fait roi ».

Un jour, ayant lu avec plaisir un petit traité de Topffer sur *le lavis à l'encre de chine*, Xavier de Maistre, persuadé que les bons outils font les bons ouvriers, envoya de Naples à l'écrivain dessinateur une belle plaque d'encre de Chine. Topffer professait une telle prédilection pour l'inusable bâton d'encre légué par son père que je le soupçonne d'avoir pieusement gardé intacte « sa belle plaque » comme un honorable témoignage de sympathie littéraire et artistique. Quoi qu'il en soit, telle fut l'origine de l'intimité des deux écrivains. « Il y a des affinités qui ne trompent point, des parentés qui se devinent à distance. » Ces deux hommes appartenaient à deux mondes différents, mais le noble comte, dans le modeste maître de pension, avait pressenti un conteur de même race, gai, simple, naturel comme lui, et aux éditeurs qui lui demandaient de nouveaux récits, il présentait comme son héritier littéraire l'auteur des *Nouvelles genevoises* et du *Presbytère*.

EUGÈNE RÉAUME.

BIBLIOGRAPHIE

DES OEUVRES SÉPARÉES, CHOISIES & COMPLÈTES

DE

XAVIER DE MAISTRE*

Voyage autour de ma chambre, par M. le chev. X... O. A.
S. D. S. M. S. (officier au service de Sa Majesté
Sarde). Turin in-8. 1794.

---

* Mme de Duras, un des oracles du temps, à qui M. de
Vignet avait communiqué le manuscrit des œuvres de
Xavier, envoyé par lui de Russie, avait déclaré qu'elles
échoueraient à l'impression. M. Valery, le premier éditeur des *œuvres complètes* de Xavier, en France, pensa
qu'une femme d'esprit pouvait se tromper, passa outre
et fit bien, puisque après un demi-siècle, notre éditeur
M. A. Lemerre n'a pas cru que le succès en fût encore
épuisé.

Voyage autour de ma chambre. Hambourg, Fauche. Petit in-12. 1796.

Voyage autour de ma chambre. Paris, Dufort, front. gravé, In-18. 1796. — Id., 1797.

Le Lépreux de la cité d'Aoste (avec une préface par le Cte Joseph de Maistre). St-Pétersbourg, in-12. 1812.

Voyage autour de ma chambre, suivi du *Lépreux*. Saint-Pétersbourg, in-12. 1812.

Voyage autour de ma chambre. Paris, Renouard, in-32. (Avec un avertissement de l'éditeur.) Tiré à 35 exemplaires. 1814.

Les Prisonniers du Caucase. La Jeune Sibérienne. Paris, Dondey-Dupré fils et Ponthieu, in-18. 1815.

Nouvelles éditions de ces deux ouvrages (avec notes du Cte Joseph de Maistre sur le *Voyage*, etc., publiées par A. A. Barbier). Paris, Delaunay, in-18. — 4 édit. de 1817 à 1829.

La même, in-32. 1829.

Le Lépreux de la cité d'Aoste. Michaud, in-18. 1817.

Le Lépreux de la cité d'Aoste, par l'auteur du *Voyage*, etc. Paris, Delaunay, in-18. 1817.

L'Anthologie russe de E. Dupré de Saint-Maure, in-4
(1823), donne la traduction de deux fables de Kriloff
par X. de Maistre (p. 182-185). — Traduction reproduite par M. J. Philippe dans les *Poëtes de la Savoie.*
(1865) (p. 85-90).

Le Lépreux de la cité d'Aoste; nouvelle édition revue, corrigée et augmentée par Mme O. C. (Olympe Cottu)..
Paris, Ch. Gosselin, in-8, avec vignette. 1824.

Nouvelle édition (*le Voyage* et *le Lépreux*) avec un avertissement par M. Valery. Paris, Dondey-Dupré fils,
in-18. 1825.

Expédition nocturne autour de ma chambre. Paris, Dondey-
Dupré et Ponthieu, in-8. 1825.

Œuvres (publiées avec trois avertissements par M. Valery). Paris, Dondey-Dupré père et fils, et Ponthieu,
3 vol. gr. in-18. 1825.

Œuvres complètes (publiées par M. Valery). Paris, Dauthereau, Dondey-Dupré, 4 vol. in-32. 1828.

Œuvres complètes (revues par l'auteur et accompagnées de
trois belles gravures). Paris, Dondey-Dupré, 2 vol.
in-8. 1828.

Œuvres complètes de M. le Cte de Maistre. Ledentu et
Dauthereau, 4 vol. in-32. 1833.

Œuvres complètes (nouvelle édition). Paris, Charpentier. Avec portrait. 1 vol. in-18. 1838 et suivantes.

Voyage autour de ma chambre et *Lépreux*. Paris, Hiard, in-18. 1839.

Voyage autour de ma chambre. Paris, Ledentu, in-12. (*Collection des meilleurs romans français et étrangers.*) 1839.

Œuvres de M. le Cte de Maistre. (*Trésor historique et littéraire.*) Bruxelles, in-8, Grégoire et Cie. 1839.

Voyage autour de ma chambre. Paris, Daubrée, in-32. 1843.

Voyage autour de ma chambre, suivi du *Lépreux de la cité d'Aoste.* Paris, Lemoine, in-32. 1845.

Voyage autour de ma chambre, roman illustré de gravures, suivi de *le Lépreux de la cité d'Aoste,* etc. Bougard, in-12. 1853.

Le Lépreux de la cité d'Aoste, par M. le comte Xavier de Maistre. Nouvlle édition enrichie de notes historiques. Aoste, de l'imprimerie de Damien Lyboz. 1853.

Voyage autour de ma chambre (nouvelle édition avec miniatures). Tardieu, in-12. 1860.

Prascovie, ou la Jeune Sibérienne et la sœur du Lépreux de la cité d'Aoste, suivi de *Ste-Roseline de Villeneuve et de Noël ou la Rédemption*, par l'abbé Orse. A. Le Clère et Cⁱᵉ, in-12, 1861.

Œuvres complètes. Édition illustrée pour la première fois, précédée d'une notice sur l'auteur par Sainte-Beuve. Vignettes, gravées par Staal, etc. Garnier frères, 1 vol. grand in-8. 1862.

Œuvres complètes. Nouvelle édition précédée d'une notice sur l'auteur, par Sainte-Beuve. Garnier frères, in-18. 1862, — et suivantes.

Voyage autour de ma chambre, suivi de *Expédition nocturne*, *Le Lépreux de la cité d'Aoste*, *Les Prisonniers du Caucase*. Avec gravures. Vermot, in-12. 1863.

Œuvres complètes. Nouvelle édition revue et précédée d'un avant-propos par Eugène Veuillot. V. Palmé, in-12. 1863, — et in-18. 1872.

Œuvres complètes. Nouvelle édition précédée d'une notice sur l'auteur et ses ouvrages. Maillet, in-12. 1863.

Voyage autour de ma chambre, suivi de *Expédition nocturne autour de ma chambre*, *Le Lépreux de la cité d'Aoste*. Dubuisson et Cᵉ, in-32. (*Bibl. nationale.*) 1864.

Les Prisonniers du Caucase. La Jeune Sibérienne. Dubuisson et Cⁱᵉ, in-32. (*Bibl. nationale.*) 1864.

k

Œuvres choisies. Édition illustrée de 15 vignettes par Em. Bayard, Hachette et Cie, in-12. 1864.

Œuvres de Xavier de Maistre. B. Bechet, in-12. 1865.

Le Lépreux. Les Prisonniers du Caucase. La Jeune Sibérienne. In-32. (*Bibliothèque du Foyer.*) 1867.

La Jeune Sibérienne, ou le Modèle du dévouement filial. Saint-Gaudens. 1868.

Les Prisonniers du Caucase. Limoges, in-18. 1868.

Voyage autour de ma chambre. Limoges, in-18. 1868.

Œuvres complètes. (*Librairie du magasin illustré.*) In-18. 1868.

Œuvres choisies, in-18. Limoges. 1869.

Voyage autour de ma chambre. (*Collection des petits chefs-d'œuvre.*) Paris, Jouaust, pet. in-12. 1872.

Voyage autour de ma chambre. Lyon, Claudin. 1872.

Le Lépreux. Bibliothèque des chefs-d'œuvre (sous la direction de J. B. Faugère. *Grande librairie cath. de France*), in-18. 1873.

Les Premiers Essais de Xavier de Maistre. Brochures publiées en 1784 et rééditées pour la première fois en 1874, par J. Philippe. Brochure de 66 pages. Annecy, Chambéry. 1874.

Xavier de Maistre a fourni aux *Mémoires de l'Académie royale des sciences de Turin* :

1. Mémoires sur l'*Oxidation de l'or par le frottement.* Tome XXIII. 1818.

2. *Procédé pour composer avec l'oxide d'or une couleur pourpre qui peut être employée dans la peinture à l'huile.* Tome XXIII. 1818.

Et à la *Bibliothèque universelle de Genève* :

1. *Sur la couleur de l'air et des eaux profondes* (Sciences et arts). Tome LI. 1832.

2. *Expériences imitatives pour servir à l'explication des trombes.* (Sciences et arts.) Tome LI. 1832.

3. *Méthode pour observer les taches qu'on peut avoir dans le cristallin.* (Nouvelle série.) Tome XXXV. 1841.

4. *Conjecture sur la cause de la projection apparente des étoiles sur le bord de la lune.* (Nouv. série.) T. XXXV. 1841.

PREMIERS ESSAIS

DE

XAVIER DE MAISTRE

PREMIERS ESSAIS

DE

XAVIER DE MAISTRE

———

BROCHURES PUBLIÉES EN 1784

ET RÉÉDITÉES POUR LA PREMIÈRE FOIS EN 1874

PAR

JULES PHILIPPE

Secrétaire de la Société Florimontane d'Annecy,
Membre correspondant de plusieurs sociétés savantes,
Député de la Haute-Savoie.

PROSPECTUS

DE

L'EXPÉRIENCE AÉROSTATIQUE

DE CHAMBÉRY.

———————

 E fut une belle époque pour l'esprit humain que celle où les papiers publics nous dirent : « *l'homme peut enfin s'élever et se soutenir dans les airs.* » Dans ce premier moment où l'étonnement et l'admiration ne nous laissaient pas même assez de sang-froid pour entrevoir des objections, toutes les têtes fermentèrent : on ne vit que *ballons,* on ne parla que *ballons.* Depuis le physicien en titre jusqu'au dernier artisan, tout le monde voulut lancer le sien ; les enfants même apprirent à prononcer, *Aérostat, Gaz, Baudruche, etc.* ; et tandis que la renommée publiait en Europe chaque nouvel essai aérostatique, une nation aimable, idolâtre de tout ce qui lui appartient, et

qui ne s'informe pas, avant de décerner ses apo-
théoses, s'il y aura des incrédules chez les nations
voisines, prodiguait aux inventeurs tout ce que la
reconnaissance publique exaltée par l'admiration
peut inventer de plus flatteur. Distinctions personnelles, éloges de toute espèce, bustes, médailles,
inscriptions, etc. ; elle n'oubliait rien pour les
rassasier de gloire et porter aux générations les
plus éloignées l'histoire de cette découverte et
le nom de ses auteurs.

Il est vrai qu'après les premiers accès de cette
fièvre aérostatique, la voix aigre de la critique
s'est fait entendre au milieu des clameurs de l'admiration : mais si l'enthousiasme de nos voisins a pu
faire sourire de temps en temps le philosophe de
sang-froid, que faut-il penser de cette espèce de dédain avec lequel certaines gens ont accueilli cette découverte ? Ou nous nous trompons fort, ou il y
a bien moins de philosophie dans la conduite des
critiques que dans celle des enthousiastes.

Rendons justice aux premiers spectateurs de
ces brillantes expériences : jamais peut-être l'enthousiasme ne fut plus pardonnable ; la machine
aérostatique nous semble à tous égards digne
des honneurs du fanatisme, et peut-être n'est-il
pas au pouvoir de l'homme de l'envisager froidement. Il y a dans cette expérience, indépendamment de toute idée d'utilité, quelque chose d'im-
posant qui subjugue les sens et commande l'admiration. *L'art de naviguer*, ou même *de s'é-
lever* dans les airs, ne passait plus de nos jours
que pour une chimère, destinée, comme le mou-

vement perpétuel, à l'amusement de quelques
cerveaux creux : rien ne paraissant plus visiblement au-dessus des forces humaines, la tentative
seule jetait sur les téméraires un vernis de ridicule ; et l'opinion publique déterminée par le
sort de tous les *Icares passés*, croyait leur faire
honneur en les plaçant un peu au-dessus des insensés.

Et voilà que tout à coup, contre l'attente universelle, dans le fond d'une province, et sans
respect pour les calculs de tant de grands hommes
qui démontraient la folie de l'entreprise par *a*
moins *x*, MM. de Montgolfier s'emparent de la
découverte, et font pâlir l'envie avec leur toile et
leur fumée.

Qu'on se transporte par la pensée au château
de la *Muette*, dans ce moment où deux hommes
intrépides (que l'injuste Renommée ne place peut-être pas assez au-dessus de leurs successeurs)
disaient pour la première fois « coupez les cordes ! » et, les premiers de leur espèce, suspendus à une frêle machine, planaient sur les têtes
de cent mille spectateurs palpitants, — on pardonnera tout aux premiers élans de l'admiration.

Grand philosophe ! dont l'œil tout à la fois perçant et sévère voit toutes les faiblesses humaines
et n'en pardonne aucune, daignez froncer cet
auguste sourcil à l'aspect seul d'un *ballon* : songez quelquefois combien vous seriez porté à pardonner l'enthousiasme public, si vous en étiez
l'objet, et souvenez-vous que l'orgueil national

est comme l'amour paternel : il faut savoir leur pardonner quelques enfantillages.

Mais à quoi servent les *ballons*? — Écoutez, illustres critiques! c'est parce que nous ne le savons pas que nous faisons des ballons pour l'apprendre. Contemporains des premiers globes électriques, vous auriez sans doute conseillé de les briser, comme vous voudriez maintenant brûler nos *ballons:* car cette électricité qui nous a conduits aux *paratonnerres* et aux belles expériences de *MM. Cavallo, Ledru, Quinquet, Bertholon; etc.*, cette électricité qui va bientôt se lier à d'autres phénomènes pour révéler peut-être les plus grands secrets de la nature, ne fut longtemps qu'une merveille stérile. En général, toute découverte qui apprend à l'homme des faits dont il ne se doutait pas, ou qui l'investit de forces nouvelles, doit être accueillie avec transport parce qu'avec ces forces ou ces connaissances, il peut voyager à travers une région inconnue aux générations passées, et que c'est pour lui le comble de l'imprudence et même du ridicule de dire hardiment : « *Je ne veux point visiter ce pays, je n'ai rien à y voir,* » sans savoir ce qu'il peut y chercher, et bien moins ce qu'il peut y trouver sans le chercher.

Ces réflexions nous ont déterminés à former une souscription destinée à procurer au public une expérience aérostatique. Le *ballon* que nous faisons construire et auquel nous avons cru pour de bonnes raisons devoir donner une forme parfaitement sphérique, portera trois personnes : son

diamètre sera de 55 pieds : il contiendra par
conséquent 87,143 pieds cubes d'air raréfié, et dé-
placera un poids de 7,625 livres d'air atmosphé-
rique (en négligeant des fractions insensibles).
Nous ne disons rien de la force avec laquelle le
ballon s'élèvera, attendu que nos idées sur le poids
total dont nous le chargerons ne sont pas encore
bien arrêtées : mais cette force (abstraction faite
du poids) étant de 3,812 liv., on sent assez que
nous sommes à l'aise pour toutes nos dispositions.

La machine sera faite et chargée suivant les
principes des inventeurs. L'hémisphère supérieur
sera couvert d'un filet ou réseau fixé seulement au
pôle du ballon, et dont toutes les mailles viendront se nouer autour d'un cordage solide, qui
servira de *zone* ou d'*équateur* ; l'expérience ayant
montré que cette partie ne devait point être formée en bois, et qu'en général il fallait éviter de
faire entrer des matières solides dans la construction des *ballons*, dont la perfection consiste surtout à pouvoir obéir librement à la pression du
fluide qui les enlève. D'autres cordages, fixés à
la *zone* par une de leurs extrémités, viendront
saisir de l'autre la galerie d'osier qui sera encore
soutenue par le prolongement des *nervures* du
ballon, espèce de cordes noyées dans les coutures
des fuseaux, et qui rampent verticalement sur la
surface de la machine comme les méridiens d'un
globe.

Notre *aérostat*, autant que nous en pouvons
juger dans ce moment, partira du 18 au 20 du
courant, à moins que nous ne soyons contrariés

par le temps dont la bizarrerie actuelle n'a rien d'égal : il s'élèvera du milieu de l'enclos de *Buisson-Rond*, où nous trouverons toutes les commodités nécessaires, et dont les respectables possesseurs se sont prêtés à nos vues avec cette politesse qui regarde comme un bienfait l'occasion qu'on lui fournit de rendre un service.

Nous croirions inutile d'entrer dans de plus grands détails sur la partie mécanique de notre expérience, dont le public peut s'instruire par ses yeux : ce que nous pouvons assurer en général, c'est que l'attention scrupuleuse qu'on apporte à toutes les parties de la construction, le zèle des personnes qui surveillent les ouvrages, et l'excellente qualité des matériaux doivent rassurer les esprits les plus timides. Ainsi nous espérons que notre entreprise ne sera point traversée ou rendue désagréable par de vaines terreurs, qui ne peuvent tenir devant le plus léger examen.

Il nous semble que tout amateur et même tout bon citoyen doit s'intéresser à l'exécution de cette belle expérience : au lieu d'envisager froidement ou de rabaisser une découverte intéressante, il est bien plus digne de vrais philosophes d'en répéter le procédé, de l'examiner dans tous les sens, et de se rendre, pour ainsi dire, *les airs familiers*.

On demande tous les jours si l'on parviendra à diriger les ballons ? Sans doute on y parviendra, d'une manière plus ou moins parfaite ; et, suivant toutes les probabilités, le problème sera résolu par quelqu'un qui n'aura jamais dit : « *je le résoudrai.* » Mais sera-ce donc en spéculant devant nos

pupitres que nous parviendrons à perfectionner
l'usage des ballons ? Qu'il nous soit permis d'en
douter : honneur à la théorie ! mais quand elle
ne s'appuie pas sur l'expérience, elle est sujette
à faire d'étranges chutes ; et si l'on doit surtout s'en défier, c'est dans un genre où l'homme
n'a jamais pu exercer ses forces ; car il n'a point
encore agi *sur l'air, en l'air :* ce n'est pas que
mille savants ne nous démontrent habilement du
coin de leur feu tout ce qui est possible dans ce
genre, tout ce qui ne l'est pas, tout ce qui doit
arriver, etc. ; laissons-les dire, et faisons des
ballons : l'usage nous apprendra des choses que
les plus profondes méditations ne nous auraient
jamais révélées. Il faut absolument que nous nous
accoutumions à monter dans un *ballon* comme
dans une *berline :* et ce que les gens de mauvaise humeur appellent *répétition inutile, dépense
folle, etc.,* est cependant le seul moyen d'arriver
au grand but vers lequel tous les yeux sont ac-
tuellement tournés : c'est *en l'air,* que les auteurs
de tant de pamphlets majestueusement intitulés :
Moyen de diriger les ballons, deviendraient
peut-être modestes, à force de honte : c'est *en
l'air* que nous apprendrons certainement si l'on
peut s'aider de *l'action* de *l'air,* ce qui est fort
douteux, ou seulement *de l'action* sur *l'air,* ce
qui est très-probable : c'est *en l'air* que nous
apprendrons à nous servir avantageusement de
cette dernière force. Enfin, une expérience de six
mille ans nous ayant suffisamment convaincus,
qu'en fait de découvertes, nous avons bien peu de

grâces à rendre aux raisonnements *antécédents*, il y a beaucoup de sagesse à se mettre modestement *sur le chemin* du hasard.

Quant à nous, nous n'aurons point la hardiesse de parler de moyens de direction : peut-être avons-nous fait un beau rêve sur ce sujet ; mais, sans rappeler ce que nous avons tenté, nous annonçons seulement qu'on a fait les plus grands efforts pour montrer le parti qu'on peut tirer de la machine de MM. DE MONTGOLFIER, chargée à leur manière, pour la maintenir en l'air très-longtemps, et convaincre le public que si elle a éprouvé jusqu'à présent quelques succès équivoques, il faut l'attribuer uniquement à des vices de construction ou à d'autres causes sur lesquelles il serait inutile de s'appesantir.

Nous songeons même avec une vraie satisfaction, que le *ballon* de CHAMBÉRY sera un nouvel hommage à MM. DE MONTGOLFIER, dont la voix publique a pu nous parler tous les jours, tout le jour, sans nous fatiguer un instant, parce qu'il ne lui est jamais arrivé de les nommer sans nous parler de leur modestie.

Mais ce qui nous occupe sur toutes choses, c'est d'exciter par un spectacle frappant le goût des sciences, et surtout celui de la physique expérimentale ; c'est de favoriser, d'accélérer dans notre patrie une certaine fermentation qui se fait sentir dans tous les esprits, et qui ne nous paraît pas moins intéressante pour être un peu tardive, car nous aimons à croire qu'une virilité retardée annonce un tempérament robuste. Nous désirons

que tout jeune homme, en voyant cette masse
imposante se déployer pompeusement et s'élever
dans les airs, se dise à lui-même qu'il peut pré-
tendre à la même gloire ; que la même carrière
est ouverte à ses efforts ; qu'il faut bien se garder
de dire « *tout est trouvé* », et que l'intelligence
dans son vol infini ne redoute qu'une barrière, —
la paresse.

L'invention des *ballons* est encore un beau
sujet de méditation et d'encouragement pour les
hommes de toutes les classes et de tous les pays.
Que la nature est admirable dans la distribution
de ses dons ! Avec quelle attention cette bonne
mère nous avertit de temps à autre qu'elle ne
déshérite aucun de ses enfants ! Quand le génie
de la physique voulut enfin apprendre à l'homme
qu'il pouvait devenir le rival des oiseaux, *il
n'alla point chez vous*, Messieurs de Londres
et de Paris ; mais pour opérer son prodige, il
alla chercher les prédestinés, où ? — Dans Annonay !

Chose étrange ! Si l'on passe en revue ces
grandes inventions, ces procédés admirables des
arts qui nous ont soumis l'univers, on trouve que
nous ne devons rien, ou presque rien, aux savants
en titre. Réunis le plus souvent dans les grandes
villes, environnés de tous les secours que l'instruction, les arts, l'ambition, et surtout les richesses peuvent prêter au génie, on les voit expliquer, corriger, analyser, perfectionner ; mais
ils ne savent rien ajouter à la puissance humaine ;
et tandis que l'orgueilleuse théorie calcule ou rêve

doctement dans les Académies, l'expérience, loin
des capitales et de leurs lycées, enfante ses mira-
cles chez l'amateur modeste parfaitement inconnu
un instant avant de devenir immortel.

Il semble que la découverte dont nous parlons
est particulièrement faite pour humilier les savants d'Europe. Que leur manquait-il pour y
parvenir ? Rien ; car tous nos physiciens à gros
livres connaissaient la principale qualité des *gaz* ;
tous voyaient les nues se balancer dans les airs,
et la fumée s'élever de leurs foyers ; tous avaient
pu lire *Borelli*, qui s'exprime sur la nautique
aérienne comme MM. DE MONTGOLFIER, quand
ils rendirent compte de leur procédé ; il semble
même que, dans ces derniers temps, le destin,
pour lutiner quelques-uns de ces Messieurs, s'a-
musait à mettre la chose si près de leurs yeux
qu'ils ne pussent pas la voir ; et tandis que pour
arriver à la découverte, il leur suffisait, pour
ainsi dire, d'y penser, une main un peu moins
fatale, mais tout aussi infaillible que celle qui
effraya le roi d'Assyrie, écrivait sur les murs de
leurs laboratoires : « *Je t'ai trouvé léger.* »

Livrons-nous donc avec confiance à cette physique expérimentale, la seule vraie, la seule utile :
ne négligeons point les calculs, les théories savantes, mais connaissons aussi le prix d'une
certaine pratique *investigatrice*, qui ne passe légèrement sur rien, qui *furette* sans cesse dans
l'univers, s'arrête devant les moindres objets,
remue, pèse, décompose tout ce qu'elle peut apercevoir, et prenant la raison par la main, tâtonne

encore dans les ténèbres en attendant la lumière : joignons même aux spéculations les procédés des arts, et ne croyons pas déroger en quittant quelquefois une formule d'algèbre pour prendre la lime et le rabot.

. C'est en vain que nous prétexterions le défaut de secours, l'éloignement des grandes villes, la nullité des provinces : ces considérations ne doivent point nous décourager. Sans doute les talens semblent naître et s'accumuler dans les capitales ; mais le *talent* n'est fait que pour commenter le *génie*, et le *génie* naît partout.

Ces réflexions qui pénètrent les souscripteurs feront sans doute la même impression sur l'esprit de leurs jeunes concitoyens : c'est en leur faveur qu'à la place des récits froids et inanimés des gazettes, nous voulons leur procurer les mêmes sensations qui ont tant agité nos voisins. Nous nous estimerions heureux, si le spectacle pompeux d'une des plus grandes merveilles de la physique moderne pouvait, en passant des yeux à l'intelligence, échauffer leur âme, y développer le germe des grandes choses et leur donner une idée vive et pénétrante des jouissances et de la gloire que savent procurer les sciences.

Tels sont les motifs qui nous ont principalement déterminés dans une entreprise qui pourrait paraître au premier coup d'œil quelque chose d'inutile.

Éloignés cependant d'un vain charlatanisme, nous ne dissimulerons point qu'en rendant hommage aux sciences, nous comptons pour beau-

coup le motif d'agrément. La science est belle,
sans doute :

Mais, croyez-nous, le plaisir a son prix !

Considéré seulement du côté du spectacle,
quel autre peut être comparé à celui d'un grand
aérostat qui s'élève et vole majestueusement,
chargé de plusieurs voyageurs ? L'homme est
affamé de sensations vives ; eh bien ! nous en pré-
parons au public d'un genre inconnu jusqu'à nos
jours ; et si l'on joint à l'intérêt naturel de la
chose une foule d'agréments qui en seront la
suite et qu'il est aisé de pressentir, on conviendra
que le jour de l'expérience devra être écrit au
nombre de ceux où l'art aura su le plus amuser
notre existence.

Mais l'idée du spectacle que nous projetons
nous conduisant par un penchant invincible à ce
qui doit en former le principal ornement, nous
ne finirons point sans faire à la plus belle moitié
de la société un hommage particulier de notre
expérience. C'est surtout aux dames que nous
consacrons cette entreprise ; c'est elles que nous
assurons des précautions scrupuleuses que nous
avons prises pour que le plaisir de l'expérience
ne puisse être acheté par un malheur, pas même
par le plus léger inconvénient. Nous pouvons les
assurer que l'expérience aérostatique exécutée avec
prudence n'entraîne nul danger ; qu'elle n'effraie
que les yeux, et que quand un *sylphe* malfaisant
viendrait dans les airs renverser le réchaud, le

ballon serait toujours un parasol de 55 pieds de
diamètre qui nous ramènerait les voyageurs sains
et saufs.

Mais comme il est important de prendre des
précautions d'avance contre un excès de sensibilité, aussi honorable pour nos dames qu'il serait
décourageant pour les navigateurs aériens, nous les
invitons à jeter de temps en temps un coup d'œil
sur nos travaux, dont la partie la plus essentielle
ne saurait avoir de meilleurs jugés. Puisqu'elles
savent encore allier aux qualités qui font les
délices des cercles toutes celles de la *femme forte*,
nous ne leur parlerons point une langue inconnue
en les priant de venir admirer la force de notre
toile *écrue*; l'égalité et le *mordant* des différents
points de couture; la rondeur des *ourlets*, et
nos immenses fuseaux assemblés à *surgets*, jetant
au dehors deux vastes *remplis* qui vont s'unir
pour recevoir et fixer sous une *couture rabattue*
des cordes souples et robustes, fières de supporter
cette galerie triomphale, d'où l'homme, perdu
dans les nues, contemple d'un seul regard tous les
êtres dont son génie l'a fait roi.

Après tant de précautions, nous avons droit
d'attendre que le voyage aérien ne causera à nos
dames que cette douce émotion qui peut encore
embellir la beauté: ainsi, nous ne voulons absolument ni cris, ni vapeurs, ni évanouissements:
ces signes de terreur, quoique mal fondés, trou-
bleraient trop cruellement de galants physiciens;
et les trois voyageurs qui ne manqueront point,
en quittant la terre, d'avoir encore l'œil sur ce

3

qu'elle possède de plus intéressant, seraient inconsolables si leurs trois lunettes *achromatiques*, braquées sur l'enclos, venaient à découvrir quelque joli visage en contraction.

Les modernes *Astolphes* armés comme l'ancien, mais pour tout autre usage, d'un bruyant cornet, l'emboucheront en prenant congé des humains, pour crier d'une voix ferme et retentissante : « HONNEUR AUX DAMES! » Mais ils se flattent un peu que cette formule des anciens tournois amènera la douce cérémonie qui terminait ces brillantes fêtes, et qu'à leur retour sur terre, on ne leur refusera point *l'accolade*.

Les gens sévères nous blâmeront-ils d'avoir ainsi perdu de vue la physique et les découvertes, pour contempler si longtemps des êtres qui n'ont rien de commun avec les *ballons* que de faire tourner les têtes? — Non, sans doute; et nous craignons même qu'on ne voie dans toute notre galanterie qu'une politique fine, qui marche à son but par une voie détournée, en intéressant au succès de ses vues une des grandes *puissances* de l'univers. Au fond, cette *attraction* en vaut bien une autre; et dans la noble ambition qui nous anime, de favoriser le goût des sciences par tous les moyens possibles, pourquoi ne mettrions-nous pas les *Grâces* du parti des *Muses* ?

A Chambéry, ce 1er avril 1784.

LETTRE

DE M. DE S...

A M. LE COMTE DE C...

OFF... DANS LA L... DES C...

CONTENANT

UNE RELATION DE L'EXPÉRIENCE AÉROSTATIQUE

DE CHAMBÉRY

E sale in verso il ciel via più leggiero
Che'l Girifalco a cui leva il capello
Il mastro a tempo, e fà veder l'augello.
ARIOSTO, 4, 46.

————

CHAMBÉRY

DE L'IMPRIMERIE DE M. F. GORRIN,
IMPRIMEUR DU ROI.

ET SE VEND

CHEZ F. PUTHOD, LIBRAIRE - RELIEUR,
RUE SAINT-DOMINIQUE.

————

Avec permission. 1784.

LETTRE

CONTENANT

UNE RELATION

DE

L'EXPÉRIENCE AÉROSTATIQUE DE CHAMBÉRY.

E me hâte, mon cher comte, de mettre fin aux alarmes que vous aurez sans doute conçues sur le sort de notre pauvre ballon : après les malheurs du 22 avril, avec quelle impatience n'aurez-vous pas attendu dans votre paisible château la nouvelle d'une expérience plus heureuse ; mais peut-être sera-t-il nécessaire, avant de vous faire part de nos succès, de revenir sur cette triste journée du 22. On a dit que notre ballon était mal construit ; on a dit qu'il n'avait jamais pu s'enfler ; on a dit que sans respect pour les premiers éléments du calcul, nous avions essayé de lui faire porter trois, quatre, cinq, et jusqu'à sept personnes ; on a dit..... Eh ! que

n'a-t-on pas dit? Puisqu'on mentait dans l'enclos de *Buisson-Rond*, on peut bien croire que la vérité n'était pas fort respectée à vingt ou trente lieues de nous. Au reste, désirez-vous quelques détails rapides sur ce fâcheux événement? Vous allez être satisfait.

D'abord, nous nous étions promis à nous-mêmes que le ballon serait construit, lancé et monté par des citoyens; en conséquence, nous refusâmes expressément le secours de quelques étrangers experts qui nous offraient leurs bras, et nous les remerciâmes de leur bonne volonté, sans vouloir en profiter. De plus, parmi cette foule d'ouvriers, d'artistes et d'amateurs qui ont concouru à l'entreprise, une seule personne avait vu lancer un ballon portant des hommes; et cette personne n'a pu assister au second essai. En sorte que nous nous étions environnés volontairement de toutes les difficultés qu'entraîne l'inexpérience, uniquement pour avoir le plaisir de les vaincre. Ce trait de vanité nationale (la seule bonne, par parenthèse) nous a valu une petite humiliation passagère. La théorie la plus réfléchie ne pouvant suppléer parfaitement au défaut d'expérience, quelques-uns de nos aperçus se trouvèrent faux : le filet pesa beaucoup plus que nous ne l'imaginions : nous comptions sur une galerie de 250 livres, elle pesa le double. Ce n'est pas tout : le ballon, hissé avec trop de précipitation, se trouva enflé dans dix minutes, et ce fut là une faute capitale; car si l'on se presse trop, la raréfaction est beaucoup moins parfaite, ou peut-être faut-il l'attendre avec beaucoup plus de patience que nous n'en montrâmes dans cette occasion. Cependant, le public trop fatigué par l'attente et trop avide du spectacle, demandait l'élévation, et par malheur, ces deux sentiments gagnaient l'estrade : pour comble d'infortune, les ouvriers avaient dîné : après un assez grand nombre de manœuvres inutiles, on imagine de soulever la galerie dans l'espérance qu'on établirait ainsi un courant d'air capable de déterminer le départ. On entoure la galerie, on l'élève à force de bras ; le câble était retiré : on transporte la machine au bord de l'estrade ; autre faute qui nous approchait de la dernière. Alors je ne sais quelle chaleur inexplicable s'empare de toutes les têtes : mille voix s'élèvent à la fois ; on ne s'entend plus. En vain M. TIOLLIER, dont le zèle égale les talents, avertit qu'on va tout perdre ; un ouvrier s'écrie dans un style qu'il n'est pas possible de bien rendre : « *Jetons-le bas! Peut-être il partira.* » Ce beau conseil est suivi : l'infortuné ballon, au lieu d'être *lancé* est *jeté*; et fidèle aux lois sacrées de la gravitation, il va tomber sur le pré au pied de l'estrade. Dans sa chute, il rencontre un clou énorme planté imprudemment dans le mât. Le clou s'engage dans le filet et en fait sauter vingt mailles. Cette secousse prodigieuse fit tomber le ballon de côté ; et ce fut là ce qui nous fit craindre un moment pour un des voyageurs qui se trouvait au-dessus du foyer par la chute oblique de la galerie. Cependant il n'arriva rien de malheureux. Les secours furent prompts, et les cordes coupées lestement,

le ballon, débarrassé de son pesant attirail, s'éleva
seul et fut bientôt renversé par le poids du filet :
il ne perdit à ce jeu que sa doublure de papier et
une portion de deux ou trois fuseaux brûlés un
peu au-dessous de l'*équateur*.

Jugez, maintenant, mon cher ami, de l'excellence de tant d'épigrammes à la glace décochées
contre le ballon de Chambéry ! Nous nous sommes
trompés sur quelques points, et c'est tout : voyez
le grand miracle ! Nous avons fait aussi bien et
même mieux que le renard de La Fontaine :

> D'abord il s'y prit mal, puis un peu mieux, puis bien,
> Puis enfin il n'y manqua rien.

Après le succès malheureux de la première
expérience, les souscripteurs, loin de se décourager, s'empressèrent de former les fonds nécessaires pour réparer l'aérostat; et ils se promirent
bien de profiter de leurs fautes pour s'assurer une
réussite complète. En conséquence, on commença
par supprimer le filet qui recouvrait l'hémisphère
supérieur du ballon; c'était d'abord une économie de poids considérable, car cette lourde coiffure ne pesait pas moins de 180 liv. Pour suppléer
au filet, on doubla les deux *nervures* ; ce qui portait les cordes au nombre de 48, force suffisante
pour maintenir la forme du globe et s'opposer à
l'expansion du fluide intérieur. Ensuite, on pensa
à la galerie : lors de la première expérience, elle
pesait près de 500 liv. et n'avait pas cependant la
force nécessaire. Pour obtenir tout à la fois plus
de solidité et plus de légèreté, on fit construire

un grand cercle de bois de *frêne* ayant pour
diamètre l'ouverture du ballon, et l'on y fixa soli-
dement, à distances égales, deux espèces de paniers formés des débris de l'ancienne galerie ;
ces paniers, assez semblables à deux tribunes,
avaient 11 pieds de longueur extérieure, et 9 seulement à l'intérieur : ils suivaient la forme du
cercle, et on les avait divisés par des tringles de
fer en trois *cases* égales, dont celle du milieu
était destinée au voyageur et les deux autres aux
provisions : le tout, avec les ferrures, pesait environ 300 liv. Quant à la forme du ballon, nous
ne voulûmes rien y changer, parce qu'en effet la
forme sphérique est incontestablement la plus
avantageuse : vous ne sauriez croire combien on
nous a chicanés sur cet article. De tous côtés on
nous accablait de prophéties sinistres, et l'on nous
prouvait par de beaux arguments que la rondeur
parfaite d'un grand ballon s'opposerait à son
ascension. Si l'événement ne nous dispensait pas
de répondre à ces Messieurs, nous leur conseille-
rions de construire incessamment un *aérostat* en
forme de fuseau de 20,000 pieds de longueur,
avec lequel ils pourraient aisément *percer* l'air et
s'en aller droit à la lune déboucher une de ces
bouteilles visitées par feu *Astolphe*.

Quand toutes les formes seraient indifférentes,
il conviendrait toujours de se déterminer pour la
sphérique, eu égard à l'excellence intrinsèque de
cette forme si fort célébrée par la docte antiquité :
  ARISTOTE, *Monsieur,* PERI MÉTEÔRÔN
  Dit fort bien. . . . . . .

N'allez pas, s'il vous plaît, me dire comme le *Dandin* de RACINE :

> . . . . Je prétends
> Qu'ARISTOTE n'a point d'autorité céans.

Tant pis pour vous, mon cher, si vous ne respectez pas les anciens : croyez qu'il faut toujours en venir là Si je désirais vous exposer une idée du philosophe de *Stagyre*,

> C'est que l'autorité du Péripatétique
> Prouverait que la forme.

Si cependant cette érudition vous ennuie, je suis prêt à finir; mais j'ai peine à croire que vous comptiez pour rien le témoignage de tout ce que l'antiquité a produit de plus illustre. Je ne vous parle pas seulement d'*Aristote*; mais *Thalès et Pythagore*, cités dans de très-gros livres, *Ptolémée, Cléomède, Cicéron, Plutarque, Al-Fargan*, tous, en un mot, s'accordent à regarder la figure ronde comme quelque chose de merveilleux; tous la donnent pour l'emblême de la perfection, et le divin *Platon* avoue dans le *Timée* « qu'on ne peut rien comparer à cette forme étonnante, qui renferme en elle-même toutes les autres formes. »

Vous voyez, Monsieur le comte, qu'indépendamment de toute autre considération, un simple motif de respect nous aurait déterminés pour la forme que nous avons adoptée : nous songeâmes d'ailleurs :

Que toutes les parties d'un ballon sphérique

n'étant que la répétition d'un modèle unique, le travail était fort aisé, et devenait pour les ouvriers, au bout de quelques jours, une opération mécanique qui laissait craindre peu de défauts;

Que dans la forme sphérique, la masse croissant en plus grande proportion que la surface, il n'y avait pas à balancer;

Qu'il était plus aisé de gonfler uniformément le ballon : nulle forme ne favorisant davantage l'action d'une force quelconque également distribuée dans toutes les parties de la masse;

Et que la moindre hauteur du ballon, et le rapprochement du centre de gravité, le rendaient moins susceptible d'oscillations dangereuses.

Supposé que ces dernières raisons ne paraissent pas convaincantes par elles-mêmes, en les joignant aux précédentes, elles ne manqueront pas de faire beaucoup d'impression; d'ailleurs, elles acquièrent une certaine force par l'événement. Car enfin, ce ballon de 55 pieds en tous sens, qui portait une galerie de 300 liv., un foyer de 80, deux hommes, et plus de 300 liv. de provisions, *et qui par conséquent ne pouvait pas partir*, est cependant parti le 6 du courant à la face du ciel, de la terre et du duché de *Savoye*. Nous croyons donc pouvoir exiger de nos détracteurs qu'ils se contentent de cette démonstration de fait qui nous paraît bonne et qui est à leur portée.

Revenons, s'il vous plaît, à notre narration. Je vous disais, je crois, qu'on s'était empressé de réparer les ravages causés par le feu. Les couteaux des sauveurs du ballon en avaient causé d'autres;

mais le zèle des souscripteurs et l'activité des ouvriers qui travaillaient jour et nuit, permirent
d'annoncer le départ pour le mardi 4. En effet,
le ballon, parfaitement réparé, fut en place au jour
marqué; mais le vent du *nord-est*, qui soufflait
sans relâche, ne permit pas d'exécuter l'expérience; et deux jours de suite, le public impatient
se retira, après avoir passé tristement la journée
à regarder l'estrade. Enfin, comme on avait remarqué que le vent soufflait plus faiblement vers
le lever du soleil, le mercredi soir, un des travail-
leurs, embouchant le porte-voix, annonça par ordre
des principaux directeurs de l'entreprise, que le ballon serait lancé le lendemain, à six heures du matin.

La grande curiosité du public était de connaître
un des voyageurs qui ne se montrait point encore.
Primitivement, l'aérostat devait être monté par le
chevalier de Chévelu, qui était le moteur et le
chef naturel de l'entreprise; et le public, dont il
est fort aimé, aurait bien désiré le voir suivre son
projet; mais la tendresse paternelle s'opposa au
vœu général; et l'amour de la physique n'empê-
cha point un père alarmé de défendre net à
monsieur son fils de monter cette voiture d'un
nouveau genre. Les craintes du père et la sou-
mission du fils les honorent l'un et l'autre; mais
c'est avec le plus vrai chagrin que nous avons vu
partir ce cher et aimable Chevalier, sans avoir
retiré de ses travaux et de ses peines incroyables
d'autre fruit que le spectacle d'une expérience
manquée. Nous espérons au moins que la nouvelle du succès le consolera de tout.

Vous sentez bien que notre bouillante jeunesse offrait autant de voyageurs que de têtes ; mais pour prévenir les inconvénients qui auraient pu résulter de la concurrence, on convint de s'en rapporter au choix de l'autre voyageur qui demeurait en place : c'était M. *Brun*, jeune homme de beaucoup de talent, qui possède à vingt-quatre ans des connaissances très-étendues en mathématiques ; bientôt il passe, avec l'agrément du roi, au service de S. M. le roi de Prusse. Nous souhaitons tous bien ardemment que ce premier pas soit pour lui un acheminement à la fortune.

M. *Brun*, privé de son premier compagnon, désirait vivement faire le voyage aérien avec le chevalier *Maistre*, volontaire au régiment de la marine, lequel, de son côté, en mourait d'envie ; mais le départ du régiment fixé à l'heure même de l'expérience, et les terreurs paternelles rendaient encore la chose fort problématique. Il commença par se débarrasser du premier empêchement, en obtenant la permission de ne partir que dans l'après-dînée, et d'aller joindre le corps à *Mont-mélian*. A l'égard des craintes du père, il fut résolu, en grand conseil, qu'à les supposer bien violentes (ce dont il était permis de douter un peu), il suffisait de se taire et de faire confidence du départ au moment de l'arrivée. Le projet ne fut néanmoins décidément arrêté que le mercredi à l'entrée de la nuit ; et de toute la famille du voyageur, une seule personne en fut instruite par hasard.

Les ouvriers passèrent la nuit du mercredi au

jeudi auprès du ballon; et dès trois heures du
matin, il était gonflé par un feu léger, mais constamment soutenu. Il y a même apparence que
cette raréfaction graduelle fut cause en grande
partie du succès de l'expérience. A six heures, le
public se rendit dans l'enclos de *Buisson-Rond* :
tout était disposé pour le départ; le feu pétillait
dans le fourneau, et les cordes bandées disaient :
« *Tout ira bien.* »

M. *Brun*, en chemise sur l'estrade, donnait ses
ordres; mais on ne voyait qu'un voyageur; le
chevalier *Maistre*, en uniforme, se croisait les
bras, et ne montrait aucun projet. Cependant
M. *Brun* saute dans son panier, et son compagnon de voyage, faisant le tour du *ballon*, s'ap-
proche du sien et se déshabille. Il faut noter que,
par la disposition des lieux, le public n'occupait
guère que deux côtés de l'enclos; et le panier destiné au voyageur anonyme était placé dans une
direction opposée à la foule : il put donc s'y jeter
sans être aperçu de beaucoup de monde, et au
lieu de se tenir debout, il s'y coucha et se couvrit
d'une toile. Dans ce moment, une des cordes qui
suspendait son panier sauta tout à coup, sans
doute parce que le ballon commençait à s'élever
insensiblement, et que la corde n'ayant pas été
scrupuleusement égalisée aux autres, se trouva
trop courte et porta tout le poids. Mais le voyageur s'étant assuré par un léger examen que les
autres cordes suffisaient à sa sûreté, il ne jugea
point à propos de perdre le temps en réparations
inutiles, et d'alarmer peut être les esprits : alors,

son frère, qui était sur l'estrade, toucha les cordes,
lui dit un *adieu* laconique, et vint se mêler à la
foule. Enfin, l'instant désiré arrive; le grand câble
avait disparu : le *ballon* parfaitement gonflé faisait
des efforts visibles pour s'échapper; tous les cœurs
palpitent : toutes les lunettes sont en l'air. — On
demande silence. — M. *Brun* se tourne et tire un
coup de pistolet. C'était le signal convenu. On
lâche toutes les cordes : rien ne retient le *ballon*; il quitte l'estrade; son foyer brille à tous les
yeux; il est en l'air. — Tenterai-je de vous
peindre la sensation universelle? Non! Il n'y a
qu'un ange ou un sot qui puisse l'entreprendre.
Mais vous, mon cher comte, qui réunissez à tant
de talents celui de la peinture que vous possédez
à un si haut degré de perfection, écoutez-moi!
Broyez vos couleurs! Prenez votre toile, vos
pinceaux : je veux vous offrir un modèle digne
de vous. Voyez dans l'enclos ces jeunes personnes
fixant des yeux humides sur ce ballon qui fuit
comme la flèche. Peignez-moi cela! Faites-moi
voir sur ces visages la pâleur de la crainte, l'ex-
tase de l'admiration et le sourire de la tendresse;
rendez-moi ce sentiment qui les suspend sur leurs
siéges, et ce geste machinal qui va chercher le
ballon dans les airs; qui le soutient, le dirige, et
lui défend de tomber sur les rocs. Allons! mon
cher ami, courage! Soyez sublime; soyez vous-
même! Et que votre tableau dise comme vos modèles : « *mon frère est là!* » — Mais vous allez
me dire que vous n'êtes ni ange ni sot : conti-
nuons.

À quelques toises d'élévation, M. *Brun* se tourne sur l'enclos et salue l'assemblée avec beaucoup de sang-froid. Son compagnon, sentant qu'il était temps de quitter sa première attitude, se lève, prend le porte-voix, et fidèle aux promesses du *Prospectus*, il crie de toutes ses forces : HONNEUR AUX DAMES! Mais il ne fut guère ouï que des hauteurs voisines : car dans l'enclos, on pouvait dire presque au pied de la lettre :

> Dieu, pour se faire ouïr, tonnerait vainement.

Dans ce moment, par le plus heureux hasard, le régiment de *la Marine* défilait le long des murs de *Buisson-Rond*, qui bordent, comme vous savez, la grande route de Piémont. Le ballon passa précisément au-dessus du bataillon, et les tambours battirent aux champs.

Cependant, le globe s'élevait avec une rapidité prodigieuse, mais presque perpendiculairement, au grand déplaisir des voyageurs qui regrettaient bien une de ces bouffées de vent qui nous avaient tant impatientés précédemment. Arrivés à une très-grande hauteur, un léger courant les entraîne lentement du côté de *Challes*, dans la direction *nord-est* du lieu du départ. Malgré ce malheureux calme qui avait duré douze minutes, et malgré la faiblesse du vent qui s'élevait, le bon état de la machine et la sécurité parfaite des voyageurs leur faisaient entrevoir un succès peut-être sans exemple. Mais, comme il faut toujours que, dans ces sortes d'occasions, on commette quelque faute par défaut d'expérience, on s'était trompé sur la quantité des combustibles nécessaires : 180 liv. de bois paraissaient une provision suffisante. On était dans l'erreur, et cette erreur a rendu l'expérience beaucoup moins brillante.

D'abord, les voyageurs s'amusèrent à faire la conversation et à contempler la beauté du spectacle qu'ils avaient sous les yeux. Durant cet accès d'admiration, le feu déclinait et le ballon baissait ; on crut même dans l'enclos qu'il allait toucher terre ; mais les voyageurs s'apercevant qu'ils avaient baissé, ranimèrent le feu, et bientôt on les vit se relever. La plus haute ascension, marquée par les observateurs, fut de 506 toises ; néanmoins (tout orgueil à part) les *Argonautes* aériens ont quelques doutes sur cette estimation. Assurément, rien n'égale la haute considération dont ils font profession pour les *graphomètres* et pour les tables des *sinus;* mais quand ils songent que les signaux dont ils étaient convenus pour marquer l'instant où ils voulaient être lorgnés n'ont point été aperçus ; que l'un des observateurs s'est vu forcé par les circonstances d'observer presque perpendiculairement dans une position embarrassante ; quand ils se rappellent qu'ils ont vu au-dessous d'eux la *Dent de Nivolet,* celle de *Granier,* et le roc de *Chafardon,* ils croient (en attendant qu'on ait mesuré ces montagnes) s'être élevés au delà de 506 toises. Le *baromètre* ne pouvait décider cette question. « *Faites seulement vos observations,* dit le chevalier *Maistre* à M. *Brun, je me charge du feu.* — *Bon!* dit ce

5

dernier, *j'ai cassé mon baromètre.* » (On n'en avait embarqué qu'un ; n'en dites rien, au nom de Dieu !) « *Et moi,* reprit son compagnon, *je viens de casser le manche de ma fourche.* »

C'était là un malheur d'importance, car au lieu de mettre les fagots tranquillement dans le foyer, il fallut les jeter, et le pauvre jeune homme, gêné par une pièce de fer placée en saillie sur le bord intérieur du panier, manqua son coup et perdit trois fagots.

Tandis que le ballon voyageait, la mère de M. *Brun,* qui n'avait pas eu le courage d'assister au départ, l'aperçut en l'air du milieu d'une place où elle passait par hasard. — « *Ah ! mon Dieu !* s'écria-t-elle, *je ne verrai plus mon cher enfant !* » Elle ne le vit que trop tôt, car les provisions manquaient aux deux *Phaétons.* Pour plus grande sûreté, et sur l'avis du célèbre physicien M. de *Saussure,* on avait réduit à deux le nombre des voyageurs ; le filet était supprimé, et la galerie allégée. On aurait pu augmenter considérablement la quantité des provisions. Le volume des fagots trompa les yeux ; c'est à peu près la seule faute qu'on ait commise, mais elle était considérable. Furieux de se voir forcés de toucher terre avec un *ballon* parfaitement sain, les voyageurs brûlèrent tout ce qu'ils pouvaient brûler. Ils avaient une quantité considérable de boules de papier imbibé d'huile, beaucoup d'esprit-de-vin, des chiffons, un grand nombre d'éponges, deux corbeilles contenant le papier, deux seaux dont ils versèrent l'eau : tout fut jeté dans le foyer. Cependant le

ballon ne put se soutenir en l'air au delà de vingt-
cinq minutes, et il alla tomber à la tête des marais de *Challes*, à une demi-lieue en droite ligne
de l'endroit du départ, mais après avoir éprouvé
dans son cours deux ou trois déviations assez con-
sidérables. M. *Brun* ne manquera pas de donner
les détails les plus circonstanciés sur le poids
total de la machine et sur sa force ascensionnelle :
ces détails établiront probablement qu'il y a beaucoup à rabattre de l'hypothèse qui suppose la
raréfaction de l'air dans la proportion de 1 à 2.
Mais je me tais sur tout ceci, ne voulant point
fourrager une province qui lui appartient à si
juste titre.

Telle est, Monsieur, l'histoire fidèle de notre
ballon, intéressant, peut-être, parce qu'il était
supérieurement construit, parce qu'il s'est élevé
avec une rapidité surprenante, parce qu'il ne portait que 44 ans ; parce qu'il a été conduit avec
assez de sang-froid et d'intelligence, et qu'il n'a
pas souffert la plus légère altération. Vous com-
prenez cependant, mon cher ami, que tout ceci
est écrit sans la moindre prétention. Je parle de
ce qui nous intéresse, et je n'en parle qu'à nos
concitoyens ; et si quelque coup de vent (que je
suis loin d'invoquer) portait ces feuilles au delà
de la frontière, qu'elles attestent au moins que
nous avons répété avec plaisir une expérience
intéressante, mais que nous n'attachons aucune
espèce de gloire à faire aussi bien que d'autres.

A l'instant où le ballon toucha terre, un carrosse,
conduit à toute bride, s'empara des voyageurs, et

fut bientôt suivi de tous les autres. On revint à
Buisson-Rond : on fit monter les deux jeunes gens
sur l'estrade où ils furent présentés au public,
fêtés, couronnés par madame la comtesse de *Ce-*
vin, par madame la baronne de *Montailleur*, et par
madame de *Morand*, dont les charmants visages
payèrent de la meilleure grâce la dette contractée
dans le *Prospectus*. On remonta en carrosse : nos
jeunes militaires trouvèrent plaisant de débusquer
les cochers, et de se mettre à leur place. Il fallait
voir surtout le chevalier *Galatei*, avec une
énorme moustache postiche, conduisant le carrosse
des voyageurs : c'était une gaieté, un enthousiasme, une aimable folie dont on ne se forme pas
d'idée ; c'est dans ce bel équipage qu'on entra en
ville couronné de rubans et de feuillage, au bruit
des tambours et des instruments : on parla beaucoup de *lauriers* ; mais j'observai que les voyageurs y répugnaient (ils en trouveront ailleurs).
Un grand nombre de personnes de tout rang,
parmi lesquelles se trouvaient tous les souscripteurs, précédaient les carrosses. Tout le cortége
reconduisit d'abord le chevalier *Maistre* ; deux
vieillards de vingt-cinq ans le tirèrent du carrosse
et le portèrent sur leurs bras au Président, son
père : il n'est pas nécessaire de vous dire que ce
bon papa était déjà averti du départ et de l'heureuse arrivée du ballon. On se rendit ensuite chez
M. *Brun* ; malheureusement, son père était absent ;
mais que manque-t-il à la tendresse quand on possède une mère ? Celle de M. *Brun* triompha du
triomphe de son fils ; elle reçut les compliments

et les embrassades de tout le monde, et surtout
des dames qui ne pouvaient se lasser de contempler sa joie :

O grand Dieu ! le cœur d'une mère
Est un bel ouvrage du tien.

De chez M. *Brun*, on se rendit chez S. E. monsieur le Gouverneur : les dames lui présentèrent
les voyageurs ; il les reçut avec bonté, et même il
fit la grâce au chevalier *Maistre* de lui accorder
un délai de deux jours pour se reposer et rejoindre
à l'aise son régiment.

Un repas de' quatre-vingt-dix couverts suivit
toutes ces présentations : il n'est pas possible de
vous donner une idée de l'union et de la joie
aimable et bruyante qui régnèrent dans ce *ban-
quet* presque fraternel; on y porta un grand
nombre de santés à l'anglaise : autant qu'il m'en
souvient, voici l'ordre des *toasts* :

Le chevalier de *Chevelu*, qui manquait seul pour
rendre la fête complète ;

Les deux voyageurs ;

Le Président comte *Maistre*, et M. et Mme *Brun*,
qui avaient fourni incontestablement les premiers
matériaux de la fête ;

S. E. monsieur le Gouverneur, qui avait bien
voulu honorer de son nom la liste des souscripteurs, et nous accorder encore' pour deux jours
l'un des voyageurs;

MM. *Montgolfier*, dont le génie nous avait pro-
curé le magnifique spectacle du matin, et les plaisirs qui le suivaient ;

L'auteur du *Prospectus,* sans doute à cause de sa bonne volonté ;

Les dames qui étaient accourues les premières au secours des voyageurs, et les avaient favorisés des premières *accolades ;*

Le comte de *Saint-Gilles,* major du régiment des dragons de Piémont ; pour lui et pour les officiers de son corps, qui avaient pris un intérêt vraiment patriotique au ballon de *Chambéry,* et que nous voyions à table avec tant de satisfaction ;

Le chevalier *Galatei,* cocher de bonne maison et maître des cérémonies : âme de la fête.

Enfin, le comte de *Saint-Gilles* ayant demandé silence, proposa une libation d'eau fraîche à l'honneur de l'*Hermite de Nivolet,* et cette proposition fut acceptée avec de grands éclats de rire.

Après le repas, on se rendit en ordre à la porte du faubourg de *Montmélian,* où le ballon attendait les convives : on le ramena pompeusement sur deux chariots, aussi bien portant qu'au moment du départ ; et on alla le déposer, au bruit des fanfares, dans le jardin d'*Yenne :* nouvel hommage au chevalier de *Chevelu,* qu'on n'oubliait pas un seul instant.

Cette journée très-agréable fut terminée très-agréablement par un bal superbe, qui réunit tout ce que nous possédons d'aimable : assemblée charmante, où le plaisir si souvent banni par la triste étiquette, tint ses états jusqu'à six heures du matin. Au-dessus de l'orchestre, on voyait encore le chiffre du chevalier de *Chevelu.* Après les premières contredanses, les voyageurs entrèrent et furent présentés par Mesdames de *Cevin* et de *Montailleur*, qui les avaient ramenés le matin : un nombre infini d'*accolades* leur prouvèrent que, même en descendant du ciel, on peut s'amuser sur la terre : le rire était sur toutes les lèvres, la joie dans tous les cœurs; et chacun se retira pénétré de respect pour la physique et la folie.

Je ne me refuserai point, en finissant, le plaisir de vous dire que l'union, la joie et le bon ordre qui régnèrent dans nos fêtes, furent, en grande partie, l'ouvrage du comte de *la Perrouse* et du marquis de *la Serraz*, qui semblaient se multiplier pour montrer de tout côté la politesse la plus attentive et la plus ingénieuse.

J'aimerais fort laisser courir ma plume, et vous nommer tout le monde; mais il faut se contenter de vous assurer en général que les voyageurs viennent de contracter une grande dette à l'égard du public : le tendre intérêt qu'il a daigné leur accorder les pénétrera, sans doute, de la plus vive reconnaissance. M. *Brun*, qui va porter ses talents sous un ciel étranger, se rappellera souvent *la journée du ballon* ; et quand la famille de l'un des voyageurs aurait encore deux patries, elle se hâterait de prêter serment de fidélité à celle qui a bien voulu l'honorer de tant de marques de bonté.

Adieu, mon très-cher comte : pardonnez-moi cette *parlerie* patriotique, et croyez-moi avec une estime et une tendresse que vous connaissez depuis longtemps,

Tout à vous et pour toujours.

Chambéry, 8 mai 1784. S...

FRAGMENTS

ÉPISODE DE MŒURS RUSSES.

HISTOIRE D'UN PRISONNIER FRANÇAIS.

(1812-1813)

6

HISTOIRE

D'UN

PRISONNIER FRANÇAIS

 ADAME Ardenieff déjeunait dans son salon avec sa famille, lorsque son intendant, quelques papiers à la main, s'avança pour lui parler d'affaires.

« Bonjour, Pracof Andrèwich, quelles nouvelles des Français, lui demanda-t-elle, n'est-il venu personne de notre village de Barcoff?

— Les Français sont en pleine retraite, répondit l'intendant; pas un ne passera la Bérésina; les chemins sont encombrés de cadavres d'hommes et de chevaux; les chevaux meurent les premiers, faute de fourrages, et quand les soldats les ont mangés, ils meurent à leur tour de froid et de faim. On dit même que Bonaparte a été pris et

qu'on.l'a envoyé à Pétersbourg avec un Feldiegre;
mais ceci n'est pas bien sûr.

— Je crois en effet que cela n'est pas sûr, dit
Mme Ardenieff; l'essentiel est qu'il s'en aille, lui et
les siens, et qu'il nous épargne sa visite ici.

— Oh! pour cela, Madame, vous pouvez être
bien tranquille; non-seulement les Français ne
viendront jamais jusqu'ici, mais je sais de bonne
part qu'un détachement de cavalerie russe, envoyé
de ce côté pour chercher de l'avoine et du four-
rage, n'a pas été plus loin que Znameasky, à
13 verstes d'ici; j'espère donc que nous n'aurons
la visite de personne, pas même de nos amis,
car on dit qu'ils manquent de tout eux-mêmes en
poursuivant les Français et qu'ils achèvent d'en-
lever tout ce qu'ont épargné ces derniers.

— Ah! qu'ils viennent nos amis, s'écria
Mme Ardenieff, qu'ils viennent, qu'ils prennent
tout ce qu'ils voudront, pourvu que la Russie soit
libre de ses cruels ennemis! »

L'intendant raconta fort au long les désastres
de l'armée française, qu'il était malheureusement
impossible d'exagérer; on en savait les détails
par quelques paysans qui avaient vu les fourra-
geurs russes; des milliers d'hommes tombaient
chaque jour de froid, de misère et de fatigue. —
« Pauvres gens, s'écria la bonne dame, et tout cela
par le délire d'un homme! Fait-il froid aujour-
d'hui? Olga, voyez le thermomètre; pauvres gens!
répétait-elle, si je pouvais les transporter tous en
France, je le ferais bien volontiers, pourvu qu'ils
nous laissent tranquilles.

— Puissent-ils être écrasés tous avant d'y arriver, dit tout bas Pracof Andrewich ; et le domestique qui emportait le déjeuner répondit plus bas encore : « que le diable les emporte ! »

. Mlle Ardenieff s'était approchée de la fenêtre pour examiner le thermomètre ; il ne marquait pas au-dessous de 7 degrés, mais il ventait fort ; on voyait une neige fine, passer horizontalement devant les fenêtres ; les arbres en étaient couverts sur toutes leurs branches défeuillées, et le vent gémissait sourdement par intervalles dans la cheminée du poêle. La barbe des paysans qui passaient était à la lettre poudrée à frimas. Tout le monde ne connaît pas le plaisir qu'on trouve à voir ainsi l'hiver sans le sentir, bien à l'abri dans de vastes appartements dont toutes les portes intérieures sont ouvertes, et avec 15 ou 16 degrés de chaleur constante. — Le souvenir des souffrances de tant de malheureux qui se mouraient à quelques lieues de là rendait plus sensible à Mme Ardenieff cette jouissance à laquelle on est accoutumé en Russie. « Remercions Dieu, dit-elle, de nous avoir épargnés et prions-le d'adoucir le sort des pauvres soldats ! »

En regardant à travers les vitres, la jeune personne aperçut un paysan qui arrivait ; il paraissait venir de loin, et ressemblait à une masse de neige, tant il en était couvert.

« Maman, s'écria-t-elle, c'est mon ami Philémon, le brave Starost de Barcoff, qui vient nous donner des nouvelles ! »

Monsieur Bonard, précepteur du jeune Arde-

nieff, lisait un livre auprès du poêle lorsqu'il
entendit nommer Philémon : — voilà encore un
nom grec, dit-il, nous avons déjà le cuisinier
Platon, le chauffeur du poêle Chariton ; il ne nous
manquait plus que le Starost Philémon ! — Aime-
riez-vous mieux, répondit son jeune élève, qu'il
s'appelât Bonard ?

Mme Ardenieff ordonna qu'on fît entrer le voyageur dans le salon, et l'aimable Olga alla lui
ouvrir la porte. Il se fit attendre quelque temps
pour secouer la neige qui couvrait ses habits et
ses souliers d'écorce ; il frappa quelques coups de
son bonnet contre la muraille dans le même but
et entra dans la chambre. Lorsqu'il eut franchi
le seuil, au lieu de saluer sa maîtresse, il se tourna
vers l'angle du salon où était suspendue une
image dorée et fit trois signes de la croix en
baissant à chaque fois sa tête jusqu'à la hauteur
de ses genoux et la relevant ensuite vivement
pour regarder l'image. Pendant que ce mouvement
avait lieu, le bout de ses cheveux qui n'avait pas
été préservé par le bonnet jetait des flocons de
neige et des petits glaçons autour de lui. Après
cet acte religieux, il s'avança auprès de sa maîtresse et se prosterna devant elle en touchant la
terre de son front et, se relevant à l'ordre qu'il en
reçut, il attendit qu'on l'interrogeât. — « Bonjour,
Frère, lui dit la dame, tu nous apportes, je crois,
de mauvaises nouvelles ? — C'est la volonté de
Dieu ! — Vous avez eu un incendie, combien de
maisons ont brûlé ? — « Mère, douze maisons
seulement ont brûlé, les cosaques du comte Platoff

sont arrivés à temps ; sans eux tout était perdu,
mais ils mouraient de faim, ils nous ont tout ôté,
nous n'avons plus ni pain, ni bestiaux. Avant
leur arrivée, plusieurs de nos frères ont été dépouillés de leurs pelisses et même de leurs habits
et de leurs bottes par une troupe de marau-
deurs français qui les surprirent pendant la nuit.
Maintenant, Mère, c'est à toi à nous aider ; tu sais
qu'avant le malheur qui nous a frappés, nous
avons toujours payé exactement l'*Abrok*. Jamais
peut-être Basilewich, ton mari, que Dieu ait son
âme ! n'a eu à se plaindre de nous ; il était bon
pour nous comme Vassili Ivanowich, son père et
ses aïeux, et comme sera notre jeune maître
Alexandre Basiléwich. — Ici l'orateur se tourna
vers le jeune Ardenieff et lui fit une profonde in-
clinaison, ainsi qu'à Mlle Ardenieff, en ajoutant —
et notre belle Olga Basilewna. Ce n'est donc pas
à nous à demander ce qu'il nous faut, nous savons que tu feras ce qui est juste. Tu es notre
mère et nous sommes tes enfants. »

En finissant cette harangue, il se prosterna de
nouveau en touchant la terre de son front, et,
s'étant relevé, il se retira jusqu'auprès de la porte,
où il s'arrêta pour attendre la décision de sa
maîtresse.

Mme Ardenieff donna aussitôt l'ordre à son intendant de rassembler tout ce qu'on pourrait
trouver de touloupes, de bottes et autres parties
d'habillement ; elle n'oublia pas surtout l'eau-
de-vie, sans laquelle les autres présents auraient
perdu de leur prix. Malgré la confiance de Phi-

lémon dans la prévoyance et la générosité de ses
maîtres, il ne laissa pas de suggérer peu à peu
plusieurs articles nécessaires comme du blé, des
pommes de terre et de l'argent, et finit par demander beaucoup plus qu'on ne pouvait donner.
L'essentiel pour le moment était le blé, et sur
ce point on pouvait le satisfaire et en envoyer
pour la consommation d'un mois; mais il observa
prudemment qu'il ne fallait expédier premièrc-
ment que quelques sacs de farine ou de blé,
jusqu'à ce que toute l'armée et les équipages
aïent défilé, « car, ajouta-t-il, si vous envoyez un
convoi de plusieurs traîneaux, les employés aux
vivres sentent le blé à cinquante verstes à la
ronde et ils nous le prendront. Ils laissent bien,
à la vérité, des papiers pour être payés ensuite,
mais les papiers ne se mangent pas et souvent
aussi ils ne se payent pas. » Après avoir donné ses
ordres pour fournir à ses paysans les objets de
la plus pressante nécessité, Mme Ardenieff annonça
qu'elle se rendrait elle-même à Barkoff, pour voir
de ses yeux l'état du village et résolut de partir
le lendemain.

La crainte qu'elle avait eue pendant longtemps
de voir arriver l'ennemi dans le lieu qu'elle habitait ne lui avait pas laissé négliger le soin des
voitures, pour être à même de s'éloigner à la première alerte. Sa fille voulut l'accompagner, ce qui
ne souffrit aucune difficulté. Elle refusa d'a-
bord cette faveur à son fils en raison de son jeune
âge, enfin elle finit par y consentir. En conséquence on prépara trois kibik, chacun à trois

chevaux — le premier destiné aux deux dames, le second au jeune homme et à son gouverneur, le troisième enfin pour Prakoff Andrewich; d'autres traîneaux de transport devaient suivre, remplis des secours destinés aux paysans des villages brûlés. Olga fut chargée d'ordonner les provisions pour la subsistance de la caravane pendant le voyage.

Le lendemain, pendant le déjeuner, on entendit la sonnette des chevaux qui se placèrent sous les fenêtres. Les dames s'entourèrent de châles et de pelisses, chaussèrent leurs bottines chaudes et virent achever les derniers préparatifs du départ au travers des vitres.

Le fond des kibiks fut couvert d'une couche de foin sur lequel on plaça un épais matelas, plusieurs coussins d'édredon y trouvèrent leur place; les valises et les petites cassettes, bien recouvertes de foin et arrangées de manière à ne pas blesser les voyageurs, furent placées à la tête sous le matelas, pour l'élever dans cette partie, enfin le tout fut recouvert par d'épaisses couvertures de laine et par des pelisses sous lesquelles devaient se glisser les voyageurs. Le cuisinier apporta une boîte ronde en bois façonnée au tour, de la forme d'une grosse citrouille un peu aplatie, composée de deux hémisphères creux qui se fermaient exactement; dans cette boîte on avait mis un jambon excellent, une pièce de bœuf rôti; les intervalles étaient remplis de petits pâtés de volailles froides particuliers à la Russie et que le reste de l'Europe devrait connaître. On souleva un coin du matelas et l'on y fit entrer de force la

7

boîte ronde. Le second kibik portait la cassette du
déjeuner et celle du thé ainsi que la boîte au sucre.
L'intendant était le plus embarrassé; outre sa
propre valise, il avait aussi la plus volumineuse
de toutes, celle de la palaguera Polikarpovna,
femme de chambre favorite de Mme Ardenieff;
elle avait pris pour un voyage de trois jours toute
sa garde-robe et son linge, malgré les représentations de sa maîtresse; il portait aussi le samovar,
ustensile des plus essentiels dans les circonstances
qui avaient lieu, et toute la provision de pain.

Tout étant prêt pour le départ, les voyageuses
se placèrent dans le kibik, ce qui n'eut pas lieu
facilement; les voitures étaient tellement encom-
brées par toutes les précautions qu'on avait prises
contre le froid, qu'il restait à peine un pied d'intervalle entre l'impériale et les coussins; Mme Ardenieff regretta au moment du départ de n'avoir
pas préféré la grande voiture.

Les deux dames se glissèrent de leur mieux
sous les couvertures comme dans leur lit, les domestiques s'assirent sur le bord du kibik, les
jambes pendantes, et leur maîtresse ayant prononcé
l'ordre définitif, *Pachol*, le cocher, éleva son fouet,
sans cependant frapper les chevaux qui partirent
comme un trait, aussi obéissants à sa voix qu'il
l'avait été lui-même à celle de sa maîtresse; et les
vieux dbarovoï qui étaient venus assister au départ avoient à peine eu le temps de remettre leurs
bonnets fourrés, que déjà les traîneaux ne paraissaient plus que comme une tache dans un brouil-
lard de neige, au bout de l'avenue de bouleaux.

On raconte en Russie qu'un homme voyageant de cette manière était transporté par ses chevaux avec une telle vitesse que les poteaux des verstes lui semblaient une balustrade. Sans vouloir contraindre mes lecteurs à croire ce récit, il pourra servir, avec une légère restriction, à leur faire comprendre la rapidité et le plaisir de cette manière de voyager.

Le temps était superbe, le ciel serein et brillant sans être bleu ; des particules de glace, de petits cristaux de neige suspendus dans l'air tranquille semblaient indécis de tomber sur la terre ou de remonter au ciel et brillaient comme des étincelles ; la plaine était éblouissante de clarté. Mᵐᵉ Ardenieff avait enveloppé sa tête avec un châle, autant pour se préserver du froid que pour se mettre à l'abri des pelottes de neige que lançaient de temps en temps les pieds des chevaux en galoppant ; mais la jeune Olga bravait le froid et la neige et livrait son joli visage aux frimats. Malgré ses longues paupières qui couvraient ses yeux à demi fermés, le courant d'air glacial, causé par le mouvement rapide de la voiture, les remplissait de larmes, et lui laissait voir confusément les arbres qui semblaient fuir à côté d'elle sur les bords du chemin.

« Maman, disait-elle, comme c'est gai de voyager si vite ! Ah ! si c'était pour aller à Pétersbourg, cela serait bien plus amusant encore !

— Si tout est tranquille, répondit Mᵐᵉ Ardenieff, et si nos affaires nous le permettent, nous pourrons y aller par le dernier traînage. »

Cette espérance fit éprouver à sa fille un frisson de plaisir, elle se serra dans sa pelisse, il lui semblait être plus légère et que la course du kibik était devenue plus rapide. Mais son imagination et son cœur allaient bien plus vite que les chevaux ; un désir ardent, quoique sans but encore, le rêve confus d'un bonheur à venir, un de ces rêves brillants qu'on ne fait qu'à seize ans, qui durent si peu et ne se réalisent jamais, occupait toutes ses pensées.

Lorsque les voyageurs traversaient le village de Znamensky, leur attention fut attirée par les cris et les vociférations d'une foule de paysans dont elles étaient séparées par une cloison de planches qui bordait la rue. Le bruit leur parut si extraordinaire que Mme Ardenieff fit arrêter les voitures. Philémon qui l'accompagnait, monta sur une pierre pour regarder par dessus la cloison.

« Que font ces gens-là ? lui demanda Mme Ardenieff.

— C'est un Français qu'ils ont attrapé, répondit-il en riant, et qui passe un mauvais quart d'heure.

— Grand Dieu ! on va le tuer, s'écria la jeune personne ; courez monsieur Bonard, tâchez de le sauver ! »

Les deux dames, le jeune Alexandre et l'intendant sortirent aussi de leurs kibiks, pour se rendre au lieu de la scène cruelle qui avait lieu.

Lorsque M. Bonard entra dans la cour, il vit un malheureux prisonnier, à demi mort de misère et de froid, que les paysans voulaient jeter dans un puits abandonné ; quelques hommes travaillaient avec des pieux de fer à soulever des planches gelées qui couvraient le puits.

Leur cruelle intention aurait peut-être eu déjà son exécution, malgré les représentations d'un jeune prêtre du village, dont l'autorité n'aurait cependant pas suffi pour sauver la victime, si le puits avait été ouvert. L'arrivée de M. Bonard suspendit un instant les cris de ces furieux, mais lorsqu'il commença sa harangue en mauvais russe, le bruit recommença de plus belle.

« Voyez, s'écrièrent quelques-uns des plus animés, voyez cet autre bousourman (homme qui n'est pas chrétien; ce mot, qui est étranger, vient probablement par corruption du mot musulman) qui vient nous prêcher ; c'est un espion, il faut le mettre dans le puits avec son camarade. »

Heureusement pour lui, il se trouvait dans la foule quelques paysans réfugiés du village de Barkoff qui appartenaient à la famille Ardenieff et qui connaissaient M. Bonard ; ils firent observer à leurs amis que ce n'était pas un Français, mais un Allemand.

Pendant cette bagarre, le pauvre homme était fort embarrassé, le plus grand nombre se déclarait contre lui ; un jeune paysan le suivit, et comme il se retirait, il lui asséna un vigoureux coup de poing sur la nuque en disant : .

« Français ou niemetz, tiens, voilà pour toi ! »

Mme Ardenieff entrait dans la cour, lorsqu'elle rencontra son gouverneur pâle comme la mort, poursuivi par quelques hommes qui voulaient l'arrêter. Au moment où elle parut, suivie de ses enfants et de ses domestiques, le tumulte cessa les paysans, dont quelques-uns la connaissaient, l'environnèrent, le bonnet à la main :

« Mère, disaient-ils tous à la fois, c'est un Français, c'est un ennemi. »

Elle vit le malheureux prisonnier étendu sur la neige, à demi-nu, attaché par un pied à une corde avec laquelle on l'aurait traîné dans le puits, s'il avait été ouvert, malgré la courageuse résistance du diacre, qui, voyant ses remontrances inutiles, avait saisi la corde et s'était laissé traîner lui-même avec le prisonnier, l'espace de quelques toises. Ce fut le bruit de cette vive altercation qui parvint heureusement jusqu'à Mme Ardenieff lorsqu'elle traversait le village.

« Mes enfants, dit-elle à la foule qui l'entourait, je vous en conjure, ne commettez pas une mauvaise action en tuant un homme désarmé; nos braves soldats qui l'ont fait prisonnier, auraient bien pu le tuer sans crime, ils ne l'ont pas fait, et maintenant vous voulez ôter la vie à un pauvre chrétien, qui ne peut plus vous faire de mal!

— C'est votre volonté, répondit un vieux paysan en obéissant à l'ordre qu'elle avait donné de délier la corde; c'est votre volonté, cependant réfléchissez, mère, c'est un Français, un ennemi! »

Ces mots étaient prononcés du ton d'un homme qui obéit à regret à un ordre injuste. Quelques jeunes hommes murmurèrent entre eux :

« Nos seigneurs sont étranges, disaient-ils, de vouloir nous faire croire que c'est un chrétien; elle est la maîtresse, à la bonne heure... Nous devons obéir, cependant c'est un Français! »

Mme Ardenieff s'approcha de lui :

« Mon ami, dit-elle, prenez courage, on ne vous fera plus aucun mal, nous aurons bien soin de vous ; on vous fera donner à manger, et nous tâcherons de vous trouver des habits. »

Lorsque le prisonnier entendit ces paroles consolantes prononcées en bon français par une voix si douce, il ouvrit les yeux et fit un effort pour se soulever.

« Madame, dit-il d'une voix éteinte, je n'ai plus besoin de nourriture, ni d'habits ; — il montra une de ses mains dont les doigts gelés étaient de la couleur de l'ivoire. — Si j'ai pu vous inspirer de la pitié, défendez seulement qu'on me maltraite, et laissez-moi mourir en paix. »

Après avoir dit ces mots, ses yeux se refermèrent et sa tête retomba pesamment sur la neige. Mlle Ardenieff poussa un cri d'effroi, croyant qu'il était mort ; il était, en effet, tellement pâle et défiguré par la souffrance, qu'il ressemblait plutôt à un cadavre qu'à un homme vivant ; ses lèvres noires et livides exprimaient cet affreux sourire des morts qui ont l'air de se moquer amèrement des chimères de la vie.

On le transporta dans la maison, mais avant de le faire entrer dans la chambre chaude, on plongea sa main gelée dans un baquet d'eau dans laquelle on mit un peu de neige. Mme Ardenieff fit tirer du traîneau d'équipage une des pelisses préparées pour ses paysans de Barkoff, et l'en revêtit. Le diacre se chargea de soigner la main gelée en la frottant doucement dans l'eau. Pendant qu'on s'occupait ainsi de le ramener à la vie, les voyageurs entrèrent dans l'isback et firent préparer du thé pour le prisonnier, en attendant une meilleure nourriture qu'il n'était pas à même de supporter.

M. Bonard, le dos appuyé contre le poêle, tâchait de se remettre de la secousse qu'il avait éprouvée; croyant parler parfaitement le russe, il était surtout piqué d'avoir été reconnu pour un étranger. En conversant avec la maîtresse de la maison, Mme Ardenieff lui demandait comment ce malheureux avait pu venir jusqu'au village sans habits, par un froid aussi vif.

« Il était fort bien habillé, répondit la paysanne, lorsque nos frères l'ont rencontré à une demi-verste d'ici; il avait un beau manteau ouaté de satin rose garni en édredon, et par-dessous il était couvert d'une grande nappe fine damassée à plusieurs doubles dont il s'était emmailloté; il avait en outre un mouchoir de soie autour du cou, et ses jambes étaient enveloppées avec une quantité de serviettes dont il s'était fait des bottes, enfin il avait sur la tête un chapeau de paille attaché sous le menton avec des rubans. La femme du Starost a eu le manteau pour un rouble et demi des paysans qui l'ont pris; j'en aurais volontiers donné un billet bleu, mais je l'ai su trop tard. »

Mme Ardenieff eut de la peine à croire à cette singulière description, mais son étonnement fut plus grand encore, lorsque la femme lui remit le livret de service trouvé sur le prisonnier, dans lequel, en le feuilletant, elle vit deux cartes de

visite avec son propre nom : *Madame Ardenieff,*
en toutes lettres. Elle ne pouvait en croire ses
yeux; Olga les examina à son tour, et les reconnut pour être celles qu'on avait fait graver l'année
précédente à Moscou.

Le costume du prisonnier, dont elle venait
d'ouïr la description et les cartes de visite, étaient
deux énigmes que nos voyageurs étaient fort
empressés de comprendre, mais il leur fut impossible de tirer aucune explication du Français avant
leur départ de Znamensky. Lorsqu'on le fit entrer
dans l'isback, il ne put répondre à aucune des
questions qu'on lui adressa; à mesure que la chaleur le pénétrait et rétablissait la circulation du
sang dans ses membres engourdis, il éprouvait
des douleurs inexprimables dans les mains et les
pieds, et il s'évanouit plusieurs fois pendant le
temps que Mme Ardenieff passa à Znamensky;
elle fut en conséquence obligée de continuer son
voyage, sans pouvoir apprendre les aventures du
malheureux qu'elle avait protégé; mais elle ne
partit qu'après l'avoir vivement recommandé aux
paysans du lieu, et surtout au diacre qu'elle
chargea spécialement de veiller à ce qu'on ne lui
donnât pas à manger sans précaution, lorsqu'il
reprendrait des forces, après le jeûne long et forcé
auquel il avait été condamné par les circonstances.
Pour assurer l'accomplissement de ses ordres, elle
laissa quelque argent au maître de la maison,
promettant en outre une récompense, si elle trouvait le prisonnier en bon état à son retour de
Barkoff.

8

Pour donner une juste idée des affaires qui
attendaient Mme Ardenieff à Barkoff, il ne sera
pas inutile de faire connaître avec quelques détails ce qu'on doit entendre par une terre à
l'abrok.

Les grandes terres en Russie sont ordinairement composées de plusieurs villages séparés, à
portée du terrain qu'ils doivent cultiver; le vil-
age central dans lequel se trouvent la maison du
propriétaire ou de l'intendant et l'église, porte le
nom de lalo ou lelo. Le propriétaire habite rarement sa terre, et presque jamais lorsqu'elle est à
l'abrok. Dans ce dernier état de choses, les
paysans choisissent eux-mêmes leur starost ou
chef, et déterminent à leur gré le mode de per-
ception de la rente qu'ils sont convenus de payer
au propriétaire, ainsi que la capitation due à la
couronne. Le maître approuve la nomination du
starost et ne se mêle plus de leurs affaires, tant
qu'ils payent exactement. Les paysans les plus
riches et les plus expérimentés s'assemblent à l'occasion, sur la place du lelo, pour la décision des
affaires qui se traitent sur deux pieds, sans papiers
ni plumes. Le starost jouit d'une assez grande
autorité pour tout ce qui regarde la police et peut
infliger le châtiment de la bastonnade, mais il
n'use de ce droit que pour les voleurs et les mauvais sujets reconnus. Comme il est élu par le
choix de ses camarades, et qu'ils peuvent le révo-
quer et en choisir un autre, son indulgence est
plus souvent préjudiciable que sa sévérité.

On voit par ce court exposé qu'une terre à l'abrok est une véritable république d'esclaves libres. Ces deux mots qui n'ont peut-être jamais été accouplés jusqu'ici, rendent cependant assez bien l'existence des paysans russes à l'abrok.

Souvent à de grandes distances des tribunaux, ils ne dépendent que d'eux-mêmes et ne ressentent l'influence du gouvernement, que lorsqu'il se commet des meurtres dans la terre, crime fort rare. Leur esclavage consiste seulement à ne pouvoir changer de maître, que la plus grande partie ne connaît pas, et à ne pouvoir abandonner leur pays ; en quoi ils diffèrent des Anglais dont la liberté consiste principalement à pouvoir quitter l'Angleterre, privilége dont ils usent largement. Les paysans peuvent au surplus quitter leur village et se répandre dans toutes les villes de la Russie, où ils espèrent trouver quelque avantage, pourvu qu'ils payent leur quote-part des contributions, avec un simple passeport du propriétaire qui ne le refuse point. Ils peuvent s'engager au service d'autres particuliers ; ils sont cochers, chauffeurs de poêles, ouvriers de tous genres et, sans quitter le village, ils peuvent aussi s'adonner à quelque commerce.

Dans ces petits états on voit aussi le parti ministériel et celui de l'opposition. Le premier est composé des amis du starost, et le second de ses envieux ; mais il n'y a ni libéraux, ni ultra. Tout le monde est d'accord sur un point essentiel : celui de payer le plus tard et le moins possible les revenus du seigneur et d'en soustraire une partie sous un prétexte quelconque, pour l'invention du-

quel. ils. sont fort ingénieux. Cette. pensée mère
réunit étroitement entre. eux les sujets de ce petit
souverain qui. n'est pas absolu, parce. qu'il a lui-
même un plus grand. souverain au-dessus de lui.
En considérant cet état de. choses,. les personnes
qui comparent le sort des paysans russes à celui
des serfs du moyen âge, ou, comme quelques
autres l'ont fait, à celui des Ilotes, en auraient une
bien fausse idée.

. Lorsque Mme Ardenieff arriva à Barkoff, elle
fut accueillie avec des pleurs et des gémissements;
il eût été impossible de distinguer les. pauvres et
les malheureux de ceux qui ne. l'étaient pas, et les
paysans; qui n'avaient rien perdu n'étaient pas
ceux qui criaient et se plaignaient le moins.
Mme Ardenieff. ne. fut point déconcertée par ces
clameurs auxquelles elle s'attendait. Pendant les
deux jours qu'elle passa au village, elle écouta
tout le monde. et prit toutes les informations
nécessaires. Les. paysans avaient fait le. projet
entre eux. de. profiter de l'occasion pour obliger
leur. maîtresse à leur remettre une année de rentes
qu'ils devaient payer;. la demande n'était ni juste.
ni proportionnée à la perte qu'ils avaient faite.
Elle interrogea les plus raisonnables en particulier, elle alla voir dans leurs maisons quelques
vieilles femmes, qui, après avoir exprimé leurs
plaintes et obtenu quelques faveurs personnelles,.
dirent la. vérité sur tout le reste ;. d'ailleurs le
starost; Philémon avait des jaloux et des ennemis,
quoiqu'il fût, sans contredit, un des hommes. les
plus honnêtes de la terre de Barkoff. Quelques

mauvais sujets qu'il avait fait châtier dévoilèrent le secret dont il était le promoteur; les délateurs étaient pauvres et n'avaient rien à payer. Mme Ardenieff put aisément démêler ce qu'il y avait de vrai parmi les calomnies dont ils cherchaient à noircir le bon starost qui n'avait d'autre but que l'avantage de ses administrés aux dépens du propriétaire. Elle consentit à remettre un tiers des revenus de l'année et permit que l'on tirât de ses forêts le bois nécessaire à la reconstruction des maisons brûlées, qui serait faite aux frais de la communauté.

Cette proposition raisonnable fut reçue avec toutes les marques du désespoir, et comme une mesure impossible à exécuter; les gémissements et les plaintes recommencèrent, les paysans rassemblés en différents groupes entourèrent pendant toute la journée la maison où s'était établie leur maîtresse qui refusa jusqu'au soir, veille de son départ, de les entendre. Malgré leur chagrin, ils ne manquèrent pas d'apporter à Mme Ardenieff des volailles, cochons de lait, œufs et autres provisions de bouche.

Le jour commençant à baisser, elle fit entrer le starost et une douzaine des notables et leur tint le discours suivant :

« Depuis quelques années, mes enfants, je suis très-mécontente de vous. Je n'entends que des plaintes et des murmures, et j'ai moi-même à me plaindre avec justice de votre inexactitude; tous vos payements sont retardés et j'attends encore celui du déficit de l'année passée que vous aviez promis

de rembourser à la dernière récolte. Maintenant
pour vous ôter, à vous et à moi, l'embarras où
nous sommes, j'ai résolu de prendre la terre à
mon compte et de la faire diriger par mon intendant. Voici Prakoff Andrewich que vous connaissez,
auquel je confie mes intérêts et les vôtres; vous
savez qu'il est honnête homme. Vous, Philémon,
vous lui céderez votre maison jusqu'à ce que
celle-ci soit réparée et arrangée pour lui et sa
famille, et vous lui obéirez ainsi que tous les habitants de Barkoff, comme à moi-même. J'enverrai
au premier jour l'arpenteur pour la nouvelle division de la terre à raison de quinze arpents par
famille; vous travaillerez trois jours de la semaine
pour vous et trois jours pour le maître, tout sera
mis sur le pied de mes autres terres de labour.
Quant aux maisons brûlées, les choses étant sur
un nouveau pied, je me charge moi-même de leur
reconstruction. »

Après cette déclaration, Mme Ardenieff passa
dans une autre chambre pour éviter toute récla-
mation.

Comme cette menace avait déjà été faite plusieurs fois sans être exécutée, les paysans espé-
raient encore qu'il en serait de même en cette
occasion; mais lorsque l'intendant remit au starost
une somme de mille roubles, avec ordre de se
rendre à Salouga le lendemain, pour acheter du
fer, ils ne doutèrent plus du malheur qui les menaçait. Ils auraient préféré de voir brûler le reste
du village plutôt que d'avoir un intendant; la
consternation fut générale et on se décida bientôt

à consentir à la première proposition de la maîtresse. Deux heures après, un vieux paysan qui passait pour le plus habile orateur du village, demanda audience et apporta le consentement de la population à l'offre qui avait été faite, avec la promesse de payer le déficit dans le courant du mois.

L'orateur obtint cependant que l'argent donné pour le fer resterait à la communauté pour le rétablissement des maisons brûlées, ce qui lui fit grandement honneur parmi ses camarades. Pour célébrer la nouvelle convention et témoigner leur contentement, les paysans allumèrent un grand feu sur la place de l'église et burent à la santé de leur maîtresse l'eau-de-vie qu'elle leur avait apportée et toute celle qu'on put trouver au lelo. Le lendemain matin, la population de tous les villages se rassembla pour assister au départ de Mme Ardenieff. Trois mille personnes, y compris les femmes et les enfants, étaient rangées sur deux lignes le long des maisons du lelo. Le starost et quelques notables furent admis à lui baiser la main et à prendre congé d'elle.

En traversant le village, elle fut saluée par de nombreux et bruyants hourras. A mesure que son kibik avançait, on voyait les deux lignes de paysans s'incliner profondément, et ce mouvement qui suivait la course rapide du kibik ressemblait aux ondes que le vent forme sur les moissons. Les habitants de Barkoff, en donnant mille bénédictions à leur maîtresse, la virent cependant partir avec le regret de n'avoir pas réussi à la tromper comme ils le désiraient, et celle-ci les quitta fort contente de n'avoir été trompée qu'à demi.

Aussitôt que les deux voyageuses se trouvèrent en rase campagne, la première idée qui leur vint à l'esprit fût le pauvre prisonnier qu'elles allaient revoir; le trouveraient-elles vivant? L'enverront-elles au grand dépôt des prisonniers, ou en prendront-elles soin? Olga penchait pour ce dernier parti, elle soutenait aussi, contre l'avis de sa mère, que ce n'était point un simple soldat, mais un officier; elle en aurait fait un sous-lieutenant, si l'âge de trente ans qu'il paraissait avoir ne l'avait déterminée à lui accorder le grade de capitaine.

« Cette noble résignation avec laquelle il attendait la mort et refusait les secours que vous lui offriez, n'annonce-t-elle pas, disait-elle, une âme élevée? »

Mme Ardenieff, moins prévenue en faveur du prisonnier, observait qu'elle n'avait rien vu dans cet homme qui annonçât le rang que sa fille lui supposait.

« Mais, maman, reprit cette dernière, comment peut-on reconnaître si un homme en chemise est capitaine ou soldat? ce qu'il y a de sûr, c'est qu'il a des cheveux châtains, des yeux bleus et le front très-blanc.

— Je n'y avais pas pris garde, répliqua sa mère en souriant, et je n'ai rien à objecter à de semblables preuves.

— J'en ai bien une meilleure, » disait Olga,

lorsque tout à coup le kibik chassé de côté sur le chemin glacé versa complétement.

Le cocher roula au loin sur la neige, les domestiques accoururent aussitôt et relevèrent la voiture; le cocher remonta lestement et fouetta ses chevaux; ce fut l'affaire d'une demi-minute. Olga qui s'était trouvée un instant jetée sur sa mère avec tous ses coussins et la pelisse, fut rejetée à sa place et tout se trouva dans le même ordre qu'auparavant. Lorsque le traînage est mauvais, ces accidents qui ne sont jamais dangereux arrivent ordinairement une dizaine de fois par jour, et souvent le voyageur, lorsqu'il est bon dormeur, n'en est point réveillé, et ses gens lui racontent, en arrivant à la poste, combien de fois il a versé depuis le dernier relai.

« Je ne vous ai pas trop pressée, maman? » dit Olga, riant de tout son cœur.

— Pas mal, répondit sa mère; mais, dites-moi, je vous prie, la nouvelle preuve de la dignité de votre capitaine, dont notre accident vient d'interrompre l'explication.

— Je pense, bonne maman, que s'il n'était pas un homme très-distingué, vous ne lui auriez pas envoyé des cartes de visite! »

Il ne fut question pendant le reste du voyage que de cette singulière circonstance; on s'épuisa inutilement en conjectures à ce sujet, jusqu'au moment où les traîneaux s'arrêtèrent à Znamensky devant la maison où se trouvait le prisonnier.

Olga fut la première à y entrer; sa mère, M. Bonard et son disciple la suivirent de près,

également animés d'un vif sentiment de curiosité.
Lorsqu'il aperçut ses libératrices, il se leva péni-
blement et s'avança près d'elles, appuyé sur un
bâton. Ses pieds avaient souffert et ne le suppor-
taient qu'à peine ; il était d'une pâleur extrême ;
une profonde tristesse paraissait dans tous les
traits de son visage et plus encore dans l'expression de sa reconnaissance.

« En me sauvant d'une mort certaine, dit-il à
Mme Ardenieff, vous avez suivi l'impulsion d'un
cœur généreux, mais je ne sais trop si vous m'avez
rendu un service ; que Dieu cependant vous récompense de cette bonne action ! La vie m'était
depuis longtemps à charge ; j'ai fait ce que j'ai
pu pour m'en délivrer honorablement, mais je suis
heureux de vous la devoir. »

Olga, s'adressant alors à sa mère, lui dit en
langue russe :

« Vous voyez à cette manière de s'exprimer
que ce n'est pas un simple soldat. »

Le prisonnier sourit :

« Il serait malhonnête à moi, madame, dit-il,
de vous cacher que je comprends votre langue, je
la parle même un peu et je ne veux pas surprendre
votre confiance ; je voudrais encore moins vous
laisser dans l'erreur sur le grade que j'ai dans
l'armée française pour obtenir des égards auxquels
je n'ai aucune prétention. »

Olga rougit jusqu'au blanc des yeux en voyant
qu'elle avait été comprise.

Sa mère demanda au prisonnier quel emploi il
avait dans l'armée.

« Le dernier de tous, répondit-il, ou peut-être le premier : Je suis un bon soldat. »

La curiosité des voyageuses ne put être satisfaite pour le moment ; elles savaient que la conscription atteignait en France toutes les classes de la société ; un simple soldat pouvait être un homme bien né, et tout ce que leur protégé avait dit dans un langage très-pur n'annonçait pas un homme du commun. La paysanne, maîtresse de la maison, était du même avis. Si Olga avait observé qu'il avait le front blanc, la première, celle-ci remarqua aussi qu'il avait les mains plus blanches que ne les ont ordinairement les soldats, mais ce qui lui prouvait jusqu'à l'évidence qu'il était un seigneur, c'est qu'il avait refusé un rouble en argent que lui avait offert le prêtre, sur la somme consignée par Mme Ardenieff pour son usage. Il avait seulement accepté le linge et le mouchoir de soie qu'on lui avait rendu et dont ces dames le trouvèrent paré à leur arrivée ; mais il n'avait d'autre habit que sa grossière pelisse de mouton et ses jambes malades étaient encore enveloppées d'une étoffe noire donnée par le prêtre ; cet accoutrement n'était pas fait pour soutenir l'idée avantageuse qu'Olga s'était formée de lui. D'ailleurs il restait toujours dans l'esprit de Mme Ardenieff un soupçon au sujet des cartes de visite qu'elle croyait avoir été prises dans le pillage de sa maison de Moscou auquel, il avait dû participer. Elle était surtout curieuse de voir le manteau de satin avec lequel on l'avait trouvé.

Elle se le fit apporter, mais il ne lui apparte-

-nait pas, non plus que la nappe et les serviettes qui avaient un autre chiffre. Elle racheta le tout pour un billet de vingt-cinq roubles, à l'insu du prisonnier, et dit à ce dernier qu'elle trouvait le manteau fort de son goût et voulait en faire l'emplette ; en lui faisant cette proposition, elle lui présenta un billet de cent roubles qu'il accepta sans l'ouvrir.

« Je ne sais, dit-il en riant, le prix que vous m'en donnez, mais je puis vous assurer sur mon honneur que vous me le payez plus qu'il ne m'a coûté; cependant, ajouta-t-il, si vous me permettez de vous raconter la manière dont je l'ai acquis, vous jugerez peut-être qu'il est de bonne prise. »

Les dames acceptèrent avec plaisir cette offre, dont on remit l'exécution après le repas.

La maîtresse de la maison avait couvert à demi la table d'une nappe à franges rouges ; on y plaça quelques provisions rapportées du village de Barkoff et ce que la maîtresse de la maison put fournir. Le prêtre et sa femme qui avaient été invités au festin, offrirent la *schalle*, petit déjeuner que l'on prend un moment avant de se mettre à table, composé de quelques viandes salées ou de fromage et d'un verre d'eau-de-vie que l'on doit avaler d'une seule gorgée, en renversant la tête et en montrant le pied du verre au plafond.

Le prisonnier se plaça de fort bonne grâce à table avec les dames en faisant des excuses sur sa toilette un peu négligée; il parut fort aimable et ne montra plus aucun reste de la tristesse avec laquelle il avait reçu ses libératrices. Il hasarda

quelques phrases russes qui lui concilièrent la
bienveillance de Prakoff et qui égayèrent le dîner.
Mais lorsque Mme Ardenieff lui demanda s'il avait
appris le russe en France, cette question si naturelle parut le surprendre et lui causer quelque
trouble.

« J'ai demeuré, dit-il après un instant de
silence et d'indécision, deux ans dans l'intérieur de
la Russie et à Moscou; ne vous étonnez pas si
votre demande a paru m'affliger, elle m'a rappelé
de tristes souvenirs et des événements que je voudrais me cacher à moi-même et dont le récit ne
sortira jamais de ma bouche. »

Craignant alors que cette déclaration ne pro-
duisît une impression fâcheuse dans l'esprit de ses
bienfaitrices et ne pût le faire soupçonner de mauvaise conduite:

« Cependant, ajouta-t-il, les événements de ma
vie en Russie ont été le résultat de circonstances
singulières et inévitables, et, Dieu merci, ma vie
jusqu'ici est sans reproche. . . . . »

On fit desservir la table et le paysan maître de
la maison ainsi que sa femme et leurs enfants
ayant appris que le prisonnier allait raconter son
histoire, s'avancèrent pour l'écouter et furent
aussi attentifs que s'ils avaient pu le comprendre.
Prakoff remplit le verre du prisonnier qui, après
l'avoir bu à la santé des convives, commença son
récit de la manière suivante :

« J'ai été fait prisonnier aux environs de Kras-
noï. Je faisais partie d'une troupe de deux mille
hommes environ, composée de différents corps et

nous marchions sans ordre en suivant la grande
route et prévoyant le sort inévitable qui nous
attendait. Déjà la veille nous avions vu l'armée
russe sur notre gauche, sans pouvoir comprendre
pourquoi nous n'étions pas attaqués ; quelques-uns
de nos officiers commençaient même à espérer
qu'on voulait nous laisser échapper, lorsque nous
vîmes venir sur nous deux escadrons de cavalerie, suivis d'un régiment de chasseurs. Un de
nos colonels qui avait pris le commandement fit
de vains efforts pour nous mettre en ordre et
pour nous obliger de nous former en carrés ;
la faible résistance que nous fîmes à l'attaque
coûta la vie, bien inutilement, à bon nombre de
nos braves camarades ; plusieurs d'entre eux
manquaient de cartouches, nous fûmes bientôt
contraints de mettre bas les armes et de nous
rendre. Nous fûmes traités humainement ; le
commandant russe voyant quelques-uns de nos
officiers dépouillés par les cosaques, leur fit rendre
leurs pelisses qu'on leur avait arrachées et nous
fit conduire au quartier général, où l'on nous fit
distribuer une demi-ration de pain. C'était le
premier que je mangeais depuis la bataille de
Maloierastof ; je vous laisse à penser si nous le
trouvâmes bon ! ce fut aussi le dernier, jusqu'au
jour où vous m'avez si généreusement secouru.

— Mais que mangiez-vous donc, pauvres
gens ? s'écria la jeune Olga.

— De la viande de cheval, répondit le prisonnier, lorsque nous en trouvions qui ne fût pas
encore corrompue ; on rencontrait des chevaux

gelés à chaque pas. Si la baïonnette pouvait entrer dans le corps, c'était une trouvaille, il n'était pas encore gelé ; c'était la preuve qu'il était mort depuis quelques heures, et l'on s'arrêtait pour le repas ; ou si le temps pressait, on en coupait des lambeaux pour les emporter.

— Grand Dieu ! disaient les deux dames, comment résister à tant de maux réunis.

— Il fallait supporter à la fois la faim, la rigueur du froid et la fatigue, ajoutez à cela le découragement et le chagrin.

« Oh! reprit le prisonnier, les Français connaissent peu le découragement et, quant au chagrin et à la tristesse, je ne pense pas qu'aucun de mes compatriotes soit jamais mort de cette maladie ; souvent même nos soldats trouvaient encore le mot pour rire au milieu de leur détresse. Lorsqu'ils voyaient arriver un officier monté sur un cheval boiteux qui le supportait à peine : « Mon officier, lui disaient-ils, ne voulez-vous pas faire quelques pas à pied pour vous dégourdir, nous nous chargerons de conduire votre cheval. » On le suivait de près et lorsqu'enfin le pauvre animal venait à s'abattre sur la glace ou dans les mauvais chemins, il était aussitôt dépecé ; on dit même que plusieurs cavaliers isolés ont été démontés par les soldats pressés par la faim, mais j'ai peine à le croire, et je ne l'ai jamais vu...

« Nous passâmes la nuit au bivac, à quelques verstes de là, au milieu de l'armée russe et tout près d'un petit village brûlé. Un général russe

s'était logé dans la seule maison qui restât debout ;
le froid était excessif ; nous fîmes du feu avec
quelques pièces de bois échappées à l'incendie et
qui nous étaient à bon droit disputées par nos
vainqueurs ; cette ressource venant à manquer, je
m'approchai de la maison du général avec quelques-uns de mes camarades. Ses gens et quelques
cosaques avaient allumé un grand feu du côté
opposé et ne pouvaient nous apercevoir ; nous
enlevâmes tout le bois que nous pûmes trouver
dans la barrière d'un petit jardin ; puis, nous
approchant de la maison, nous commençâmes à
tirer le chaume qui la couvrait et nous y avions
fait une assez grande brèche, lorsque le général
éveillé par le bruit en demanda la raison. Les
gens firent le tour de l'isback et nous surprirent
en flagrant délit ; me trouvant sur le toit avec un
camarade, nous ne pûmes pas échapper et je fus
conduit avec lui au général. Nous le trouvâmes
hors de la maison auprès du feu.

« Comment, nous dit-il sans la moindre marque
« de colère, vous démolissez ma maison ? Nous
« ignorions, lui répondis-je, qu'elle fût habitée, il
« fait bien froid, et nous sommes sans manteau. »
Le général avait une bonne pelisse bien chaude.
« Eh bien, chauffez-vous ici, nous dit-il, qu'on leur
« fasse place » ; il nous fit donner à chacun un petit
verre d'eau-de-vie et nous demanda des informations sur l'armée française, que nous n'étions
guère à même de lui donner.

« Pendant qu'il nous interrogeait, les soldats
russes avaient découvert la maison, ils s'y je-

tèrent en foule et, malgré les menaces du général,
le toit fut enlevé en un instant.

« Un aide de camp envoyé pour faire cesser le
désordre revint dire que tandis qu'on les chassait
d'un côté ils revenaient de l'autre ; la nuit était
obscure, le vent et la neige favorisaient et pouvaient excuser le larcin.

« Le général eut à peine le temps de faire en-
lever sa cassette et un coussin restés dans l'isback
et prit le parti de chercher un autre gîte. L'espèce d'intérêt qu'il avait paru prendre à nous et
l'expression bienveillante de sa physionomie nous
avait inspiré tant de confiance, que nous osâmes
lui demander quand il partit de nous emmener
avec lui ; mais il monta à cheval sans nous répondre et partit avec sa suite. Je n'oublierai
point l'heure que j'ai passée sous sa protection.
Lorsque nous l'eûmes perdu de vue, l'horreur de
notre situation, que sa bonté nous avait fait oublier momentanément, se présenta de nouveau à
nous avec plus de force. La maison auprès de
laquelle nous étions fut enlevée jusqu'à la dernière poutre et disparut entièrement dans l'espace
d'une heure. Nous fûmes contraints de céder notre
place près du feu aux Russes qui s'en emparèrent
et nous rejoignîmes nos camarades.

« Le lendemain, on rassembla les prisonniers
pour les conduire à leur destination ; comme
personne ne veillait à leur garde, une grande partie s'était dispersée pendant la nuit. Nous fûmes
placés sous l'escorte d'un détachement de soldats
commandés par un jeune officier. Nous fîmes

10

cinq ou six lieues pendant la journée, par le même chemin que nous venions de parcourir; nous marchions lentement, accablés de fatigue, sans être gourmandés ni pressés; mais les traîneurs n'étaient point attendus. Les plus faibles s'asseyaient et s'endormaient sur la route pour ne plus se réveiller. Nous bivouaquâmes de nouveau auprès d'un village incendié.

« Les maisons qui fumaient encore ou qui étaient encore debout étaient toutes désertes. On nous avait promis une distribution de pain qui n'eut pas lieu et la chair de cheval fut encore notre nourriture. Les soldats russes n'avaient que leur pain et n'étaient guère mieux partagés que nous. Quelque temps avant le jour, je m'endormis profondément près d'un grand feu dont le voisinage me préserva du sort de plusieurs autres prisonniers qui s'étaient retirés dans un hangar sans feu, pour être à l'abri de la neige et qui, s'étant laissé gagner par le sommeil, périrent tous.

« Notre premier soin, lorsque le jour parut, fut de chercher l'officier de notre escorte pour lui demander quelques secours; il avait passé la nuit chez un juif dont la maison était encore debout et qui, seul des habitants du village, s'y trouvait encore. En entrant chez lui, je le vis cherchant à faire comprendre quelque chose par signe à mes camarades. Comme je comprenais le russe, il m'annonça que l'officier ne trouvant rien à manger pour nous et pour les soldats, avait pris le parti de rejoindre l'armée et nous avait abandonnés à notre sort; nous pûmes alors pré-

voir celui qui nous menaçait. Nous étions exté-
nués par la faim ; nous vîmes de loin quelque
chose de noir dans la neige, mais c'était un cheval
mort et déjà corrompu ; en l'approchant, une nuée
de corbeaux l'abandonna et vola en cercle sur
notre tête pour nous disputer cette horrible proie.

« Le juif nous avait dit qu'en prenant un chemin
sur la droite, nous trouverions à trente verstes
environ un gros village dans lequel on devait établir
un hôpital, et que peut-être là nous trouverions,
des secours ; mais je sentais l'impossibilité de
parcourir cette distance sans prendre quelque
nourriture. Quelques prisonniers rebroussèrent
chemin pour suivre l'armée russe, d'autres prirent celui qu'avait indiqué le juif, d'autres enfin
suivirent la grande route de Moscou.

« Je résolus d'attendre dans cet endroit le passage de quelque troupe ou des équipages de l'armée russe, qui devaient, à mon avis, ne pas tarder
à la suivre. Nous étions auprès du feu de notre
bivac, de la nuit précédente une vingtaine
d'hommes, reste des 2000 prisonniers, les autres
étaient morts ou dispersés.

« En tenant conseil sur le parti à prendre, un
prisonnier proposa de faire des recherches chez
le juif : « Il a sûrement, disait-il, des provisions
« cachées puisqu'il ne s'éloigne pas ; il faut le forcer
« à nous les découvrir ; n'eût-il qu'un peu de pain,
« nous le partagerons entre nous et ce secours
« nous donnera peut-être un jour de vie. » A peine.
cette proposition était-elle achevée, que tout le
groupe affamé courut à la maison du juif.

« J'y courus avec les autres en les exhortant à ne lui faire aucun mal. J'obtins même d'eux de m'y laisser entrer seul avec un compagnon, promettant, par caresse ou par force, de faire livrer les provisions si elles existaient. « Vous serez toujours « à temps, leur dis-je, de les chercher vous-mêmes, « s'il les refuse. »

« Ils entourèrent la maison et j'entrai tout seul, mais je ne trouvai ni les provisions, ni le juif ; prévoyant, sans doute, l'algarade que nous voulions lui faire, il s'était évadé à petit bruit ; toutes nos recherches furent inutiles ; nous ne trouvâmes autre chose qu'un pot de terre dans le poêle, qui avait encore l'odeur des choux qu'on y avait fait cuire et que mes camarades se passèrent tour à tour en riant pour le sentir. Cet accès de gaieté fut de courte durée ; nous achevâmes la journée comme des ombres errantes à chercher dans les décombres du village ce que nous n'espérions pas même rencontrer, quelque aliment pour soulager la faim qui nous dévorait. Nous vîmes passer plusieurs équipages, des chevaux de selle avec leurs palefreniers, des traîneurs qui rejoignaient l'armée sans obtenir aucun secours, et souvent même maltraités ; déjà même nous ne demandions plus rien à personne, chacun de nous, absorbé dans sa propre infortune, voyait, sans y prendre aucune part, les souffrances de ses camarades ; quelques-uns avaient perdu l'usage de la raison. Le prisonnier dont je vous ai parlé, avec lequel je m'étais trouvé chez le général russe, avait jusqu'alors paru l'un des plus robustes et des plus

courageux d'entre nous ; je le vis passer près de
moi, chancelant comme un homme ivre ; il fixa
les yeux sur moi sans me reconnaître en disant
d'une voix enrouée : « Qui va là ?—Miron, lui ré-
« pondis-je, as-tu perdu l'esprit ?» Il délirait en effet
et prononçait des mots sans suite. Comme je tâ-
chais de l'encourager et que je lui montrais un
reste de fermeté que j'étais prêt à perdre moi-
même : « Ce n'est pas la mort que je crains, me
« dit-il, je supporterais tout sans me plaindre, mais
« comment voir de sang-froid ma pauvre mère
« mourir de faim sans pouvoir la secourir ? » En
disant ces mots, il s'éloigna fondant en larmes !

« Le jour commençait à baisser, lorsque deux
officiers russes passèrent près de moi. Chaque être
vivant qui passait sans faire attention à moi me
faisait éprouver une angoisse difficile à décrire ; le
sentiment de la pitié à notre égard semblait éteint
dans le cœur de tout le monde, comme l'espérance
dans le nôtre. Je vis cependant avec une surprise
mêlée de quelque plaisir les deux officiers des-
cendre de cheval et s'approcher du feu auprès duquel était un groupe de nos malheureux soldats.
Je les joignis aussitôt ; ils s'étaient arrêtés pour
attendre leur équipage qui était resté en arrière ;
ils nous demandèrent ce que nous faisions là et
pourquoi nous ne suivions pas les autres prisonniers.

« Je leur fis connaître notre cruelle situation
« et la faim qui nous dévorait. Mes amis, nous dit
« l'un d'eux, je voudrais de tout mon cœur pouvoir
« vous soulager, mais je suis moi-même le plus

« gros mangeur de l'armée russe et je n'ai pas dîné
« aujourd'hui !

« — Depuis trois jours, lui répondis-je, nous
« n'avons mangé qu'une demi-ration de pain ; plu-
« sieurs ont déjà succombé et d'autres, comme vous
« pouvez le voir, sont prêts à les suivre.

« — Pauvres gens ! dit alors l'autre, lorsque mon
« équipage arrivera, si mes gens ont du pain ou
« quelque chose à manger, nous le partagerons.

« — Cette promesse quoique conditionnelle et
l'humanité familière des deux braves officiers ranimèrent toute notre petite troupe ; la conversation
s'engagea, ils écoutèrent nos aventures avec intérêt
et nous promirent de nous envoyer du secours.

« — Nous voudrions, disaient-ils, qu'il passât
« quelque convoi de provisions pour l'armée pendant
« que nous sommes ici, nous vous en ferions donner
« votre part. » Vous ne sauriez croire, madame,
l'effet que firent sur moi et sur mes compagnons
les bons procédés et l'humanité de ces deux officiers ; que Dieu puisse les bénir !

« Il est cruel sans doute de mourir de froid et
de faim dans un désert, mais de périr au milieu
de ses semblables, sans en obtenir un seul regard
de pitié, c'est un sentiment d'horreur qu'il faut
avoir éprouvé pour le comprendre.

« Les promesses des officiers n'étaient encore
que des paroles, mais elles étaient exprimées avec
tant de bonté et prononcées dans notre langue
avec tant de perfection, qu'il nous semblait être
avec des compatriotes et des amis.

« Les voitures qu'ils attendaient ne tardèrent

pas à arriver; une calèche et un kibik à trois
chevaux avec plusieurs domestiques nous don-
nèrent l'espoir de voir accomplir la promesse de
nos protecteurs.

« — Voyez, dit l'un d'eux à ses gens, si vous
« avez du pain ou quelque autre chose à manger. »

« Les domestiques et les cochers s'approchèrent du feu. « Voyez donc, leur dit l'un des deux
« officiers, si vous avez encore du pain, ces mal-
« heureux en ont plus besoin que nous et nous ne
« tarderons pas à rejoindre l'armée ».

« Personne ne répondit à cette interpellation
vague : « Peters, ajouta l'officier, en s'adressant à
« celui de ses gens qui me paraissait le plus distin-
« gué, voyez s'il y a du pain. — Nous n'en n'avons
« plus, répondit Peters, il ne reste que deux petits
« pains blancs que j'ai gardés pour votre thé et qui
« seraient inutilement partagés entre tout ce monde;
« il y a de l'eau-de-vie et un reste de salé qui ne
« pèse pas deux onces. — Pauvres gens ! dit l'officier ! » Un profond silence suivit ce dialogue, mes
camarades qui en attendaient le résultat sans le
comprendre, voyant l'immobilité des domestiques
me regardaient avec inquiétude pour en avoir
l'explication.

« — Eh bien ! dit alors l'officier, apportez de
« l'eau-de-vie et qu'ils en boivent tous. »

« Peters s'achemina vers le kibik avec un des
cochers qui répugnait fort à cette distribution ;
une discussion très-vive eut lieu entre eux auprès
du kibik.

« Eh bien ? s'écria l'officier. »

« Ils revinrent tous deux auprès de lui.

« Mon capitaine, dit le cocher, l'eau-de-vie ne
« les empêchera pas de mourir de faim, mais si
« Votre Noblesse y consent, on pourrait leur donner
« le cheval boiteux qui nous a causé notre retard
« hier et aujourd'hui ; il ne mange rien et ne peut
« que nous donner de l'embarras, d'ailleurs il est
« impossible qu'il fasse une autre marche dans
« l'état où il est. »

« Nous acceptâmes l'offre avec transport ; le
cheval nous fut livré et nous l'emmenâmes derrière la maison du juif où nous allumâmes un
grand feu pour notre repas, tandis que les officiers
firent préparer du thé et mangèrent le reste de
leurs provisions avec leurs gens.

« Notre cheval fut dépecé en quelques minutes,
chacun en fit griller sur la braise un petit morceau
pour apaiser la première faim. Je m'aperçus
alors que mon camarade Miron n'était plus avec
nous. Je le cherchai dans la partie du village désert où je l'avais vu s'acheminer et je ne tardai
pas à le trouver. Le malheureux était tombé sur
des poutres et des décombres qui brûlaient encore,
ses habits étaient à moitié consumés, il était
mort, j'eus de la peine à le reconnaître. C'était le
seul homme de notre troupe auquel j'eusse pris
quelque intérêt. »

Le prisonnier garda quelques moments le
silence.

« J'éprouve, ajouta-t-il, en vous racontant la
mort de cet homme, une émotion que je ne res-
sentis pas en découvrant son cadavre. Je le retirai

du feu et je rejoignis mes camarades parmi lesquels une rixe s'était élevée. Un soldat italien qui se trouvait parmi nous s'était emparé du foie du cheval et s'approchait du feu pour le faire rôtir, mais la pièce sanglante s'échappa de ses mains, tomba sur un homme étendu près du feu et couvrit de sang son uniforme ; nous étions si mal équipés que cet accident aurait dû lui être indifférent, mais il se leva furieux et se répandit en injures grossières contre le maladroit ; les officiers, au moment de leur départ, s'approchèrent à cheval, attirés par le bruit qu'ils entendaient ; les autres prisonniers se moquaient de lui.

« — C'est dommage, disaient-ils, qu'on ait « gâté ta parure, tu étais si joli garçon ! »

« Cette dispute ridicule excita la gaieté de tous les convives, chacun voulut contribuer à persifler le furieux, et nos bons protecteurs, charmés de nous avoir rendu service et de nous laisser en belle humeur, allaient se retirer, lorsque le soldat italien auquel on avait enlevé son rôti pendant la dispute, et de plus, vivement piqué des injures qu'il venait de recevoir, s'approcha des officiers et leur dit en mauvais français :

« — Mon officier, ne vous étonnez pas de ce « que vous voyez, ce sont des gens sans édu- « cation. »

« Ce propos fut entendu et répété au reste de la troupe, le bruit recommença de plus belle.

« — Ah ! chien d'Italien, disaient tous à la fois « nos Français ; attends, attends, nous allons faire « ton éducation, à toi ! » ....

« Le pauvre homme aurait mal passé son temps, si les Russes n'avaient mis le holà dans la dispute. Ils nous souhaitèrent bon appétit, et s'éloignèrent en nous conseillant de manger en paix notre cheval.

« La nuit fut très-froide et nous commencions à manquer de bois pour entretenir le feu. Je pensai qu'il était temps d'aller chercher fortune ailleurs; l'incendie de la maison du juif à laquelle nos gens mirent le feu me décida.

« Je partis avant le jour, seul et sans les prévenir, emportant avec moi une bonne part de cheval. Après avoir suivi quelque temps la grande route de Moscou, je pris un chemin de traverse sur ma droite pour me rendre, s'il était possible, au village dont nous avait parlé le juif, mais la Providence en avait décidé autrement.

« Le jour qui commençait à poindre me fit apercevoir un homme qui marchait dans la même direction que moi; c'était l'Italien qui, craignant le ressentiment de ses camarades, m'avait devancé dans la même direction. Je le rejoignis bientôt et nous fîmes route ensemble, dans la matinée; le temps s'était radouci, nous avions marché pendant deux heures environ, lorsque nous vîmes à notre gauche, dans l'éloignement, un bivouac de Cosaques; on voyait leurs lances plantées en terre, quelques équipages et la fumée de leurs feux.

« Nous prîmes le premier chemin qui pouvait nous en éloigner, au milieu d'un bois de sapins qui les dérobèrent à notre vue, mais cette précaution nous devint funeste; en sortant du bois, nous rencontrâmes une dizaine de soldats russes qui coururent sur nous; l'un d'eux nous coucha en joue, mais ses camarades l'empêchèrent de tirer, de peur de gâter mon habit. Ils nous dépouillèrent en effet l'un et l'autre et nous laissèrent en chemise sur le chemin.

« Cependant en examinant l'uniforme usé de mon camarade, ils le trouvèrent trop mauvais pour être emporté et le jetèrent dans un fossé en se retirant. L'Italien le reprit et nous continuâmes notre malheureux voyage.

« Quoique la journée fût belle et moins froide que les jours précédents, elle était encore bien cruelle pour un voyageur en chemise. Le froid me gagnait insensiblement et me faisait sentir un besoin invincible de dormir. Je connaissais le danger du sommeil dans de semblables circonstances. D'après ma prière, mon compagnon me frappait de temps en temps du plat de la main dans le dos, exercice qui nous était utile à tous deux. Cependant, après une heure de marche, j'étais tellement engourdi par le froid, que je crus ma dernière heure venue. L'Italien ne m'encourageait plus de la main, je m'assis sur le bord du chemin et je lui dis adieu. Il continua sa route sans me répondre et sans me regarder.

« Lorsque je réfléchis maintenant à la situation où je me trouvais dans ce terrible moment, je ne peux qu'admirer la bonté de la Providence qui sait apaiser la souffrance et répandre quelque douceur sur la dernière heure du mourant.

J'éprouvais un sentiment de pitié de moi-même qui n'était pas sans charme ; une espèce de rêve, un léger délire me représentait les campagnes riantes de ma patrie, et portait ma pensée sur mille objets disparates. Je n'avais ni crainte de la mort, ni regret de la vie ; je pensais sans trouble à l'éternité qui allait commencer pour moi; les sentiments religieux qui ne m'ont jamais abandonné venaient aussi à mon secours. Je ne priais pas, car je n'avais plus ni désir, ni volonté ; l'idée de paraître devant Dieu, cette idée qui, dans l'état de santé, m'a souvent fait réfléchir sur ma conduite, au lieu de me causer aucun effroi, devint dans mon cœur un mouvement de confiance et d'espoir dont le souvenir ne me quittera jamais.

« — Oh ! madame, ajouta le prisonnier d'une « voix altérée par l'attendrissement, Dieu est bon, « n'en êtes-vous pas la preuve? C'est à des âmes « comme la vôtre qu'il donne le soin de faire « éclater toute sa bonté et ce sont des cœurs « comme le mien qui peuvent la comprendre. »

Ses regards exprimaient mieux encore que ses paroles sa profonde reconnaissance. Mme Ardenieff, vivement émue, lui tendit la main qu'il baisa respectueusement, en la mouillant de ses larmes.

L'aimable famille prenait un intérêt bien vif à l'histoire de leur hôte inconnu.

« Heureusement, dit la jeune Olga, c'est vous-même qui nous racontez vos aventures, et j'ai besoin de vous regarder, de vous entendre pour croire que vous ne mourûtes pas sur le bord du

triste chemin. Dites-nous comment vous fûtes tiré
de ce mauvais pas?

— Le soldat italien revint sur ses pas pour me
secourir, répondit le prisonnier, après avoir fait
une demi-verste; il aperçut de loin une maison de
bonne apparence et crut que je pourrais me traîner
jusque-là.

— Oh! s'écria Olga, je regrette maintenant
qu'on lui ait escamoté son rôti, ce bon Italien; il
revint donc?

— Il revint en effet, et n'eut pas peu de peine
à me réveiller de mon assoupissement, en recom-
mençant avec plus de force ses exhortations avec
la main sur mes épaules transies de froid. Je
repris un peu de courage et nous arrivâmes enfin
auprès de la maison que nous trouvâmes déserte
et vide; les portes et les fenêtres étaient ouvertes;
au midi était une cour où nous vîmes une très-
belle berline jaune toute neuve; un cheval de trait
avec ses harnais était étendu mort près de là.
J'avais vu précédemment pendant notre retraite
plus d'une voiture élégante abandonnée sur la
grande route, faute de chevaux; il est évident que
celle-ci était aussi un butin délaissé par la même
raison. J'eus d'abord l'idée d'en arracher l'étoffe
intérieure pour me couvrir; je priai l'Italien de me
rendre ce service, car je n'aurais pas même eu la
force d'ouvrir la berline.

« Jugez, madame, de notre surprise et de notre
joie, nous y trouvâmes une quantité de hardes
enveloppées dans une couverture de laine. Le
paquet contenait du linge de table, des chemises

d'homme et de femme, un manteau de satin rose,
beaucoup d'autres objets qui nous intéressaient
peu dans ce moment, comme une image grecque
dont les figures étaient habillées en argent, les
têtes seules étaient peintes à l'huile ; un éventail
de nacre de perles, enfin un chapeau de paille
d'Italie écrasé dans le paquet. Il paraît que l'ap-
proche de l'ennemi avait fait abandonner brusquement ce butin ; nous en fîmes notre profit. J'aurais bien désiré pour ma part la couverture de
laine, mais mon camarade s'en était affublé
aussitôt ; il était le plus fort et d'ailleurs j'aurais
eu mauvaise grâce, après le service qu'il m'avait
rendu, de disputer avec lui ; en conséquence je
pris le manteau ouaté qui n'était pas moins chaud
que la couverture, mais qui convenait peu à un
soldat. Nous transportâmes le tout dans la maison
déserte, et là nous fîmes notre toilette.

« En fouillant dans les poches de la voiture,
'y trouvai les cartes de visite qui ont causé votre
surprise, et je les plaçai dans mon livre de
service.

— Ah ! maman, s'écria Olga toute contristée,
c'est notre pauvre voiture de Pétersbourg que
vous aviez fait venir de chez Joachim.

— Mon enfant, dit en souriant Mme Ardenieff,
nous aurons bien d'autres mécomptes, lorsque
nous retournerons à Moscou ; remercions Dieu
qui semble avoir pitié de nous.. »

Olga, un peu honteuse de son exclamation, pria
le prisonnier de continuer sa narration..

« On vous a décrit le costume dans lequel vos

paysans m'ont trouvé. Comme j'avais à ma disposition beaucoup de linge de table, j'enveloppai mes pieds et mes jambes avec des serviettes, et mon camarade m'emmaillota tout entier avec des nappes. Nous nous mîmes ainsi à l'abri du froid extérieur, mais j'en étais tellement pénétré que je me soutenais à peine; nous n'avions aucun moyen de nous procurer du feu, et je courais le risque de mourir de froid dans mes habillements chauds. Nous eûmes recours à un moyen bien connu des soldats, celui de battre la semelle. J'étais si faible que je tombai plusieurs fois en faisant cet exercice, car l'Italien ne me ménageait pas. »

CATHERINE FREMINSKI

atherine commençait depuis quelque temps à s'accoutumer à son nouveau genre de vie; un travail assidu, les soins qu'elle donnait à sa mère, les devoirs du ménage remplissaient sa journée sans laisser de place aux regrets, lorsqu'une circonstance imprévue vint porter un coup sensible à sa résignation.

Elle avait envoyé chez un paysan menuisier qui demeurait à une verste du village, un métier à broder au canevas, pour le faire raccommoder; cet homme avait promis de le rapporter le lendemain et depuis plusieurs jours ne paraissait pas; impatiente de terminer un ouvrage qu'elle avait commencé, Catherine résolut un matin, par le plus beau temps du monde, d'aller elle-même chez l'ouvrier. Elle se couvrit la tête d'un chapeau noir

et s'achemina, dans l'instant même où cette idée
lui vint à l'esprit, dans son costume de travail.

L'ouvrier était absent, sa femme lui montra le
métier réparé, mais il ne se trouva personne pour
le porter au village. La jeune personne, empressée
de le mettre en œuvre, le prit elle-même quoique
assez volumineux. Elle était à peine rentrée sur le
grand chemin pour revenir à la maison, qu'elle
rencontra une voiture à quatre places attelée de
six chevaux ; c'était un landau ouvert dans lequel
étaient des dames.

Lorsqu'elle fut tout près, elle reconnut la princesse de P... avec ses filles dans le fond ; deux
dames qu'elle ne reconnut pas étaient sur le devant. La princesse de P... partait pour l'étranger
avec ses deux filles et une gouvernante. Le premier sentiment qu'éprouva Mlle Freminsky en
les reconnaissant fut de surprise et de joie, mais
aussitôt un mouvement involontaire de fausse
honte, aussi rapide que l'éclair, lui fit baisser les
yeux et détourner la tête ; tout à la fois le souvenir des temps passés, de sa situation présente,
de son costume, celui de la loterie organisée en sa
faveur passèrent dans sa mémoire comme des traits
de feu et firent battre ses artères. Elle se reprocha
dans l'instant même son manque de confiance
envers des personnes dont elle connaissait le cœur,
mais tandis que ce combat intérieur avait lieu
dans son âme, l'équipage passait ; peut-être allait-
elle courir pour le rattraper, lorsqu'elle entendit
crier derrière elle : « Gare ! gare ! »

Elle n'eut que le temps d'éviter une calèche

dans laquelle étaient les gens de la princesse. Les deux voitures s'éloignèrent rapidement. La jeune personne demeura longtemps immobile sur le bord du chemin, son métier à la main, mécontente d'elle-même, et ne sachant pas bien se rendre compte de ses sentiments. Cependant ses joues étaient brûlantes et son cœur palpitait avec violence ; elle s'assit sous les arbres avant de rentrer au village, pour se tranquilliser et pour cacher à sa mère l'émotion qui l'avait agitée. En réfléchissant à cette rencontre, elle se consola tristement de n'avoir pas renouvelé connaissance avec des personnes qu'elle ne reverrait peut être jamais et qu'il lui fallait tâcher d'oublier. Elle bénit de loin les voitures prêtes à disparaître, et s'armant de courage et de résignation, elle revint au village avec un visage serein.

Monkewich aimait sa cousine (Catherine) avec passion, mais il était peu sincère dans tout ce qu'il lui disait pour la tranquilliser ; il venait de recevoir une réponse d'un ami de Saint-Pétersbourg auquel il avait écrit pour sonder le terrain au sujet des dispenses, et cette réponse était bien loin d'être favorable à ses projets de mariage.

Le jeune homme auquel il s'était confié pour avoir des renseignements était le plus mauvais conseiller qu'il pût choisir dans les circonstances où il se trouvait ; rempli d'esprit et de moyens, exact dans les affaires d'intérêt et délicat à l'excès dans tout ce qu'on appelle honneur dans le monde, M. Karcanoff était de ces hommes qui

mettent leur gloire à combattre toutes les idées
reçues, à fronder le gouvernement, et à tourner
en ridicule les bonnes mœurs. Persuadé que la
perte d'une femme est aussi glorieuse que le
gain d'une bataille, il était peu scrupuleux sur
le secret de ses aventures et souvent même en
exagérait le succès. Son caractère était d'autant
plus dangereux pour la moralité de ses camarades, qu'ils lui reconnaissaient une supériorité
incontestable sous le rapport des connaissances et
qu'il méritait réellement leur estime pour sa conduite militaire et dans les relations qu'il avait
avec eux ; les jeunes gens n'y regardent pas de si
près pour accorder leur confiance et leur amitié ;
ils sont disposés à trouver louable toute action que
le succès couronne, et toute pensée leur semble
juste lorsqu'elle est neuve et hardie.

Karcanoff parlait volontiers de morale et de
religion et disputait avec avantage sur ces matières,
parce qu'il s'était fait des principes invariables
en morale d'après les romans de Voltaire et de
Pigault-Lebrun, et qu'il s'était instruit à fond de
la religion dans le compère Mathieu et dans la
Guerre des dieux de Parny. Tel était le confident
auquel Monkewich avait confié ses projets, et
dont il reçut la réponse suivante :

« J'ai quelque temps hésité si je répondrais à
votre lettre, mon cher Monkewich, dans le doute
où j'étais qu'elle fût réellement de vous. C'est bien
votre écriture, votre signature ordinaire, mais vous
ayant regardé jusqu'ici comme un homme de bon
sens, vous devez concevoir quelle a été ma per-

plexité en vous voyant dans l'intention de vous
marier, et qui plus est d'épouser, sans avoir de
fortune, une personne qui n'a pour tout bien que
ses éminentes vertus ! Cependant le sérieux de
votre lettre a dicté mon devoir ; j'ai pris les informations que vous désirez avec tout le zèle et l'activité possibles ; vous savez que je ne fais jamais
rien à demi et vous pouvez compter sur la vérité
du résultat. J'ai commencé par consulter notre
aumônier, c'est un homme d'esprit et un bon
vivant auquel on peut se fier : il m'a déclaré que
la loi est formelle, que tout mariage entre cousins germains est nul par ce fait et les enfants
inhabiles à hériter ; en outre, il ne sait pas lui-
même à qui l'on doit recourir. Il voulait me produire les décisions légales, les gros livres, je l'ai
envoyé promener et j'ai pris un autre chemin.
Tout a été consulté, la vieillesse et l'âge mûr, les
gens de loi, les hommes d'esprit et les sots ; j'ai
disputé deux heures avec une dévote ; il n'y a
qu'un avis : la chose est impossible.

« Il faudrait des raisons graves qui n'existent
pas et des protections puissantes que vous êtes.
loin d'avoir ; ainsi, mon cher, vous pouvez en
prendre votre parti. Mais de crainte que vous ne
vous abandonniez au désespoir, mon amitié pour
vous m'inspire de vous donner quelque consolation en vous apprenant que la rigueur même de la
loi a de temps-immémorial introduit l'usage entre
cousins et cousines de se marier sans permission,
ce que vous pouvez faire, comme les autres, sans
beaucoup d'inconvénient, et dans le cas où vos

principes religieux s'y opposent, voici encore une
autre ressource que je m'empresse de vous suggérer : vous n'avez qu'à vous faire quaker ; dans cette
secte, non-seulement on peut épouser sa cousine,
mais la renvoyer quinze jours après, si la susdite
vous ennuie et en épouser une autre. Voilà bien
des facilités. Enfin le meilleur parti serait à mon
avis de prendre la poste et de venir bien vite
auprès de vos amis : la maladie qui vous trouble
le cerveau et qui, en termes techniques, s'appelle la
fièvre blanche, est une de celles qui demandent le
changement d'air et de climat. Je me charge des
remèdes : nous avons l'Opéra italien, la Comédie-
Française ; vous y verrez *le Désespoir de Jocrisse*
et *l'Amoureux affamé*, pièce nouvelle qu'on veut
donner au public ; l'été prochain, on vous admi-
nistrera des manœuvres et des bivacs qui achève-
ront la cure. Adieu, mais avant de finir voici du
sérieux, c'est ma conscience qui le dicte ; vous
êtes un homme perdu, si vous prenez ma lettre
pour une plaisanterie. »

KARCANOFF.

Le jour même de son arrivée, les camarades
de Monkewich l'entraînèrent au théâtre ; il y
trouva plusieurs anciennes connaissances ; — on
jouait la *Femme jalouse*. « Croirez-vous, lui disait
tout bas Karcanoff, que cette femme enragée était
la plus douce et la meilleure petite personne du
monde avant d'être mariée ; demandez à son mari. »
Les persiflages continuels de ses camarades at-
tristaient Monkewich sans l'ébranler décidément

et il ne se doutait pas lui-même du changement
qui s'opérait, malgré lui, dans ses idées.

Le lendemain, les présentations et les visites ne
lui laissèrent pas un moment pour réfléchir à sa
situation. Sans renoncer à son amour et à ses
projets, il se livrait à la dissipation et se laissait
entraîner sans résistance au torrent qui l'éloignait
du chemin de l'exacte probité. Aux plaisanteries
de ses amis se joignaient encore les conseils des
hommes les plus sensés qui avaient sa confiance
et qui, ne sachant pas les circonstances et la nature de ses engagements, désapprouvaient en
général un mariage sans fortune. Un jour entre
autres, se trouvant à dîner avec Karcanoff chez un
vieux général dont il avait été l'aide de camp, il
fut encore question des mariages d'amour que la
fortune n'accompagne pas. Le général dit à ce
sujet qu'un bon officier qui n'est pas riche, ne
devait penser à se marier qu'après avoir fait sa
réputation et sa fortune, et que d'ailleurs cette
fureur de se marier avec le premier joli visage
qu'on rencontre, lorsque le devoir et l'honneur
vous appellent à d'autres soins, annonce peu de
tête et de capacité, et surtout une faiblesse de
caractère qui ne saurait être celui d'un vrai militaire. Monkewich rougit et fut vivement ému
par cette observation qui semblait s'adresser directement à lui; il eut cependant le courage d'observer qu'il serait injuste de faire une règle
générale de cette opinion et qu'on pourrait facilement citer plusieurs bons officiers qui sont mariés
et contents de leur sort, quoique sans fortune.

Je leur en fais bien mon compliment, reprit le
général.

— Mais sur quoi jugez-vous de leur bonheur;
vous ont-ils raconté tous les embarras du ménage,
toutes les tracasseries qui se multiplient en raison
directe de la pauvreté ? Mais en mettant de côté
ces considérations, et si l'on a le courage de les
braver pour soi, peut-on en conscience entraîner
dans le piége une jeune malheureuse qui ne con-
nait pas le monde, et la sacrifier à son plaisir en
inconsidéré ? Monkewich, désirant détourner la
conversation, fit une question à l'un des convives;
mais à peine avait-il articulé les premiers mots,
que le maître de la maison l'interrompit et continua de plus belle. « Lorsqu'on parle sur ce sujet,
dit-il, je me rappelle toujours le pauvre Soubicoff,
vous en aurez peut-être oui parler; Ivan Ivanovich
Soubicoff, frère de celui qui fut tué à la bataille
de Zurik. Eh bien, ce Soubicoff était fort de mes
amis, bon officier et bon vivant, quoique sans
fortune; il savait tirer parti de sa situation, il
gardait toujours le petit rôti froid pour les bivacs
et sa gourde bien garnie au service de ses camarades; nous étions jeunes alors et songions à nous
amuser. Je n'étais guère plus riche que lui, mais
il avait de plus que moi un cœur si inflammable
qu'il voulait épouser toutes les femmes qu'il rencontrait; combien de fois ne l'ai-je pas empêché
de se casser le col! Enfin au moment où je le
croyais bien guéri de cette manie, je reçois tout
à coup en Moldavie, où je me trouvais, une
lettre de lui par laquelle il m'apprenait qu'il était

marié depuis six mois avec je ne sais qui. Grand
éloge de sa femme, d'une bonne famille, fille d'un
major, peu de fortune à la vérité, mais on ne peut
pas tout avoir ; enfin mon ami Soubikoff était
heureux. Que faut-il de plus ?

Un an après avoir reçu sa lettre, je reviens
à Pétersbourg et je le vois un des premiers. Con-
naissant mon opinion sur les mariages de l'espèce
du sien, il avait à cœur de me persuader de sa
félicité ; il me dit les plus belles choses du monde
— des maximes de sagesse. — Le bonheur ne consiste pas dans les richesses, ni dans l'ambition ;
quand on n'a rien à se reprocher, etc., etc... bref,
pour me faire toucher au doigt son bonheur, il
m'invite à dîner à la fortune du pot pour le mardi
suivant.

— Ils logeaient là-bas à la trente-six millième
ligne de Vassilisky Ostrof, dans une petite maison
de bois un peu penchée. Mes affaires en ville se
trouvant terminées plus tôt que je ne le croyais,
j'arrive une heure avant celle qu'il m'avait indiquée. Tandis que je faisais de vains efforts pour
ouvrir la porte, un druchik qui s'en aperçut
l'ouvrit d'un grand coup de pied et faillit de me
renverser. Soubikoff n'était pas rentré lorsque je
me présentai ; une assez belle femme en grand
négligé disparut, emportant avec elle quelques
langes qui séchaient près du poêle sur une corde,
et me laissa livré à mes réflexions avec une poule
et ses poussins. J'examinai l'appartement qui
était fort bien lavé ; on voyait sur un bureau un
petit miroir devant lequel se trouvaient les quatre

saisons en plâtre; le portrait du grand Frédéric
était proprement collé sur le mur, qui en outre
était décoré de l'histoire de l'enfant prodigue
gravée en taille douce et enluminée, et du jugement dernier ainsi que de plusieurs autres estampes curieuses qu'on rencontre quelquefois dans
les maisons de poste.

Tandis que je faisais ces observations, j'en-
tendais les cris d'un enfant accompagnés par le
bruit d'une friture dans la chambre voisine.
Cependant le maître de la maison n'arrivait pas;
déjà une horloge de bois avec un coucou avait
sonné quatre heures, lorsque je le vis entrer pâle
et défait. Il venait de recevoir l'ordre de partir
pour la Géorgie dans vingt-quatre heures; je crus
que la pauvre femme allait tomber en syncope
lorsqu'elle apprit cette nouvelle.

L'emploi qu'on donnait à Soubikoff était à sa
convenance, mais comment partir avec toute cette
pacotille, sans voiture et sans argent? Heureusement il avait de bons amis, tant il y a que nous
arrangeâmes l'affaire; il partit seul le premier, je
me chargeai de la femme, des quatre saisons et
du coucou que je lui expédiai quelque temps
après; je n'en ai plus ouï parler. Croyez-moi, mes
amis, ajouta le général, qui était en belle humeur,
se marier sans fortune, à moins de se faire portier ou porteur d'eau, c'est entreprendre le voyage
autour du monde à la nage.

Tout le monde s'amusa de l'histoire qu'il venait de raconter. Karcanoff poussait du coude
Monkewich. « Je sais, lui disait-il, une pendule de

Nuremberg à vendre au grand marché; je vous conseille de ne la pas laisser échapper; il n'y a pas de coucou, mais il ne faut pas en désespérer. » Monkevich étoit sur la braise et trouvait le repas bien long. Parmi les convives se trouvait un homme âgé, retiré du service, et dont la situation et l'histoire ressemblaient assez à celle de Soubikoff. Uu peu blessé des plaisanteries qu'il venait d'entendre sur les mariages sans fortune, son respect pour le maître de la maison l'avait seul empêché de l'interrompre; mais lorsqu'il eut terminé sa narration : « Général, dit-il, en passant la main sur sa vieille moustache, vous nous avez donné le commencement de l'histoire de Soubikoff ; vous en apprendrez sans doute avec plaisir la suite, puisque vous n'avez plus entendu parler d'un homme qui fut votre ami et que vous paraissez l'avoir oublié ; quant à moi, j'en sais souvent des nouvelles, parce que ses deux fils, jeunes gens de grande espérance, sont avec les miens au corps des Cadets. Soubikoff, après avoir honorablement servi dans l'armée de Géorgie, est depuis quelques années commandant à Derhent. Il vit heureux et tranquille, avec une bonne femme qu'il aime, au sein d'une nombreuse famille qui prospère, et lorsqu'il finira sa carrière, il laissera des enfants qui feront honneur à sa mémoire, et ne mourra pas entre les mains de ses valets, comme il appartient à tout vieux célibataire, quelque riche qu'il puisse être. »

— Ah! pour le coup, s'écria le général, en se levant de table et en embrassant le hardi convive, je ne m'attendais pas à cette sortie ; je suis si touché, mon vieux ami, de tout ce que vous venez de dire, que si j'étais plus jeune je me marierais dans la journée — allons, qu'il n'en soit plus parlé, honneur au mariage ! paix aux célibataires ! et prenons le café. »

Quoique le discours de ce brave homme eût fait quelque plaisir à Monkevich, il sortit de chez son ancien général dans un trouble inexprimable ; ses engagements avec sa cousine lui semblaient un acte de démence. Telle était sa manière de voir chaque fois qu'il se livrait au tourbillon du monde, et qu'il s'abandonnait aux conseils d'une vanité dont il n'était que trop susceptible ; léger, sans être malhonnête, il était cependant bien résolu de tenir sa parole, mais cette résolution était vague, indéterminée, il ne faisait aucune démarche pour obtenir les dispenses de parenté, et le temps s'écoulait sans qu'il sût prendre aucun parti.

HISTOIRE DE MADAME PRÉLESTINOFF
RACONTÉE PAR ELLE-MÊME

(intercalée dans Catherine Freminsky).

ÉTRANGE femme, pensoit Monkevitch, mais bien aimable, bien séduisante en vérité! Mme Prélestinoff était en effet séduisante, non-seulement par une figure pleine de charme et d'expression, mais par une vivacité d'esprit peu commune. Elle avait quelque chose d'aimable à dire à tout le monde ; et lorsque le hasard la plaçait en société auprès d'une personne inconnue, elle était toujours la première à lier conversation et les mines froides et imposantes étoient surtout celles qu'elle aimait attaquer de préférence ; plus d'une Anglaise à laquelle elle n'avait pas été présentée, s'était scandalisée de se voir interroger contre les usages d'Albion. Cette disposition d'esprit lui donnait un air de légèreté et d'inconséquence qui n'était pourtant pas dans son caractère franc et loyal, qui lui avait donné de vrais amis parmi les personnes à même de le bien connaître. Généreuse peut-être jusqu'à l'excès et jouissant d'une fortune considérable, elle faisait beaucoup de bien, sans jamais s'apitoyer sur le sort de personne, pas même, disait-elle, sur le sien : elle ne voulait verser des larmes qu'en lisant des

romans et prétendait que la vie est trop courte
pour perdre son temps à s'attendrir et à méditer
sur les misères de l'humanité.

. . . .

. . . .

— J'avais à peine dix ans, nous dit Mme Prélestinoff, lorsqu'une tante qui avait soin de moi
mourut presque subitement et me laissa seule
avec mon vieux père. Une dame française émi-
grée, madame la marquise de Sannis remplaça ma
tante et fut chargée de mon éducation. C'était
une femme de cinquante ans, très-bonne et très-
instruite, à laquelle je dois le peu d'instruction
que j'ai. Des malheurs de famille et des mécomptes
d'ambition avaient jeté mon père dans un état de
misanthropie profonde; il passait la plus grande
partie de son temps à l'église et en prières et ne
faisait jamais aucune visite. Il ne recevait chez
lui que son confesseur et quelques religieux qui
desservaient l'église où se trouvent les Cata-
combes. Je ne le voyais jamais moi-même qu'aux
heures des repas, car tout le temps qu'il ne passait pas à l'église ou en prières était employé à
la direction de ses affaires et à réviser les comptes
de ses intendants. Il s'occupait seul de l'économie
intérieure de sa maison; ses nombreux domestiques
ne le voyaient jamais et dépendaient d'un ancien
valet de chambre qui leur faisait passer les ordres
de leur maître. Mme de Sannis eut bien de la
peine à se faire au régime de la maison; les carê-
mes russes sans beurre et sans lait s'observaient
dans toute leur rigueur, ainsi que le mercredi et

le vendredi de chaque semaine; elle était catho-
lique et souffrait beaucoup de cette ordonnance
sévère, à laquelle j'étais habituée depuis mon
enfance.

Plusieurs années s'écoulèrent ainsi sans aucun
changement dans notre manière de vivre, mais
lorsque j'eus atteint ma quinzième année, un instinct naturel me faisait désirer un autre genre de
vie. Je m'aperçus bientôt que mon costume était
différent de celui des jeunes personnes que je
voyais à l'église; ainsi je fus réveillée par la vanité de l'apathie dans laquelle j'avais vécu jusque-
là. Lorsque je les voyais, au sortir de la messe,
former des groupes joyeux, je les trouvais heu-
reuses et j'enviais leur sort. Je commençai dès
lors à sentir tout le poids de la réclusion à laquelle j'étais condamnée; je fis confidence à ma
gouvernante du chagrin que j'éprouvais et je fus
agréablement surprise d'apprendre qu'elle était de
mon avis, et qu'elle se proposait depuis longtemps
d'en parler à mon père. L'entreprise n'était pas
facile : le silence le plus absolu régnait pendant
nos repas; chaque fois que madame de Sannis
avait quelque affaire à traiter avec lui, au sujet des
arrangements à prendre avec les maîtres dont je
recevais des leçons, elle était obligée de lui écrire
pour obtenir une audience particulière. Jusque-là
un paysan tailleur de son métier, d'un village
voisin qui nous appartenait, lui faisait ses habits
et se chargeait aussi de ma parure.

La négociation qui eut lieu entre mon père et
ma gouvernante eut plus de succès que je ne m'y

étais attendue; mon père au premier moment
parut étonné et montra quelque humeur, il observa que six mois s'étaient à peine écoulés
depuis qu'on m'avait habillée de la tête aux pieds;
Mme de Sannis le pria de remarquer que j'étais la
seule personne de mon rang vêtue de la sorte et
que l'on s'étonnait généralement qu'un homme
comme lui, qui donnait à tant de pauvres la nourriture et l'habillement, souffrît que sa fille parût à
l'église dans le costume d'une fille du peuple. Il
fut ébranlé et me fit appeler pour examiner lui-
même mon costume. Après m'avoir fait tourner
deux ou trois fois devant lui : « Eh bien, dit-il, il
faudra choisir de meilleures étoffes ; je vais faire
venir ici Philémon (c'était le nom du paysan tailleur) afin qu'il prenne les mesures. »

Ce ne fut pas sans quelque peine que ma gouvernante parvint à lui faire comprendre que Philémon n'était pas convenable. Enfin impatienté de
notre longue visite : « C'est bon, dit-il, faites comme
vous l'entendrez, je vous donne mes pleins pou-
voirs, madame, mais rien d'extraordinaire, je
vous prie; que cela soit décent, vous me donnerez
le compte. » En disant ces mots, il nous éconduisit
en nous poussant doucement hors de son appartement.

Mme de Sannis qui avait beaucoup de goût et
qui, pour elle-même, ne négligeait pas l'élégance
convenable à son âge, s'occupa sans différer de
ma parure. Elle fit appeler un coiffeur pour me
couper les cheveux et quelques jours après, lorsque tous les préparatifs furent achevés, elle eut

la bonté de m'habiller elle-même et de soigner tous les petits détails de ma toilette. Elle avait quelques bijoux dont elle me décora et, entre autres, un petit fil de perles fines, restes de son ancienne opulence. Je vous parle d'une des plus grandes joies de ma vie, celle que j'éprouvai en me regardant dans une grande glace ; je devins rouge de plaisir en me voyant si jolie ; personne ne me l'avait dit encore, cependant je m'en doutais un peu.— Tout le monde vous le dirait encore, interrompit galamment Monkevitch. — Fi donc ! monsieur, dit-elle, ce que vous me dites là est bien fade, je vous croyais plus attentif à mon récit. — Bon, bon, répliqua Monkevitch en se couvrant les yeux de ses deux mains, continuez de grâce, je ne vous regarderai plus ; — elle sourit et continua. Mme de Sannis écrivit à mon père pour lui dire que mes nouveaux habits étaient prêts et qu'elle désirait lui présenter sa fille dans son nouveau costume. J'éprouvai dans cette entrevue une jouissance d'un genre bien différent, à laquelle mon cœur eut plus de part que mon amour-propre. Mon père parut enchanté de me voir et trouva pour la première fois que je ressemblais beaucoup à ma mère ; il appela son vieux valet de chambre : « Regarde, Alexis, comme elle ressemble à Catherine Andrewna ! — Comme deux gouttes d'eau, dit Alexis, je l'avais remarqué depuis longtemps. Mon père, après m'avoir regardée tristement pendant quelque temps, passa ses deux bras autour de mon cou et m'embrassa tendrement. — Je fondis en larmes ; c'était le premier baiser que j'eusse reçu

14

de lui! Je le serrai lui-même dans mes bras en
pleurant de bonheur. En parlant ainsi Mme Pre-
lestinoff avait les yeux pleins de larmes. Mon père
refusa le collier de perles, au grand chagrin de
Mme de Sannis, en disant qu'il avait encore des
perles et des diamants qui avaient appartenu à ma
mère et qu'il me destinait; mais comme il vit le
chagrin que causait son refus à Mme de Sannis :
« Ne vous affligez pas, madame, lui dit-il, eh bien,
qu'elle les garde en souvenir de votre amitié
pour elle ; je me jetai aux genoux de mon père
pour le remercier. Mme de Sannis lui baisait les
mains. « Allons, allons, c'est bien, c'est assez, dit-
il, en nous conduisant à la porte de son cabinet
dont il ouvrit la porte, « allons, c'est bien, c'est
assez, adieu mon enfant !

HISTOIRE RACONTÉE

AU

COMTE·XAVIER DE MAISTRE

PAR UN ÉMIGRÉ FRANÇAIS, M. DE LA F...

Son voisin de table à un grand diner diplomatique.

———————

ONSIEUR de Hautford trouvait aussi à Hartwel le roi de Suède déchu, connu depuis lors sous le nom de colonel Gustawson, au service duquel il avait été dans les premiers jours de son émigration.

Pendant le peu de temps qu'il avait passé à Stockholm, M. de Hautford avait joui d'une alternative de faveur et de disgrâce de la part de ce prince d'un caractère irascible et bizarre, qui finit par l'envoyer en prison; il fut presque aussitôt libéré, mais il ne tarda pas à quitter cette carrière incertaine, et ce ne fut pas sans beaucoup de peine et sans supposer des affaires de famille indispensables, qu'il obtint la permission de quitter la

Suède. Ayant pris son congé de bonne grâce et régulièrement, le roi de Suède avait conservé de l'attachement pour lui, il le revit avec plaisir et lui témoigna toujours de l'attachement. Son cœur valait mieux que sa tête. Cependant il était rare que dans les courtes visites qu'il faisait à ce prince difficile, il ne lui causât pas, sans le vouloir, quelque mécontentement toujours aussi peu durable qu'imprévu.

Pour donner une idée des graves sujets de colère qu'il avait souvent contre lui, il suffira de dire qu'en prenant congé à Hartwel pour retourner à Londres, Gustavson le pria d'emporter avec lui une paire de bottes qu'il affectionnait, pour les faire ressemeler. M. de Hautford se chargea de la commission et remplit ses ordres exactement en renvoyant les bottes quelques jours après. Malheureusement l'une de ces bottes faisait du bruit en marchant, et l'autre non. Pour éviter ce bruit désagréable dans une visite qu'il fit à Louis XVIII, il marchait sur le talon du côté de la botte bruyante, et le roi, croyant qu'il boitait, lui demanda s'il avait mal au pied. Il n'en fallut pas davantage pour lui persuader que M. de Hautford avait voulu lui faire une pièce et le mystifier. Lorsque ce dernier revint huit jours après, il fut très-mal reçu et dut subir de vifs reproches :

« Je ne me serais jamais attendu, Monsieur, lui dit Gustavson, à un semblable procédé de la part d'un ancien ami ! »

— En quoi, Sire, ai-je pu encourir votre colère, lui demanda son malencontreux commissionnaire.

— Vous avez voulu me faire passer pour un fou, pour un boiteux, dit le roi, en m'envoyant des bottes dont l'une crie comme une crécerelle et l'autre ne fait point de bruit. »

L'assurance de ses loyales intentions et surtout l'offre de remporter les bottes pour parer à cet inconvénient, amenèrent avec peine la réconciliation.

. . . .

. . . .

. . . .

. . . .

Mme Artley lui demanda des nouvelles du roi et des princes :

« Je pense, ajouta-t-elle, que le colonel Gustavson qui vous a toujours témoigné tant d'attachement, vous aura vu partir avec regret.

— Ah! madame, j'en ai eu moi-même plus que vous ne pouvez croire, et notre séparation a été plus triste et plus touchante que je ne m'y attendais. Vous savez qu'il m'avait souvent proposé de m'attacher à lui et de partager son sort. J'aurais peut-être accepté cette honorable, mais difficile position, si j'avais été libre. Ce malheureux prince avait un cœur plus grand que le royaume qu'il avait perdu, et, malgré la bizarrerie et l'irritabilité de son caractère, il est impossible de ne pas lui reconnaître de grandes qualités. Je lui conserverai toujours une véritable affection. Lorsque je lui annonçai mon départ et le projet arrêté que j'avais de parcourir l'Angleterre : « Je dois partir moi-même bientôt, me dit-il, j'avais espéré que vous m'ac-

compagneriez ; votre amitié, vos conseils, m'auraient été utiles, mais je le comprends, vous ne le
pouvez pas. Je n'aurais pas dû vous proposer un
semblable sacrifice. Partez donc, mon cher Hautford ; je vous désire tout le bonheur qui m'a été
refusé par la Providence, partez ! »

. Ses yeux étaient humides de larmes, il se promenait à grands pas dans la chambre, vivement
agité ; ses lèvres tremblaient.

« Oui sans doute, il faut nous séparer pour
toujours. Je voudrais au moins, ajouta-t-il, vous
laisser un souvenir de mon estime et de mon
amitié, mais que puis-je vous offrir ? Ah ! lorsque
vous étiez chez moi à Stockholm, j'aurais pu vous
laisser alors un témoignage de mon affection digne
de vous et de moi. Je n'ai pas su, je ne vous
connaissais pas alors comme maintenant, je ne
me connaissais pas moi-même. N'en parlons plus,
mais aujourd'hui je vous connais et vous regrette-
rai toute ma vie ; le roi de Suède, tout abandonné qu'il puisse être, vous offrira peut-être
quelque chose qui aura du prix à vos yeux. »

« Me prenant alors par la main, il me conduisit auprès d'une console sur laquelle était son
épée, et la prenant :

« — Acceptez-là, mon cher Hautford, et gar-
« dez-la en mémoire des moments que nous avons
« passés ensemble.

« Je fus tellement surpris et touché de cette
offre inattendue, que j'hésitai un instant ; un mouvement de colère se peignit aussitôt sur son visage.

— Ah ! vous refusez, s'écria-t-il, en fixant sur

« moi ses grands yeux bleus, vous refusez le
« dernier témoignage d'amitié que je puisse vous
« donner ! »

« — J'accepte, Sire, m'écriai-je aussitôt, je n'ai
hésité un instant que parce que je ne croyais pas
avoir mérité un don si précieux, je l'accepte avec
la plus vive reconnaissance. »

Avant de me la remettre, il tira à moitié la
lame du fourreau et la regarda quelque temps
avant de s'en séparer.

« — Ah! disait-il, si au lieu de m'attaquer par
« d'odieuses intrigues et de noires calomnies, mes
« ennemis m'avaient attaqué de bonne guerre,
« lorsque j'étais à la tête de mes braves soldats
« suédois! Cette arme aurait su me défendre ou
« l'on m'aurait enterré avec elle; aujourd'hui elle
« m'est inutile, elle sera mieux entre les mains
« d'un brave comme vous... elle pourra vous
« servir et vous lui ferez honneur. »

Il la remit entre mes mains, et se jetant à
mon cou, il me serra dans ses bras.

« — Adieu donc, mon cher Hautford, mon
« cher ami, soyez heureux et ne m'oubliez pas! »

Puis s'élançant dans la chambre voisine, il
en ferma la porte.

UN ORAGE

(FRAGMENT SANS TITRE)

I quelque orage s'élevait pendant qu'il se trouvait à son observatoire, il bravait volontiers la pluie et la grêle pour en observer les progrès. Est-il en effet de spectacle plus imposant et plus sublime, plus fait pour frapper l'imagination que celui de l'Océan soulevé par la tempête? Un ciel orageux que la foudre sillonne de toutes parts, l'obscurité croissante, l'aspect des grandes vagues qui se succédaient sans repos pour venir se briser à ses pieds, les éclats de la foudre qui sillonnaient les sombres nuages, lui faisaient éprouver une sorte de terreur religieuse pleine de charme pour lui. Son âme s'élevant alors jusqu'à l'auteur de ces terribles phénomènes du ciel, était portée à croire que le tonnerre dont le bruit effrayant menace les hommes et les frappe rarement, est un avertissement salutaire, un écho de la voix de Dieu qui parle dans le ciel; alors ses pensées se portaient sur la religion.

Telles étaient souvent les pensées du solitaire pendant l'épisode de sa vie que je décris. Entraîné par les passions de son âge, il croyait à la religion sans la pratiquer, mais les instructions qu'il avait puisées dès son enfance, revenaient souvent lui donner des conseils qu'il était bien résolu de suivre, lorsque les circonstances le permettraient.

« Ce n'est pas, se disait-il alors, une décision que l'on puisse prendre à demi et légèrement, on ne saurait y penser trop mûrement. »

Cette réflexion lui paraissait si raisonnable qu'il se tranquillisait tout doucement sur ses scrupules et n'y pensait plus.

Une partie du ciel, au couchant, commençait à se découvrir, le tonnerre ne grondait plus que dans un grand éloignement et la pluie avait cessé ; quelques légers nuages parcouraient l'Isle comme des flocons légers qui faisaient paraître plus fraîche et plus verte la campagne en l'abandonnant. Les oiseaux secouaient leurs plumes et commençaient à gazouiller dans le feuillage. Tout faisait espérer une bonne journée, quoique si mal commencée.

UNE ÉVASION

A troupe s'avança sans obstacle vers Bakou, dans un des plus beaux pays de l'univers. Chaque bivouac, chaque séjour du quartier général était une véritable fête, aux plaisirs de laquelle contribuait de la meilleure grâce du monde le jeune Kan. — Il passait pour le meilleur cavalier de son pays, et étonnait ses vainqueurs par l'adresse singulière avec laquelle il maniait son cheval et par les divers exercices d'équitation auxquels excellent les Persans. Il jetait et reprenait le *dgivit* avec une sûreté admirable, il prenait à terre une pièce de monnaie en galopant; d'autres fois, dans un combat simulé à la rencontre d'un ennemi qui faisait feu sur lui, on le voyait disparaître de la selle et reparaître aussitôt que le coup était tiré; parfois, armé d'une carabine, après avoir passé avec toute la vitesse

de son cheval à côté d'un poteau, il se retour-
nait sur la selle, sans s'arrêter, et tirait sur le
poteau qu'il manquait rarement. Cependant, au
milieu des distractions qu'on lui accordait, et mal
gré la cordialité que le général paraissait employer
dans ses relations avec lui, le jeune prince ne
tarda pas à s'apercevoir qu'il était prisonnier ; un
cavalier d'ordonnance venait prendre ses ordres
chaque jour. et ne le quittait point; une garde
veillait sans cesse auprès de lui. Il avait espéré
conserver son Kanat sous la protection de la
Russie, comme il le possédait auparavant sous
celle de la Perse ; déçu de cette espérance, il crai-
gnit de perdre sa liberté et résolut de s'évader
tandis qu'il en avait la possibilité.

Pour exécuter ce projet, il fit un jour ses exer-
cices plus maladroitement qu'à l'ordinaire : il
manqua plusieurs fois de suite le poteau et en
accusa son cheval, promettant aux jeunes gens qui
l'entouraient que, si on lui permettait de faire
venir des montagnes une jument favorite qu'il y
tenait au vert, semblable mécompte ne lui arrive-
rait plus. La description qu'il donna de la beauté
de ce cheval fit naître chez le général le désir de
le voir ; un homme de la suite du Cheik-Ali fut
aussitôt expédié et ramena l'animal qui fut admiré par tous les connaisseurs.

Après un jour de repos, un poteau fut placé à
la tête du camp. Le prince monta son nouveau
cheval richement enharnaché; il était lui-même
paré de ses plus beaux habits. Après avoir cara-
colé quelque temps autour du poteau, et salué

gracieusement la nombreuse et brillante assemblée, il s'éloigna au petit galop pour prendre champ; on remarqua bientôt qu'il s'éloignait plus qu'à l'ordinaire; de temps en temps il regardait en arrière, sans cependant presser son cheval. Les soldats furent les premiers à soupçonner son projet, un murmure confus et quelques éclats de rire se firent entendre : « Où va-t-il donc? s'écria le général. Cosaques, à cheval! »

Lorsque le fugitif s'aperçut du mouvement qui avait lieu, on le vit se pencher sur la crinière de son cheval et disparaître bientôt dans un tourbillon de poussière. Toutes les poursuites furent inutiles. On ne le revit plus.

CORRESPONDANCE

CORRESPONDANCE

(INÉDITE*)

I.

(Extraite de la Correspondance diplomatique de Joseph de Maistre).

A JOSEPH DE MAISTRE.

Vilna, 9/21 décembre 1812.

E ne puis te donner une idée de la route que j'ai faite. Les cadavres des Français obstruent le chemin qui, depuis Moscou jusqu'à la frontière (environ huit cents verstes), a l'air d'un champ de bataille continu. Lorsqu'on approche des villages, pour la plupart brûlés, le spectacle devient plus effrayant. Là les corps sont entassés, et, dans plusieurs endroits où les malheureux s'étaient rassemblés dans les maisons, ils y ont brûlé sans

---

*. Les cent seize lettres de ces volumes sont toutes inédites à l'exception de quatre dont ce fragment.

avoir la force d'en sortir. J'ai vu des maisons où plus de 50 cadavres étaient rassemblés, et parmi eux, trois ou quatre hommes encore vivants, dépouillés jusqu'à la chemise, par quinze degrés de froid. L'un d'eux me dit: « Monsieur, tirez-moi d'ici ou tuez-moi ; je m'appelle Normand de Flageac, je suis officier comme vous. » Il n'était pas en mon pouvoir de le secourir. On lui fit donner des habits, mais il n'y avait aucun moyen de le sauver; il fallut le laisser dans cet horrible lieu. Un comte Berzetti de Turin s'est dit mon parent, et m'a fait demander des secours. Je lui ai envoyé aussitôt et mon cheval et un cosaque pour l'amener, mais le dépôt des prisonniers était parti ; je ne sais ce qu'il est devenu. (Je le fais chercher de tous côtés.) De tous côtés et dans tous les chemins on rencontre de ces malheureux qui se traînent encore, mourant de faim et de froid ; leur grand nombre fait qu'on ne peut pas toujours les recueillir à temps, et ils meurent pour la plupart en se rendant aux dépôts. Je n'en voyais pas un, sans songer à cet homme infernal qui les a conduits à cet excès de malheur. »

II.

Communiquée par M. Joseph Bertrand.

23 septembre 1823.

J'AI reçu vos deux lettres, mon cher cousin, ainsi que l'envoi des estampes ; je vous remercie beaucoup pour celles qui me sont destinées;

ce sont de très-belles eaux-fortes et je compte les enluminer moi-même.

Mais avant de finir sur cet article, je dois vous parler de M. Castellar qui vous remettra cette lettre. C'est un négociant qui vient d'épouser une de nos compatriotes piémontaises, Mlle Matilde Patono de Meïran, amie intime de ma femme, dont le père, mon ancien camarade au service du Piémont, est maintenant à celui de Russie. Comme Mme Castellar sera probablement fort isolée à Paris, pendant que son mari fera ses courses pour les affaires, je regarderais comme un service de bon parent si Mme votre excellente épouse voulait bien lui rendre agréable le court séjour qu'elle doit faire à Paris. M. Castellar est un homme de beaucoup d'esprit, qui fait une grande entreprise de commerce en Géorgie, et qui a la confiance de nos premières maisons commerçantes de Pétersbourg.

Maintenant je reviens à nos estampes. M. de Saint-Florent m'ayant témoigné le désir d'avoir la collection pour lui, je n'ai pu la lui refuser, d'autant plus que je n'ai guère de moyen de la placer. Je lui ai communiqué l'article de votre lettre concernant le prix, et dès qu'il les aura placées, je vous le ferai tenir incessamment. Je pense que M. de Saint-Florent en aurait placé plus d'une si vous l'aviez jugé à propos, car il m'a paru assez content de recevoir celle-là. Je lui ai remis le texte que vous m'aviez adressé par la même voie, puisqu'il ne pourrait pas placer les vues sans texte.

Comme vous m'avez obligeamment offert de vous charger de quelques commissions pour moi,

16

en voici une qui concerne la peinture et que vous êtes à même de remplir mieux que personne ; c'est de me faire l'emplette de deux onces de bleu de cobalt dont on se sert à l'huile. Cette couleur a été découverte par le célèbre chimiste Thénard pour remplacer l'outremer et l'égale en beauté et en solidité. Les marchands d'ici la vendent à un prix exorbitant, et j'en use beaucoup pour le paysage. M. Castellar me le rapportera, ou pourra me l'envoyer par les négociants de sa connaissance qui ont souvent des expéditions à Saint-Pétersbourg. Je vous en ferai tenir le prix avec celui du voyage.

Je suis charmé que vous ayez terminé l'affaire des *Soirées*; je croyais que cet ouvrage avait été imprimé à Lyon, je ne l'ai pas sous les yeux en ce moment

Recevez, Monsieur et cher cousin, l'assurance des sentiments affectueux de votre tout dévoué serviteur.

III.

*(Extraite de la brochure de M. G. Carrel.
Le Lépreux de la Cité d'Aoste.)* (Aoste 1853.)

A MADAME M. D. A LA CITÉ D'AOSTE.

Pise, 9 mai 1828.

JE ne sais si vous reconnaîtrez l'écriture de *Joris*, Madame, après un si long espace de temps. Depuis mon retour dans ma patrie, je désirais vivement avoir de vos nouvelles; mais toutes celles que j'ai reçues étaient si contradictoires que je ne savais où vous adresser une lettre... Malgré le temps et l'éloignement, j'ai toujours conservé pour vous l'estime et l'attachement que votre caractère et vos excellentes qualités m'avaient inspirés dans le temps où je me croyais destiné à unir mon sort au vôtre... Vous savez peut-être que Dieu m'a donné une bonne femme, à laquelle j'ai bien souvent parlé de vous. Heureusement j'ai pu lui en parler sans lui rien cacher des rapports que nous avons eus ensemble, et j'ai pu lui faire partager les sentiments que je vous porte... Ecrivez-moi de grâce; tout ce que vous me direz m'intéresse. Parlez-moi de la Croix-de-Ville; dites-moi s'il y a encore des pigeons devant vos anciennes fenêtres; si la petite maison de votre mère existe encore, et si vous avez visité quelquefois *la Tour déserte du pauvre Lépreux*; si, comme je l'espère, votre oncle Barnabite, plus jeune que moi, existe encore ainsi que vos sœurs? Rappelez-moi à leur souvenir. Sans doute il n'existe plus qu'un bien petit nombre de mes anciennes connaissances. Je ne vous en dirai pas davantage aujourd'hui. Permettez-moi d'espérer que vous me regarderez comme votre affectionné ami.

La personne qui vous remettra cette lettre se chargera de la réponse.

A LA MÊME.

Des environs de Pise, 1828.

ENFIN j'ai arraché une lettre de la cité d'Aoste ;
je ne saurais vous exprimer, Madame, combien elle m'a fait plaisir... Avant tout, je dois
vous dire que toutes les fois que je trace, en vous
écrivant, le mot de *Madame,* ma plume s'arrête
tout court, et je suis obligé de faire des réflexions
sur le temps, l'âge et les convenances pour ne pas
écrire *ma chère Elisa,* quoique cela me paraîtrait
tout naturel, depuis surtout que j'ai revu votre
écriture et que j'ai lu tout ce que votre lettre renferme d'aimable et d'affectueux.

En parcourant votre lettre, le noir espace qui
m'a séparé de vous a disparu. Je vous ai revue
jeune et belle, assise sous les noisetiers avec vos
oncles et le père Tavernier, et le cœur du vieux
Joris ne s'est pas moins ému que celui d'Elisa. Je
ne sais si votre imagination m'aura représenté
aussi favorable à votre souvenir. Tout ce que je
puis vous dire, c'est qu'à travers le temps et les
orages de la vie, j'ai été plus heureux que vous
sous le rapport de la santé qui est encore parfaite,
malgré mes soixante-cinq ans... J'ai appris avec
plaisir l'emplette que vous avez faite de la maison
de Bard. Vous serez là un peu plus au large que
dans celle où je vous ai laissée ; et, comme je la
connais, je sais où vous prendre lorsque je pense

à vous et je puis me promener avec vous dans le jardin au fond duquel on voyait jadis une perspective peinte avec deux figures qui devaient représenter le baron Vignet et la comtesse de Bard.

Je serais charmé aussi d'avoir une notice sur mes anciennes connaissances de la Cité. Ce sera probablement une nécrologie. N'importe, ce coin de terre où j'ai longtemps désiré me fixer pour toujours, où j'ai passé des jours si heureux, m'intéresse autant que ma patrie. Je ne m'en rappelle jamais les hivers et le mauvais temps; il me semble que le ciel y est toujours serein et les arbres en fleurs. — Mais pour entrer dans la réalité et vous encourager à me parler de vous, je vous apprendrai que mon front s'est dépouillé de ses cheveux, et qu'ils ne *rebiollent* plus, comme vous me le disiez un jour. En conservant ma face maigre et pâle, je suis devenu plus volumineux et j'ai acquis un assez gros ventre qui me donne un air respectable. J'ai cru devoir vous faire ce portrait abrégé de ma personne, afin que vous ne soyez pas trop surprise, si jamais j'ai le plaisir de vous voir. J'habite maintenant une jolie maison de campagne au pied des Apennins ; ce serait le plus beau séjour du monde, si l'excessive chaleur permettait d'en jouir ; l'été y est insupportable. Vous me demandez pourquoi je n'ai pas préféré Turin à Pise. Je n'ai pas eu le choix ; les médecins ont ordonné le climat de Pise pour mon enfant malade, et comme il est remis et qu'il prend chaque jour des forces et de la santé, je n'en partirai que lorsqu'il sera assez fort pour supporter le climat de Saint-Pétersbourg.

Il faut, comme vous le dites, que la brebis broute l'herbe où elle est attachée. Le mal et le bien ne sont jamais à notre disposition ; tout l'art de la vie consiste à tirer le meilleur parti des circonstances forcées dans lesquelles on se trouve. C'est pour tirer le meilleur parti des miennes, que j'ai voulu être en correspondance avec vous. Votre réponse m'a fait un véritable plaisir ; elle est si naturelle, si bonne ! ma femme l'a trouvée charmante. Elle veut que je vous dise combien elle a été sensible aux compliments que vous lui adressez et vous prie d'agréer les siens. Ecrivez-moi de grâce et croyez aux sentiments sincères que vous a voués pour la vie votre ancien ami. »

Mme de Maistre ayant écrit quelques lignes de compliments à la suite, son mari termine la lettre par ces mots : « Ma femme a voulu ajouter deux mots à ma lettre. Vous voyez, madame, qu'au lieu d'un ami, il vous en est revenu deux. »

IV.

(Communiquée par Mme la comtesse de Marcellus*.)

A Monsieur le vicomte de Marcellus, envoyé extraordinaire et ministre plénipotentiaire de Sa Majesté Très-Catholique auprès de S. A. R. Mgr le duc de Lucques, aux bains de Lucques.

Mardi, 12 août.

Nous sommes dans une année d'accidents, mon cher comte, notre petite Catinka a fait une chute et s'est foulé un poignet; le chirurgien assure qu'il n'y a aucune fracture ni aucun danger, mais vous concevrez facilement notre inquiétude et surtout celle de ma femme, qui renonce bien à regret à la partie de demain. Natalie ne veut pas aller sans elle, il ne resterait donc plus que moi, membre inutile au bal, et qui ne bouge jamais qu'en masse avec toute ma caravane. J'espère que bientôt toutes nos alarmes seront dissipées, et que nous retrouverons à Lucques le plaisir qui nous échappe aux bains. Je suis doublement

---

*. Nous devons à la complaisance de Mme la comtesse de Marcellus communication des lettres adressées soit à elle, soit à M. de Marcellus. Comme elles forment presque la totalité du volume, nous n'indiquerons plus la provenance que pour les lettres venues d'une autre source.

contrarié par cet accident qui retarde l'accomplissement de la promesse que m'a faite Mme de Marcellus de me présenter à M. le comte de Forbin, mais puisque vous retournez bientôt à Lucques, cet avantage n'est qu'ajourné à peu de temps.

Adieu et au revoir, cher et aimable voisin.

Je ne veux pas finir cette triste lettre sans vous dire combien ma famille et moi sommes reconnaissants de toutes les marques d'intérêt et d'amitié que vous nous donnez.

Ma femme et Natalie se joignent à moi pour vous prier de dire mille choses aimables à Mme de Marcellus.

V.

AU MÊME, A LUCQUES.

Pugnano, samedi, à 6 heures.

IL faudrait que je fusse beaucoup plus malade que je ne le suis, pour ne pas répondre à votre aimable lettre, mon cher comte. Les deux bains que j'ai pris m'ont fait le plus grand bien et je souffre beaucoup moins aujourd'hui. Il parait cependant que cela sera encore long, et il me sera impossible de vous voir demain, ce qui est une nouvelle douleur à ajouter aux autres. J'aurais engagé ma femme à faire la partie sans moi, mais elle est elle-même souffrante d'un mal de gorge, ainsi, à notre plus grand regret, ne comptez pas sur nous.

Je pense que c'est une des récompenses dont jouit mon pauvre frère dans le ciel de ne pas lire les gazettes et de se moquer des sottises que nous faisons ici-bas. Je ne sais que penser de vos ministres. M. de Beauvais a perdu la tête et n'a jamais eu de cœur.

Conservez-vous, conservez-moi votre amitié; j'en voudrais aussi une petite parcelle de la part de Mme de Marcellus, à laquelle je vous prie de faire agréer mes hommages.

VI.

AU MÊME.

Pise, le 28... de 1828.

L A bonté et la complaisance de Mme de Marcellus étant une qualité de famille, je ne crains pas de m'adresser à vous, Monsieur, pour vous demander un petit service au moment de votre retour en Toscane : il s'agira de prendre chez M. le banquier Alfred Saladin, rue Neuve-des-Capucines n° 9, un paquet à mon adresse, et de me l'apporter. C'est un ouvrage sur la physique des couleurs et sur le mécanisme de la peinture que j'avais adressé à mon neveu Vignet; celui-ci l'a laissé en partant à un de ses amis. Les libraires m'ont fait dire de leur envoyer des romans ou des *Lépreux*, mais qu'ils ne savent que faire d'un ouvrage sur la peinture. J'avais prié M. de Palier de le remettre à mon ancien éditeur, M. de Walery,

17

bibliothécaire du roi. Il s'est trouvé parti pour l'Italie; il ne me reste donc plus que de rappeler dans le sein paternel cet enfant fourvoyé, jusqu'à ce que mes moyens me permettent de l'établir à mes frais. Si vous ayez, Monsieur, l'extrême bonté de retirer ce paquet, lorsque votre retour en Toscane sera fixé, la prière que je vous en fais ici et votre nom suffisent pour cela, sans que j'écrive à M Saladin, auquel je vous prie de faire agréer mes remerciments.

Je suis bien reconnaissant pour l'offre qu'a bien voulu me faire M\ :superscript:`me` la vicomtesse, de m'apporter des matériaux pour la peinture. Je n'ai besoin de rien autre que d'être encouragé par son activité et son talent, et de l'accompagner quelques fois lorsqu'elle ira dérober ses secrets à la belle nature des environs de Sattachio ; d'ailleurs je vous avoue que je ne compte pas avec une certitude absolue sur votre retour. Le callidoscope de Paris est toujours en mouvement, les ministres à l'extérieur sont au nombre des objets brillants qui en forment les apparences variables. Peut-être, au moment de votre retour, vous trouverez-vous faire tout à coup partie d'un nouvel arrangement. Tout ira bien, pourvu que vous en soyez satisfait, fût-ce même aux dépens de ceux qui vous attendent avec empressement en Toscane. En mettant à l'épreuve votre complaisance, j'ai compté sur votre amitié. Veuillez, je vous prie, Monsieur, ratifier cette confiance et croire aux sentiments sincères et affectueux de votre dévoué serviteur.

VII.

AU MÊME, A LUCQUES.

Jeudi, à 11 heures 1/2.

En revenant hier de Jataïola, mon cher comte, il nous est arrivé une petite aventure que je dois vous raconter. Ma femme vous a dit, je crois, qu'en allant dîner, le douanier lucquois de la frontière l'avait arrêtée et avait menacé le cocher avec beaucoup de colère. Lorsque nous sommes passés à dix heures et demie, nous avons trouvé le douanier sur la porte de la maison de la douane avec une lanterne à la main, lequel nous a dit de passer; mais à un demi-mille de là, et tout près de la frontière, deux hommes armés de fusils se sont présentés, sortant l'un et l'autre des fossés, à droite et à gauche de la voiture, et ont couché en joue le cocher en lui disant : *ferma, o ti bruccio.* L'un d'eux a fait feu, mais l'amorce seule a brûlé. Le cocher a fouetté les chevaux, qui sont partis au grand galop, et nous avons laissé là ces deux hommes qui ne nous ont pas poursuivis. Nous n'avons su ce qui s'était passé qu'à Ripafratta, où nous nous sommes arrêtés à la douane toscane. Maintenant qui sont ces deux hommes ? appartiennent-ils à l'ambulance de la douane de Lucques, ou sont-ils simplement des vagabonds ? nous n'en savons rien; tout le monde croit ici que c'est une vengeance du douanier, mais de toute manière c'est une chose désagréable et qu'il faudrait éviter à l'avenir. Ainsi, mon cher comte, je m'adresse à vous, pour vous prier d'en parler au marquis Manzi, ou à qui de droit, pour prévenir un semblable désagrement, confiant cela à votre prudence. Il est à noter que si cette algarade vient du douanier, elle ne regarde que le cocher et que, si on punit l'auteur, il peut en résulter une vengeance plus à craindre envers le pauvre cocher de la part de ces gens vindicatifs, ce qui m'affligerait beaucoup, car c'est un excellent homme. Il est inutile de vous dire combien ma femme a été effrayée, et que par conséquent vous ne la verrez pas ce soir, et je ne sais pas maintenant comment je l'engagerai à sortir de la maison, car elle prétend qu'il n'est pas même sûr d'aller de nuit d'ici à Pise. Il faut espérer que tout redeviendra tranquille, et que nos relations n'en souffriront pas, malgré la discourtoisie des douaniers. Faites donc, cher voisin, tout ce que vous jugerez convenable pour les rendre plus polis, en partant de l'observation : 1º que notre cocher a eu tort dans le principe en ne s'arrêtant pas, lors de l'intimation que lui a faite le douanier ; 2º qu'on ne nous a jamais arrêtés à cette douane, ce qui excuse un peu le cocher qui, se trouvant déjà loin lorsqu'on a crié, a fait semblant de ne pas entendre, mais quel que soit son tort, cela ne donne pas le droit d'insulter ainsi une voiture qu'ils connaissent fort bien, munie de deux lanternes allumées et qui par conséquent ne peut être soupçonnée de contrebande. Les gens qui nous ont arrêtés avaient tout l'aspect de brigands sans uniforme ni aucune marque distinctive de leur noble profession. Ma femme est au désespoir de ne pouvoir faire sa visite à la marquise Manzi, comme elle le projetait ce soir, mais il faut pour cela un soleil bien clair et bien reluisant. Natalie n'a pas fermé les yeux de toute la nuit, et ma femme a fait regarder sous le lit s'il n'y avait personne de la douane.

Pour moi, je ne me suis pas ressenti de ma [course] d'hier et j'ai très-bien dormi, quoiqu'un peu fatigué de la journée pittoresque et surtout du dîner. Je pars pour les bains, et Sophie pour Pise, où elle va voir la mère de la défunte.

Bonjour, cher comte, mille hommages de la part de toute la famille à Mme de Marcellus.

VII.

AU MÊME, A LUCQUES.

Vendredi, à 7 heures 1/2.

JE savais déjà l'aventure des cinq voyageurs dont le cocher est venu chez nous à une heure du matin pour avoir le témoignage du nôtre ; on le soupçonnait d'être de connivence avec les voleurs. Ainsi, cher comte, j'avais déjà rendu justice intérieurement aux douaniers de Lucques. Notre affaire à nous a certainement eu lieu sur le territoire lucquois, à 10 minutes au plus de la douane, du moins c'est l'avis du cocher qui connaît bien l'endroit. Les employés de Pise sont venus prendre des informations hier et ont dit que cela ne les regardait pas. Au reste cela est fort indifférent, comme ce sont les deux mêmes coquins qui ont fait le second coup, tous deux bien reconnaissables à leur signalement et à leurs armes, notre accident se terminera en bloc avec celui des cinq braves. Je crois qu'il y a maintenant moins de danger que jamais, parce que les deux brigands ont sûrement fui le pays et ne s'amuseront pas à fureter si près de la justice, toute faible qu'elle soit. Je ne crois pas qu'il soit nécessaire d'entreprendre d'autres démarches : notre aventure est connue de tout le monde, et il est tant de l'intérêt du gouvernement de soigner notre argent, qu'il fera le possible pour qu'il ne prenne pas une si mauvaise route.

Nous regrettons bien que votre bonne intention de venir nous voir n'ait pu avoir son exécution; ma femme et Natalie vous remercient et sont bien reconnaissantes des soins que vous vous êtes donnés pour les venger de la frayeur qu'elles ont eue, elles présentent avec moi leurs hommages à Mme de Marcellus. Je serais allé moi-même vous voir, mais je suis toujours un peu roide, les bains me fatiguent, sans me procurer beaucoup de soulagement pour ma douleur dorsale. Bonsoir, cher et bon voisin.

Je suis toujours et à toujours.

VIII.

A MADAME LA VICOMTESSE DE MARCELLUS,
NÉE DE FORBIN, A ROME.

Pise, décembre 1828.

QUOIQUE je sois moins coupable que ma femme, je dois cependant commencer par un aveu bien sincère de mes torts envers vous, Madame. L'aimable intention que vous aviez énoncée dans votre lettre de Ravenne, et que vous avez exécutée en m'adressant une lettre charmante devait sans doute m'engager à vous prévenir. *Buttabam ! buttabam !* Faites-vous expliquer ces paroles expressives de repentir, si votre russe ne va pas jusque-là ! j'ai cru n'avoir pas de moyen plus efficace pour obtenir mon pardon, qu'en le demandant avec les caractères d'une langue qui vous est si chère ! mais ce qui aurait sans aucun doute chassé toute espèce de rancune de votre cœur, c'est l'expression de la physionomie de ma femme, et notre attitude coupable à tous deux pendant que nous lisons ensemble votre si bonne et si touchante lettre, dans laquelle, au lieu des reproches que nous méritions, nous n'avons trouvé que des témoignages d'amitié. Sophie souriait avec des yeux humides qui vous auraient bien vite réconciliée avec elle, si vous les aviez vus. Cette lettre est si expressive, elle est si..... je ne sais trouver le mot, elle est

si jolie, que j'ai cru vous voir et vous entendre.
C'était une véritable apparition, et puisque vous
avez le pouvoir de vous transporter ainsi momentanément à volonté, j'aurai soin dorénavant de
vous évoquer de temps en temps, si vous me le
permettez. Depuis votre départ et celui de Mme de
Ribeaupierre, nous sommes restés tristement à
Pugnano jusqu'au 2 de novembre. Pendant cet
intervalle, nous avons cependant fait une course
dans le duché de Lucques sous la protection de
M. Tenta, pour examiner les campagnes où nous
pourrions nous établir le printemps prochain.
Nous avons commencé par la magnifique villa
Garçoni, où je ne voudrais pas loger, même en
peinture, et de là nous sommes revenus visiter
l'une après l'autre toutes les maisons à louer ou
non, sans exception. L'une d'elles, la villa Manzi,
nous a charmés et nous a paru préférable même
à Jataïola; aussi nous vous l'avons destinée.
De là, après un bon déjeuner que nous a donné
le marquis Massarossa qui est tout près, nous
avons continué nos visites domiciliaires et nous
sommes arrivés jusqu'au bas de la grande allée
de Sattochio, dont les arbres ont perdu leurs
feuilles, mais ont conservé votre souvenir. Nous
avons jeté notre dévolu sur quelques villas qui
pourront nous convenir, si les propriétaires se
trouvent raisonnables.

Voilà, madame, tout ce qui nous est arrivé de
plus marquant depuis que vous êtes à Rome; nous
n'avons plus rencontré de voleurs, ni reçu d'amis
chez nous, circonstances qui forment les deux

extrémités de l'échelle malheureuse ou heureuse de la vie.

Nous avons retrouvé à Pise le même logement que nous avions habité l'année passée, avec une chambre de plus qui nous met fort à l'aise, grâce à la bonté d'une dame voisine qui nous a permis de faire un trou à la muraille qui nous sépare et de nous établir chez elle. Notre hiver sera triste, du moins pour Natalie; la mort de notre bonne Impératrice nous met en deuil pour un an, et les six premiers mois nous excluent en rigueur des bals. Ce qui est le plus triste, c'est que ce deuil n'est pas seulement de convenance, mais de cœur; c'est une de ces pertes qu'on appelle ordinairement générales, mais qui, dans ce cas, devient particulière pour tous les bons Russes. Elle est morte à la lettre sans reproche; son éloge serait trop long, nous l'avons pleurée de bon cœur.

Je me fais une grande joie de voir vos études romaines et j'envie d'avance vos succès. J'ai abandonné crayons et pinceaux depuis notre retour en ville. Il faut nécessairement être encouragé par de bons exemples. Je vous attends donc pour me remettre à l'ouvrage; je dirai peut-être, en voyant les vôtres, *Anch'io son pittore*, et peut-être sous votre inspiration ferai-je quelque chose de bien, mais il faut pour cela plus qu'une apparition imaginaire; je veux vous voir en corps et en âme. Je n'ose pas vous dire : « venez vite, » au contraire restez; jouissez à loisir des merveilles des arts et des antiquités qui vous entourent. Soyez contente et heureuse, les amis ne doivent pas former d'autres

souhaits ; c'est celui que je forme pour vous bien
sincèrement, jusqu'à ce que les vagues de l'inconstance ramènent votre duc dans son empire, en
vous entraînant, bon gré mal gré, après lui, alors
je deviendrai égoïste et je ne penserai plus qu'à
ma propre satisfaction.

IX.

A LA MÊME.

Pise, 1829.

QUE faites-vous, Madame, à Rome où vous
voilà établie jusqu'aux calendes grecques, si
la nouvelle qu'on a donnée hier est véritable : on
nous a assuré que le duc de Lucques ne reviendra
pas cet hiver, et tandis qu'on nous l'annonçait,
j'ai cru voir sur votre visage une expression de
plaisir qui m'a fait de la peine. Il est certain que
dans ce cas vous resterez à Rome jusqu'à votre
départ pour Paris... Quoi qu'il en soit, si vous
devez rester si longtemps hors de votre résidence
officielle, c'est une raison de plus pour nous de
solliciter quelques lettres de votre part. Vos lettres
éclaireront un peu le sombre nuage qui enveloppe
Pise. La jeune grande-duchesse Auguste est très-
malade, le grand-duc a l'air de l'être aussi, tant
il est pâle et défait. On dit cependant que sa fille
va mieux aujourd'hui. Ces circonstances, jointes

au deuil russe, nous présagent un hiver mélancolique. Pour nous consoler, dites-nous que vous
reviendrez, ou au moins dites-nous que vous vous
amusez, que vous êtes heureuse et tranquille à
Rome, et veuillez aussi pour moi en particulier
me donner quelques détails sur vos travaux. Pei-
gnez-vous d'après nature ? avez-vous pris un
directeur en peinture et quel est-il ? Je voudrais
aussi savoir ce que M. de Forbin a entrepris ; il
me semble qu'il voulait peindre le péristyle de la
cathédrale de Lucques. Je prévois avec chagrin
que son tableau passera incognito en Toscane
pour aller chercher les Parisiens, et que je n'aurai
pas le plaisir de le voir. Pour toute consolation
des mécomptes que j'attends de toute part, je
passe mon temps à voir des étrangers qui viennent ici chercher la santé. Nous avons une dame
russe intéressante qui probablement ne reverra pas
sa patrie. Cela ôte tout le plaisir de se bien porter.

J'en étais ici de ma lettre, lorsqu'on m'a apporté
la *chère vôtre*. J'y vois avec grand plaisir que la
nouvelle concernant le duc de Lucques est con-
trouvée, ainsi vous nous reviendrez, mais en passant seulement. Vous nous annoncerez deux ou
trois bonnes journées, ensuite vous passerez la
frontière, qui n'est pas à la vérité très-éloignée,
mais nous n'y gagnerons pas beaucoup : quatre
heures pour aller et venir ne laissent pas d'être
un voyage, et entre les affaires et la paresse, les
malaises et le mauvais temps, les jours s'écoule-
ront sans pouvoir vous rencontrer ; autant vau-
drait que vous restassiez à Rome.

Lorsque vous donnerez des dîners et des fêtes, nous en entendrons le bruit sans pouvoir en profiter, comme les âmes qui sont aux limbes entendent les joies du paradis.

La jeune archiduchesse Auguste a été dangereusement malade d'une fièvre gastrique ; l'alarme a été générale, mais j'oublie que je vous l'ai déjà marqué hier, elle est sans fièvre et tout le monde est heureux. Ce dont je ne vous ai pas parlé, c'est le danger qu'a couru une princesse d'une autre espèce, Mme Athénaïde (fille du roi Christofo.) Le médecin l'a tirée d'affaire par un heureux hasard. Il faut vous dire que cette jeune personne est très-violente de son naturel. Elle jetait les médecines au nez de tout le monde. On était cependant parvenu à lui appliquer un vésicatoire sur l'aine, je ne sais pas bien où cela se trouve. Le docteur étant revenu, trouva la malade souffrante et furieuse. « Otez, ôtez-moi ce vésicatoire, disait-elle : malheureusement il avait glissé, le docteur chercha longtemps, il mit ses lunettes, mais inutilement : la chambre était obscure, tout était si noir, si sombre !

> Ahi quanto a dir qual era è cosa dura
> Questa selva selvaggia ed aspra e forte,
> Che nel pensier rinuova la paura !
>
> (DANTE, dell' Inferno.)

Tant y a que le vésicatoire ne s'est plus retrouvé, mais l'effet en a été si heureux que la princesse est guérie.

Remerciez de grâce Monsieur le comte de son bon souvenir auquel je suis bien sensible. Si je passais seulement six mois avec lui et avec vous, je suis sûr que je peindrais jour et nuit et il me semble même que je ferais de bonnes choses. Je vous dirai même que je retouche souvent un paysage que j'avais cru fini en me disant : « Si M. de Forbin le voyait ! » Alors j'y trouve toujours quelque chose à refaire et il m'arrive aussi quelquefois de le fermer sous clef en me promettant de ne le pas montrer. Ma femme veut achever cette page, elle me demande l'explication des vers italiens, mais qui peut expliquer le Dante ? Moi-même je n'y comprends rien. Si donc vous y trouviez quelque chose à redire, ce sera la faute du Dante ou de l'interprétation que vous en ferez.

Voici encore une lettre de Mme de Ribeaupierre qui nous donne comme certaine la nouvelle que le duc de Lucques passe l'hiver à Vienne. Ma femme m'avertit que je radote, c'est elle qui avait donné la nouvelle à Mme de Ribeaupierre.

X.

A LA MÊME.

Pise. 1829.

VOTRE toute aimable lettre, Madame, contient tant de bonnes choses que je ne sais comment mettre quelque ordre dans ma réponse. Nous sommes très-disposés d'accepter tout, le bal, l'il-

lumination , la ville et la campagne, tout ce que
vous proposerez et qui pourra nous rapprocher de
vous. Pour les arrangements à prendre, et comme
il s'agit de toilettes, une entrevue préliminaire de
consultation paraît de toute nécessité, et pour cet
effet nous avons pensé qu'il serait à propos de
nous en tenir à notre premier projet et d'aller
dîner chez vous après-demain jeudi, après avoir
fait notre visite à la villa Fatinelli. J'espère que
M. Frenta aura reçu mon billet et qu'il voudra
bien nous y accompagner. Nous serons près du
palais à onze heures très-précises. Ayez donc l'extrême bonté de le faire prévenir; ma femme ne
peut pas s'en passer et compte sur lui. C'est bien
par un sentiment d'angoisse et de malaise de
n'avoir plus de nouvelles de Lucques que nous
avions formé le projet d'y aller jeudi. Nous sommes charmés que cela vous arrange et si la partie
de Pescia et du bal a lieu, ce sera du sucre sur
les macarons. Avez-vous fait quelque chose de la
petite marine ? Je pense que non, puisque vous
étiez occupée d'une autre entreprise. Pendant
que ma femme était à Livourne, j'ai été voir les
grottes de Monte Olivetto, à une heure et demie
de Pise. Je n'ai jamais rien vu d'égal depuis que
j'ai des yeux, ce sont les plus beaux rochers, c'est
du grand, du pittoresque; il faut que vous alliez
voir cela un jour avec moi, et surtout avec
M. votre père. Il y a un intérieur de caverne gi-
gantesque, un temple pour y mettre une sibylle
avec trois ouvertures, où quatre éléphants passe-
raient de front avec leurs tours sur le dos. Le nom

de la caverne seul ne répond pas à la beauté du site, elle s'appelle la *grotta del Pipi*, du nom du paysan qui y a placé sa maison; il était absent, mais Mme Pipi m'a reçu avec beaucoup de cordialité.

XI.

A LA MÊME.

Rome, le 22 de janvier 1829.

LE bon Granet vient de m'annoncer que vous partez de Paris incessamment pour l'Italie où M. de Marcellus est envoyé, mais où, comment, et pourquoi, c'est ce qu'il ignore. Vous croirez peut-être que cette nouvelle m'a fort étonné, vous vous tromperiez, elle ne m'a fait qu'un très-grand plaisir et point de surprise. Je ne vois que trop que vous êtes, depuis votre départ de Saint-Pancrazio sous l'influence de quelque fée maligne qui vous transporte, bon gré mal gré, et à l'insu de vos amis, d'une contrée à l'autre. Vous êtes à Milan quand on vous croit à Lucques; à peine a-t-on écrit votre adresse en Lombardie, qu'il faut l'effacer et y substituer Genève; pas du tout, c'est que vous êtes à Matour; pure mystification encore, vous datez de Paris! On ne peut douter que vous ne soyez sous un charme qui vous donne la faculté de parcourir les airs.

Oh! pourquoi, lorsque je montais avec vous sur les montagnes de Lucques, lorsque j'étendais les bras en vous suivant dans les passages difficiles de crainte de vous voir tomber, pourquoi ne vous ai-je point alors saisie par un de vos petits pieds? vous m'auriez emporté avec vous dans l'espace à travers les nuages; j'aurais vu Milan, Genève, Matour et Paris, et je serais maintenant en chemin pour revenir en Italie, en passant tout près des satellites de Jupiter, ou en traversant l'anneau de Saturne, pour prendre le plus court. Peut-être même dans ma course aurais-je rencontré un ange; *Quella ch'io cerco e non ritrovo in terra.* Les folies que je vous écris, chère vicomtesse, vous donneront une juste idée de ma situation ; à Rome, nous sommes maintenant dans le monde où le bruit m'inspire le silence, et les plaisirs la tristesse.

J'oublie souvent mon chagrin, je dis des folies, mais si une jeune fille de quatorze à quinze ans se présente, il s'empare de moi comme le premier jour. Ma femme me lisait un jour l'évangile où il est dit que N.-S. ressuscita une jeune fille de 12 ans, ma pauvre femme pleurait à chaudes larmes. Le soir nous avons été passer la soirée chez M. le comte de Lutzoff, il y avait plus de cent personnes, presque toutes avec des visages inconnus, comme le mien l'était pour eux ; cela s'appelle vivre et voir le monde! Ah! si vous étiez ici, chère et bonne Valentine, c'est alors qu'une source de joie jaillirait de notre cœur, plus abondante que la fontaine de Trévise.

Je ne sais où cette lettre vous trouvera, ni même si vous la recevrez ; dès que je vous saurai arrivée et établie quelque part, je vous l'adresserai aussitôt, ou bien je vous la remettrai moi-même, si vous venez-ici ; en attendant j'ai le plaisir de l'écrire, plaisir que la fée maligne ne peut m'ôter. Rome promet d'être brillante cet hiver et commence à tenir parole. Il y a comédie de société chez la princesse Zénéide Wolkowsky, où l'on a joué à merveille. Une autre beaucoup plus nombreuse en spectateurs a eu lieu vendredi passé chez votre ami le prince Gagarin ; son énorme salon était plein comme un œuf. Mme de *** est du nombre des acteurs avec le prince et la princesse Sangous-chka, jeune Polonaise fort belle, MM. Bugnot et Gané. Si vous venez ici, je suis bien sûr qu'on tâchera de vous enrôler. Ce soir, il y a un bal de 800 personnes, chez l'ambassadeur d'Autriche. Que dirai-je ou que ne dirai-je pas des Tortonia ? Il y a 15 jours que leurs invitations pour le mois de février sont faites. J'ai au reste des choses bien plus intéressantes à vous dire : trois chevalets sont en activité dans mon atelier, un pour Natalie, l'autre pour un capitaine de dragons qui se trouve être mon neveu, l'autre pour moi. Ce sont là les vraies, les paisibles jouissances. Lorsque le temps sera beau, M. Mils nous permettra d'établir notre atelier chez lui par la protection de Mme de M***, vous en serez aussi, si vous venez, voilà de quoi vous allécher.

Je ne connais cependant pas encore ce bon an-glais qui s'est établi dans le palais des Césars, mais je serai bien reçu chez lui avec deux *jeunes* damês.

30 janvier.

Ma lettre est commencée depuis longtemps, je reçois la vôtre du 10. J'avais appris avant-hier par la légation française que vous ne venez plus, mais il y avait tant de contradictions et d'invraisemblance dans tout ce qu'on disait, que je conservais un reste d'espoir, lorsque votre triste lettre m'a été remise. Il faut bien se résigner, mais c'est un grand désappointement que nous éprouvons. Quelqu'un écrit qu'en partant de Paris, il a rencontré sur son chemin M. et Mme de Marcellus qui y revenaient.

Votre Babylone est la vraie capitale des bavardages européens : on dit tout, on imprime tout, mensonges et vérités, tellement que la vérité en si mauvaise compagnie devient suspecte. Cependant il n'est que trop vrai que vous ne venez plus, seulement, je veux mettre sur le compte de vos chagrins du moment cette ligne où vous semblez avoir perdu tout espoir de revoir l'Italie ; nous y passerons encore l'hiver prochain, et d'ici là il passera bien de l'eau sous le pont, laissez-moi donc au moins un peu d'espoir.

Je ne vous ai jamais fait encore de déclaration dans les formes, il faut que je vous dise comment et pourquoi je vous aime... Ce n'est pas même votre esprit ni vos talents, je vous ai reconnu tous ces avantages avant de désirer votre amitié, mais lorsque nos malheurs vous ont intéressée; lorsque votre cœur s'est ouvert devant nous comme un trésor plein qui regorge de richesses et de bonté, alors le mien vous a voué un attachement sans bornes et un souvenir éternel. Ce n'est pas que les avantages personnels y gâtent rien, c'est un beau cadre à un tableau sublime, mais pour nous autres vieux amateurs, qui avons renoncé de bonne foi aux joies de ce monde, il faut que le tableau soit bon et sans tache, alors nous nous livrons sans crainte à une tendre admiration pour les chefs-d'œuvre de la création, et ce sentiment réveille en nous tout ce qu'il y a de vraiment bon et de réel dans les jouissances de la vie. Trouvez-vous maintenant que cette analyse de mes affections faite en toute conscience convienne à votre *doublure*. Hélas! le cadre même n'existe plus et c'est le moindre inconvénient; on croit voir un de ces tableaux dégradés qui ont disparu sous les nombreuses retouches et qu'on rencontre quelquefois accrochés obliquement dans les auberges. —

Je deviens méchant; pour ne pas l'être davantage, je ne continuerai pas le parallèle, quoique je pourrais dire des merveilles sur ce sujet, j'ajouterai seulement que dans la pièce où elle a joué, un des acteurs lui disait : « *Quoi, Mme vous êtes cette dame si sévère, si respectable!* » Cinq cents spectateurs ont applaudi à tout rompre; vous voyez que les grands succès sont souvent accompagnés de déboire.

Avant le jour de la représentation, nous étions dans une maison où nous avions dîné. MM. de

Gané et de Bugnot vinrent faire visite, on demanda au dernier le nom des acteurs qui devaient jouer avec lui, il les nomma tous excepté un : Et qui joue le rôle du poëte dans le proverbe ? — C'est Monsieur de ***. — Non, non, ajouta-t-il aussitôt, c'est M. de R., il garda son sérieux malgré les éclats de rire et continua gravement la conversation, en sorte que je ne sais pas s'il était coupable de malice ou de distraction.....

Granet continue à faire nos délices, il peint de petites choses en attendant que le temps froid change, et lui permette d'aller finir son grand tableau du cloître des Chartreux. Il est toujours à la recherche des souterrains et de tous les endroits obscurs et qui sentent le moisi; il a fait un joli tableau : *la jeune Cenci devant ses juges* et quelques aquarelles.

XII.

A LA MÊME.

Rome, 6 mai 1829.

COMMENT? vous n'avez point de lettre de moi : et vous pensez que nous n'avons point écrit; je vous ai adressé une énorme lettre à *Adour par Matour*, comme vous me l'avez indiqué. J'ai ajouté *Saône-et-Loire*, peut-être me suis-je trompé de gouvernement ou de département. Si mon ignorance géographique m'a joué ce mauvais tour, je ne m'en consolerai pas, car je vous disais mille choses. Granet vous a écrit à la même adresse, avez-vous reçu sa lettre? Vos projets de peinture m'ont fait grand plaisir, on ne peut rien faire de mieux à la campagne, surtout lorsqu'on a des inquiétudes ; le temps qu'on y emploie est autant de pris sur l'ennemi. Vous n'aurez pas lieu d'être jalouse des succès de Natalie, elle travaille peu, et tout se passe en projets et en bonne volonté ; cependant elle a copié un joli intérieur et en a commencé un de Granet que vous avez aussi copié, quoiqu'il ne soit pas terminé. Je n'ai rien fait moi-même que deux ou trois abominables aquarelles pour des albums, à quoi je n'entends rien. Nous verrons à Naples, où nous comptons aller vers la fin du mois, si les projets se réaliseront mieux qu'à Rome...

Nous avons revu avec plaisir la délicieuse Pauline, qui a eu le bon esprit de préférer la paix à la fortune ; elle est fort bien portante et jolie comme un ange ; sa joue veloutée, qu'elle a soustraite à la profanation d'un sot, a touché les rides de la mienne, et l'effet que cela a produit sur moi a été tel que je me suis cru jeune jusqu'au lendemain où la nécessité de me faire la barbe m'a fait regarder dans un miroir. Il y a là aussi de grands projets de peinture, on aura Katel pour maître ; déjà la belle Emma court les champs avec un autre maître pour dessiner d'après nature. Je n'ai encore rien vu d'elle, nous allons aussi de temps en temps avec Natalie rôder autour des belles ruines que vous connaissez. Où êtes-vous,

aimable Crillon ? Nous avons dessiné et vous n'y
étiez pas! nous respirons l'air embaumé de la
ville éternelle, et vous n'y êtes pas !

Le 10.

Je reviens de chez Mme de Menou qui a reçu
une lettre de vous en ma présence, vous lui parlez de la mienne, me voilà tranquille; l'idée que
vous pouviez croire que nous ne vous avions point
écrit me tourmentait; avant que j'oublie de vous
écrire, de penser à vous, de parler de vous :

> Puisse ma langue desséchée
> S'attacher pour toujours à mon palais brûlant,
> Puisse mon bras flétri languir sans mouvement,
> Ainsi qu'une plante arrachée !

Voilà ce que disaient les juifs à Babylone en
pensant à la montagne de Sion, voilà comment
vous êtes chérie et désirée par tous vos amis de
Rome qui ne sera débabylonisée que lorsque vous
y viendrez. Ce que vous dites à ce sujet à Mme de
Menou m'a semblé plus précis, et m'a donné plus
d'espoir, à moins que le désir que vous avez et
que nous avons tous ne nous trompe également.
La princesse Aldobrandini est arrivée hier, elle
est venue chez nous, tandis que nous étions en
Menou; elle demeurera ici un mois encore, nous
profiterons autant que possible de sa toute aimable société; elle vous aime et a une bonne opinion

de vous, ce qui joint à celle que j'ai d'elle, m'o-
blige en conscience de l'aimer doublement. : . . . .
. . Schnetz a fait le portrait en petit et en pied de
Mᵐᵉ Emma ; c'est une perfection, ainsi que celui
de Mᵐᵉ de Bellost en buste de grandeur naturelle.
Mᵐᵉ de Menou a de lui un tableau de chevalet
délicieux, représentant une paysanne de Sonino
effrayée de l'arrivée d'un buffle, et se cachant
derrière un tombeau avec son nourrisson ; c'est à
mon avis le meilleur de ses tableaux de genre.
Horace Vernet a aussi fait le portrait de la
princesse Sangouchka à l'aquarelle ; on dit que
c'est fort bien, je ne l'ai pas vu. Il a exposé deux
grands tableaux dont les gazettes ont parlé, le
Pape en *seggia gestatoria*, dans Saint-Pierre et
Judith. Ce dernier est un chef-d'œuvre de peinture,
mais seulement comme peinture, car la manière
dont il a traité le sujet a été justement critiquée.
Holoferne endormi a l'air de faire un mauvais,
ou plutôt un trop bon rêve, il rit en montrant les
dents comme un satyre, et serre fortement un
coussin qu'il prend apparemment pour Judith ;
celle-ci est représentée sortant du lit ; un grand
fracas de draperies en désordre et fort bien peintes
ne laisse aucun doute à ce sujet. L'expression
de la haine et de la colère anime son regard fixé
sur Holoferne dont le cou est bien découvert et
qui semble s'être arrangé tout exprès pour se faire
couper la tête ; Judith tient un cimeterre de la
main droite, il est encore baissé, mais en lui
voyant retrousser la manche du bras qui doit frapper, on prévoit le terrible coup qui va tomber sur

le pauvre Holoferne. Cela ne vous rappelle-t-il pas
l'épigramme de Racine :

> « Je pleure hélas ! pour ce pauvre Holoferne,
> Si méchamment mis à mort par Judith ! »

La scène est éclairée par un rayon qui part du
ciel ; on ne s'attendait guère de voir le ciel en
cette affaire ; il résulte de là, à mon avis, que ce
grand artiste a rendu admirablement une mauvaise pensée. Ce tableau représentant un trait de
l'histoire sacrée, ne pourra jamais être placé dans
une église, mais il peut être un bel ornement pour
une des salles de réception de la société biblique.
Si j'avais plus de papier et plus de temps, et si
je ne craignais pas d'abuser du vôtre, je conti-
nuerais la description de ce Salon, où il y avait
de bien belles choses. Schnetz y avait exposé
deux superbes tableaux. Je lui ai décerné de mon
autorité privée le premier prix, le second à Vernet, le troisième à un peintre dont j'oublie le
nom, qui a peint un petit Moïse présenté à Pha-
raon par sa fille, puis beaucoup de tableaux de
genre, parmi lesquels Robert a fait le meilleur.

Les Français ont fait les frais de cette exposi-
tion ; il y a parmi eux beaucoup de talents qui
poussent.

Nous avons remis notre départ pour Naples à
la fin du mois. Nous sommes si bien à Rome, et
les bains de mer ne peuvent être pris avant la mi-
juin. Si vous venez à Rome pendant l'été sans venir
à Naples, j'irai passer une nuit dans la grotte du
Chien, ou bien je me jetterai dans le lac Averno...

Ma femme compte prendre les bains de mer qui lui ont fait du bien à Livourne; pour mon compte à moi, je ne prendrai rien, excepté du vin de Lacrima Christi, si je puis m'en procurer. J'attendrai maintenant avec anxiété le retour du duc de Lucques; il est attendu aux bains de Lucques, où plusieurs belles dames de sa connaissance qui y ont passé l'été dernier se disposent à retourner. On assure qu'on va bientôt lui donner Parme et Plaisance; que S. M. Marie-Louise ira s'établir à Vienne avec un apanage équivalent, et que le grand-duc de Toscane prendra possession de Lucques! Luchesini! Citadella! Fatinelli! noms chéris et tristes, pays favorisés du ciel, mon cœur s'émeut en vous prononçant! adieu, chère bonne vicomtesse, parlez quelquefois de moi à M. de Marcellus.

Je vous écrirai avant de partir pour Naples.

XIII.

A LA MÊME.

Rome, 10 octobre 1829.

NOUS avons passé ces trois jours en voiture à la recherche d'une maison qui devait être confortable et à bon marché; enfin nous en avons trouvé une qui réunit à peu près ces deux conditions : elle est sur la place Barberini au second *piano nobile*, à ce que dit le maître de la maison, mais, à mon avis, au troisième, parce qu'il y a des *mezzanini;* tant y a qu'il faut grimper 60 degrés pour y arriver, mais elle est très-propre, avec quelques bronzes, des jolis tableaux, parmi lesquels un fort beau gravé, sur lequel Natalie a jeté son dévolu. Ne sera-t-il pas mieux ne rien vous dire de notre situation morale? hélas! nos regrets augmentent au lieu de diminuer. A Fatinelli, tout nous parlait encore de notre chère enfant, c'était une triste jouissance, mais c'en était une bien réelle, je m'en aperçois maintenant. Le temple de Saint-Pierre où nous avons été ne savait rien de ma douleur. Je pensais en le parcourant au plaisir qu'elle aurait eu, à son aimable curiosité, et qu'elle ne le verrait jamais! voilà le fruit que je retire des distractions que devaient me donner les belles choses de Rome. L'amitié seule est une véritable consolatrice; lorsque vous étiez encore auprès de nous, et lors même que nous ne vous voyions pas, vous étiez un appui sur lequel nos cœurs se reposaient.

Nous reçûmes en pleurant votre dernier billet qui rompait la chaîne de voisinage et Natalie vit bientôt après passer deux fatales lanternes sur le chemin. Je n'aurais pour rien au monde voulu passer vingt-quatre heures de plus dans cette campagne qui devenait un vrai désert....

'Adieu, chère enfant, laissez-moi vous donner ce nom, je vous aime autant que celui qui a le droit de vous appeler ainsi; il n'y a de différence dans nos sentiments que celle de l'orgueil qu'il doit avoir d'être le père de la bonne Valentine.

XIV.

A LA MÊME.

22 octobre 1829.

JE ne veux pas attendre le jour du courrier pour vous écrire, chère vicomtesse, parce que nous sommes si fort en mouvement avec notre société russe, que je ne puis compter sur ma liberté pour une journée quelconque. Nous avons été à la Cava, à Salerne et Pestum avec Mme de Ribeaupierre. Je crois vous l'avoir déjà dit : nous étions douze personnes, mais il y manquait ma femme qu'un rhume retenait à Naples ; cela faisait un grand vide, car elle est parfaite pour animer ces sortes de parties. Nous avions un artiste russe, un jeune homme de la même nation, blanc et rose, insignifiant et inconnu jusqu'alors, un officier aux gardes, aimable, un peu roué, mais bien pensant et plein d'esprit, qui nous tenait en belle humeur. Vous connaissez les autres individus. J'ai fait ensuite de mon côté une expédition particulière avec le jeune officier à Capri et à Sorrento ; nous avons fait au retour la route des montagnes de Sorrento à Castellamare. C'est à se casser le cou, mais les sites sont admirables ; si vous venez l'été prochain à Naples (sans préjudice de l'hiver à Rome) je vous conduirai à Capri. J'en suis revenu enthousiasmé, l'imagination pleine de rochers et de précipices ; j'en ai rêvé la nuit ! J'ai vu Tibère signant des arrêts de mort sur ce haut rocher sur lequel il a laissé de nombreuses traces de son horrible souvenir. Le cicerone qui nous conduisait nous a montré un endroit, où, selon lui, Tibère faisait ranger ses nombreuses victimes et les faisait jeter de mille pieds de hauteur dans la mer. On prête volontiers aux gens riches : je n'ai pas cherché à le contredire. On a trouvé depuis peu une chambre de mosaïques, et un corridor pavé de la même manière ; le tout si parfaitement conservé, qu'on dirait l'ouvrage récemment fait. Le corridor est en pente douce, évidemment construit pour épargner la fatigue d'un escalier au divin Empereur. Plus bas on a retrouvé le même corridor qui sort d'une montagne de débris et aboutit à la chambre dont je vous ai parlé, et où l'on trouve aussi deux colonnes de marbre Cipolino. Si l'on continuait les fouilles, on découvrirait certainement des objets intéressants. Je ne puis vous dire le charme que j'éprouve à visiter ces restes d'antiquité ; les temples de Pestum ne rappellent aucun homme célèbre, aucun événement, mais ils parlent des siècles sans nombre qu'ils ont bravés seuls au milieu d'un désert, ils restent debout au milieu d'une ville dont les ruines sont cachées sous l'herbe et gardent le silence sur leur origine.

En retournant à Salerne, je regardais encore de loin ces imposants squelettes des temps fabuleux et je leur promis de revenir les voir avec vous ; ne me faites pas manquer à ma promesse ; si j'ai le bonheur de pouvoir l'accomplir, je leur dirai un éternel adieu. Depuis qu'ils existent, ils n'auront jamais reçu l'hommage d'une admiration plus sincère que la mienne, ni de visite plus aimable que la vôtre.

Que vous dirai-je de notre visite à Baïa, à Cumes, au lac d'Averne, à celui de Fusaro, l'Achéron de Virgile, où nous avons mangé d'excellentes huîtres? Ces huîtres me ramènent terre à terre à vous dire que j'ai loué un *velturino* pour le 29 du courant, lequel doit nous transporter à Rome dans quatre jours. Je retourne à Rome avec plaisir, et je quitte Naples avec regret. Je m'abandonnerais avec plaisir à passer le peu d'hivers et d'étés que Dieu me réserve dans la première et la seconde de ces deux villes enchantées, quoique je n'aie eu que bien peu de commerce avec leurs habitants.

Notre société russe était fort bien composée et nous a suffi à Naples ; cependant je dois avouer que les Napolitains des deux sexes sont plus affables et plus sociables que les Romains. Ce jugement tient peut-être à notre manière d'être à nous, et à des circonstances particulières ; dans l'une et l'autre ville les liaisons se sont bornées à quelques visites assez rares, mais je suis sincèrement et cordialement attaché au golfe de Naples et à tout ce qui l'entoure, et je pense avec plaisir que le Colisée me recevra à bras ouverts. Je reviens de chez M. de Blacas qui m'a reçu comme aurait pu faire le Colisée. Il faut que vous sachiez que le noble duc a toujours eu beaucoup de bienveillance pour moi ; c'est une connaissance de 26 ans, faite à Pétersbourg ; quoique je ne sois pas totalement de son avis sur tout, il y a de l'analogie dans nos opinions. Il faut estimer par force les hommes qui se dévouent comme lui et qui font de si grands sacrifices, sans pour cela jeter la pierre à ceux qui pensent autrement. Quel est l'insensé qui oserait juger les opinions et les consciences dans ce moment difficile? Mais il me semble qu'il y a bien d'honnêtes gens dans l'erreur au moment présent, je ne parle pas des coquins; ils font la fausse monnaie et les honnêtes gens la débitent. Au moment de notre plus confiante conversation avec le duc, la porte s'est ouverte et j'ai vu entrer M. et Mme de La Ferronnais. — Nous mettrons un point ici, m'a dit le duc; la suite cependant n'aura plus lieu, car il part demain pour rejoindre le Roi.....

Le comte de La Ferronnais a été au Vésuve et a monté à pied le cône sans en souffrir. Il y retourne la nuit prochaine, pour voir le phénomène, devenu plus intéressant depuis quelques jours ; il y a plusieurs irruptions de lave dans l'intérieur du cratère et le feu s'aperçoit souvent depuis Naples.

On nous écrit de Pétersbourg que l'Empereur Nicolas a reçu M. Attalin, non point comme Empereur, mais comme ancienne connaissance de Paris, et comme grand Duc; il l'a reçu, dit-on, dans son cabinet et en surtout. Je doute un peu, à vous dire le vrai, de cette nouvelle ; car d'après ses instructions qui sont connues, M. Attalin ne devait pas accepter ce mode de réception ; le temps expliquera bientôt la chose, car cet envoyé doit être de retour à Paris à l'heure qu'il est.

Natalie fait de l'aquarelle nuit et jour ; vous serez très-contente de ses progrès, vous en aurez une idée quand vous saurez que nous avons copié avec elle le même paysage, et que le vieux artiste a eu le déboire d'être évidemment surpassé, elle a une sûreté de main et une facilité rares. Pauline compte prendre le même maître qui est excellent ; elle a fait de nombreuses esquisses au trait qui sont parfaites pour la netteté et l'exactitude, mais elle ne sait pas encore finir, je suis sûr qu'avec ce maître elle fera des merveilles. Je vous donne ces nouvelles pour exciter votre émulation, ne vous laissez pas surpaser ; je veux que vous soyez toujours notre premier peintre de société. Je n'oublierai pas votre clair de lune, vous le trouverez prêt en arrivant à Rome, ce sera mon premier ouvrage romain, mais les yeux me manquent, ma main devient incertaine, il faut que je m'empresse à vous obéir.

J'ai bien fait de commencer ma lettre aujourd'hui, car demain jour de poste, M. de Ribeaupierre nous engage à aller dîner au bord du lac Fusaro, ma femme a accepté. Les *artistes* partiront de bonne heure pour dessiner le lac Averne et le Lucrin, depuis la hauteur où le chemin passe. Les deux demoiselles Ribeaupierre, Natalie et moi prendrons les devants avec M. Riprinsky, artiste russe, il n'y manquera que vous. . . . .
. . . .
. . . . Arthur est fort désireux de retourner à Rome, parce qu'il y retrouvera son cheval de bois ; mais, ainsi que son père, il regrette Naples, où il

laisse un âne charmant sur lequel il promène chaque jour depuis l'enfance jusqu'à la vieillesse.

. . . .

J'ai encore le temps de noircir cette page et je veux vous raconter une anecdote que je tiens d'un batelier de Sorrento : le brave homme reçut l'ordre, il y a quinze jours, de tenir son bateau prêt à quatre heures du matin. A quatre heures et quart il vit arriver une jeune Anglaise accompagnée d'un gentleman, le même qui avait loué le bateau. La demoiselle avait inutilement sollicité de ses parents leur consentement à son - mariage avec le jeune lord, elle n'était pas majeure et se voyait forcée d'attendre : malheureusement la patience était la seule vertu qui lui manquait, ce qui explique suffisamment le parti qu'elle prit de décamper avec son amant. La nuit était affreuse, une pluie battante en augmentait l'horreur, le shiko soufflait avec violence.

Et leur barque *pouffée* par le vent furieux,
Tantôt jusqu'aux enfers et tantôt jusqu'aux Cieux

menaçait de les engloutir.

Cette situation périlleuse, au lieu d'arrêter leur épanchement mutuel, ne fit que l'augmenter, au point qu'ils se mirent tous deux à dégobiller, l'un à babord, l'autre à tribord, jusqu'au moment où ils débarquèrent auprès de la Vittoria à Naples, au même endroit où nous nous sommes embarqués un jour, Natalie et moi avec vous, sous de meilleurs auspices, pour aller à l'école de Virgile. Vous regretterez comme moi que la narration du batelier finisse au moment où l'histoire pouvait devenir plus intéressante, mais vous y suppléerez facilement, puisque toutes les aventures de ce genre, ainsi que la plupart des pièces de musique, finissent toujours d'une manière triviale et que tout le monde sait par cœur.

XV.

Communiquée par M^r le colonel Hüber-Saladin.

A MONSIEUR HÜBER-SALADIN, A MONTFLEURY, CANTON DE GENÈVE.

Naples, 12 novembre 1829.

JE ne veux pas laisser échapper la bonne occasion que veut bien me fournir Mlle Schaul, sans vous écrire quelques lignes, Monsieur, pour me rappeler à votre souvenir et vous demander de vos nouvelles. Je n'en ai plus aucune de Genève depuis bien longtemps, et j'ai à cœur de ne pas laisser rompre le fil qui me lie à quelques-uns de ses aimables habitants, quoique, parmi les rêves agréables que je fais souvent, celui d'un séjour à Genève occupe un des premiers rangs, et que je n'en perde pas l'espoir ; cependant le temps passe, l'âge avance et dans l'attente d'un douteux avenir, quelques lettres de temps en temps servent à en faire oublier l'incertitude. Parmi les aimables ha-

21

bitants de Genève dont je vous ai parlé, il en est
un que je voudrais bien connaître, c'est l'auteur
de la *Bibliothèque de mon oncle*, charmant opuscule, que j'ai lu avec le plus grand plaisir. Je l'ai
reçu de Turin avec trois autres plus petits encore,
et dont le troisième est maintenant en course dans
Naples ; il a le plus grand succès. Je pense que
les quatre opuscules sont du même auteur qui se
déclare votre compatriote ; ils me sont parvenus
sans lettre d'avis, en sorte que j'ignore si l'auteur
anonyme a feint d'être Genevois pour se cacher, ou
s'il est réellement de Genève. Vous voudrez bien
m'en instruire, car dans la dernière supposition,
vous le connaissez sans doute. Je vous prie en ce
cas de lui dire que, malgré sa supériorité en *flâne-
rie*, j'ai quelques droits, en ma qualité de flâneur
reconnu, de faire sa connaissance, et, pour le lui
prouver, je lui apprendrai que j'ai un genre, une
manière de flâner qui m'est particulière et que
peut-être il ne connaît pas : elle consiste à m'ap-
proprier les ouvrages qui me plaisent sans m'en
apercevoir, et à m'imaginer que c'est moi qui les
ai faits ; cette illusion va au point que, lorsque
j'entends quelqu'un faire l'éloge d'un livre de
quelque genre qu'il soit, pourvu qu'il me plaise
souverainement, j'éprouve un mouvement d'amour-
propre satisfait qui me rend très-heureux. En conséquence j'ai fait lire les opuscules à tous les
Français distingués qui sont ici. M. de la Ferro-
nays et sa famille, M. et Mme de Marcellus les
ont goûtés comme moi, et lorsqu'on en fait l'éloge,
je souris modestement et je crois même que je

rougirais, si mon sang n'était pas déjà un peu
coagulé par l'âge.

C'est assez flâner, il faut vous parler de choses
qui puissent vous intéresser : en premier lieu je
vous dirai que le prince Lancelloti a failli de
mourir à Rome ; il vient d'arriver pour achever
sa convalescence à Naples ; il paraît et l'on assure qu'il a grandi encore pendant sa maladie,
ce qui fait que la princesse paraît encore plus petite à côté de lui. La Romagne et les Romains
sont tranquilles, au moins en apparence, c'est une
véritable léthargie ; on ne parle pas plus d'eux que
s'ils n'existaient pas. Rome est un désert ; les
étrangers craignant de nouveaux troubles ne font
qu'y passer et se rabattent sur Naples où ils
fourmillent aujourd'hui ; on en attend un grand
nombre d'autres qui s'annoncent pour l'hiver, les
uns fuyant le choléra, les autres fuyant le régime
politique actuel ; quant aux Anglais, ils se fuyent
eux-mêmes, et se retrouvent à leur grand regret ;
à Naples, comme partout, ils s'amusent à faire
renchérir les appartements en les payant le triple
de leur valeur.

Je suis logé dans le palais Esterhazy, où je crois
que vous avez habité ; nous y menons une vie assez douce. Les Napolitains sont plus sociables et
en général plus affables que les Romains ; s'ils l'é-
taient moins, le climat, la beauté du site feraient
encore donner la préférence à Naples sur Rome ;
cependant cette dernière offre des plaisirs plus
solides et plus raisonnables, on aime Rome comme
on aime une femme belle et vertueuse, bonne mé-

nagère, et Naples comme une maîtresse joyeuse
dont l'unique affaire est le plaisir. Il faudrait vivre
à la fois à Rome et à Naples, si cette espèce de
bigamie était possible.

Adieu, Monsieur, conservez-vous, donnez-moi
de vos nouvelles, et croyez aux sentiments que
vous a voués bien sincèrement...

XVI.

A LA VICOMTESSE DE MARCELLUS.

Rome, 23 novembre 1829.

. . . . . . Je vais vous parler de nous et de
Rome, où nous sommes assez bien établis depuis
le 10 du courant, dans un joli petit logement sur
la place Barberini, au milieu des sculpteurs et des
artistes. Je vois de ma fenêtre celle de l'atelier de
Granet. Aussi lui ai-je porté votre lettre aussitôt
qu'elle m'est parvenue; il a été enchanté de la
recevoir et m'en a paru si touché, il m'a dit tant
de bonnes choses de vous, qu'il a tout à fait gagné
mon cœur. J'espère le voir souvent.

Ma femme n'a point encore pu se résoudre à
voir le monde et n'a d'autre connaissance que
Mme de Menou qui est fort aimable pour elle;
j'y vais de ma personne quelquefois dans ses jours
de réception; elle a des lundis très-agréables, où
toute la ville abonde, y compris les artistes les
plus distingués, Schnetz, les Vernet, etc.

Nous vivons tranquillement : la matinée est employée à peindre avec Natalie, ma femme veille au ménage, ou bien nous faisons quelque course de curiosité dans les galeries et aux antiquités. La journée passe, mais nos soirées sont un peu tristes, nous n'avons plus la ressource consolante de la villa Luchesini, qui était comme un port aux jours de l'orage. De temps en temps de tristes souvenirs reviennent tout à coup, et alors ma pauvre femme pleure comme aux premiers jours, mais sans verser de larmes, car elle n'en a plus ; lorsqu'elles doivent couler, une violente douleur de tête les remplace......

Votre portrait fait nos délices ; il est encadré de manière à être transporté facilement ; tout le monde le reconnaît, mais je ne vous cache pas que mon amour-propre de peintre est bien souvent blessé lorsque je le montre sans m'en avouer l'auteur, car alors j'entends toujours dire « cela ressemble, mais elle est mieux. » Bruloff l'a gardé une demi-heure dans ses mains, sans pouvoir en détacher ses yeux ; il désapprouve la coiffure qui dérange ses souvenirs, ne vous ayant jamais vue coiffée ainsi. Son enthousiasme nous a beaucoup amusés. Il a tant de choses commandées par la Cour de Russie, qu'il a renoncé aux portraits et refuse tout le monde, mais aussitôt que vous paraîtrez à Rome, il laissera tout pour entreprendre le vôtre, certain de faire un chef-d'œuvre. C'est un original très-amusant et qui a vraiment du génie.

Que vous dirai-je de Rome ? Vous le connaissez, c'est un séjour enchanteur ; je conçois comment tant de personnes s'y oublient. J'en aurais mieux joui dans d'autres circonstances et dans un âge moins avancé. Je fais quelquefois des promenades solitaires au Colisée. Ces jours passés, j'ai visité l'église des Chartreux (qui est tout près de chez moi) dédiée à Notre-Dame des Anges et bâtie sur les vastes ruines des Thermes de Dioclétien. J'ai passé une heure à rêver autour de ces restes intéressants, et si les ombres des anciens Romains reviennent quelquefois visiter leurs demeures dégradées, ils éprouvent sans doute quelque chose d'analogue à ce que je sentais, de tristes souvenirs du passé, des regrets, sans présent et sans avenir, car les jouissances sont toutes empoisonnées par une pensée toujours présente et que l'avenir n'effacera pas!

XVII.

A LA MÊME.

Rome, 19 décembre 1829.

J'ESPÈRE que ma dernière lettre adressée à Adour vous sera parvenue et aura commencé à vous donner une idée de la vie que mènent à Rome vos amis les émigrés de Saint-Pancrazio. Autant qu'il m'en souvient, cette lettre était assez longue et contenait des détails que peut-être je vous répèterai dans celle-ci. Si je *rabâche*, j'ai de bonnes raisons par devers moi, car outre que je suis d'âge

compétent pour cela, j'ai tant de plaisir à vous
écrire qu'il me semble que je jase, ce qui fait que
je n'ai pas le temps de mettre de l'ordre dans mes
idées.....

. Votre recommandation à Granet a fort bien
réussi, il vient souvent rompre notre trio du soir
et paraît se plaire avec nous ; il a enrichi l'album
de Natalie d'un dessin charmant, dans une de nos
soirées. Un sculpteur, M. Trantanove, vient aussi
souvent, il a une voix charmante et extraordinaire en ce qu'il chante la basse-taille et le soprano.
Vous l'avez peut-être entendu, c'est un véritable
phénomène dans ce genre ; il a laissé chez nous
une guitare pour chanter quand on l'en prie.....

Vous nous laissez encore dans l'inquiétude sur
votre destinée future ; je lis attentivement les journaux pour tâcher d'y trouver l'avenir, et je n'y
vois que des contradictions qui me laissent plus
incertain qu'auparavant. Le résultat définitif de
mes spéculations est une mer de regrets, de désirs
de vous revoir, sans la moindre espérance.

Votre portrait est là, sur une table, nous le re-
gardons souvent, et après dîner je place devant lui
un peu de raisin, ou bien des châtaignes, une
poire, qu'il regarde d'un air dédaigneux ; l'ingrate
Natalie a mangé une des châtaignes, ce qui nous
a brouillés pendant dix minutes....

XVIII.

A LA MÊME.

Rome, 18 février 1830.

MONSIEUR de Belloc vient d'envoyer à ma femme la belle cassette ornée de la vue de la villa Fatinelli. Vous ne vous ferez jamais une idée juste du plaisir que vous avez fait à toute la famille; c'est un véritable portrait des plus ressemblants. En attendant que Sophie vous remercie, je veux vous en témoigner pour ma part toute ma reconnaissance. J'ai tout de suite fait appeler notre voisin, le bon Granet, qui a été enchanté comme nous de l'ouvrage, mais il n'a pu éprouver le même sentiment, il n'a pas été paroissien de Saint-Pancrace. Combien de souvenirs, de regrets et de plaisirs ce petit tableau n'a-t-il pas réveillés dans le cœur de vos amis, chère vicomtesse; il faut convenir que vous savez obliger, et je connais si bien votre cœur, que je suis sûr du véritable plaisir que vous avez éprouvé lorsque vous avez vu votre paysage bien encadré sur la jolie boîte, et que vous avez pensé à toute la joie que nous aurions de le recevoir.....

Je deviens triste en réfléchissant que nous ne vous attendons pas. Voulez-vous savoir ce que nous faisons à Rome? Depuis quelques jours nous sommes lancés dans le monde : il y a tous les jours des bals; nous avons profité de trois seulement, mais ils étaient superbes. Celui d'avant-hier, chez milord Shursburi, était d'une magnificence sans pareille; la maîtresse de la maison avait plus de diamants que Notre-Dame-de-Lorette. Il a eu lieu dans les grands appartements du palais Colonna; des quadrilles représentaient toutes les nations : Mme de Lutzoff, Mlle de Menou, Mme de Neuville et Natalie en composaient un du siècle de Louis XIV; Mme de Menou croyait *de figurer* Mme de Sévigné. Les personnes qui n'étaient pas en costume de caprice étaient en uniforme ou en habit habillé. Un grand souper a suivi; tout était en profusion, élégant et bien ordonné; c'est la plus belle fête de particulier que j'aie jamais vue. J'attends avec impatience le mercredi des Cendres, car je n'ai pas d'autre plaisir dans ces fêtes que celui de voir danser ma chère Natalie, et quoique ce plaisir soit très-réel, le repos vaudra mieux.

Pendant l'heure de la course des chevaux, où j'ai laissé aller mes dames avec Arthur, nous avons été avec Granet dessiner sur les ruines du mont Palatin. C'était une paix, un charme répandu autour de nous, une solitude parfaite! Je suis sûr que vous auriez balancé entre le Corso et les Orti-Farnesiani, si vous aviez été à Rome. Quand je dis que j'en suis sûr, c'est-à-dire que j'en doute un peu, en songeant qu'au Corso on vous aurait lancé des confitures et des bouquets; vous auriez passé triomphante à travers un murmure d'applaudissements et d'envie. Hélas! le mont Palatin serait resté désert, et ce qui me porte à le croire, c'est qu'en me représentant ce tableau, j'ai moi-même

22

envie de me promener au Corso, mais ma femme
s'y oppose et veut vous remercier elle-même.

XIX.

A LA MÊME.

Rome, 23 mars 1830.

JE ne sais si ma femme pourra vous écrire
aujourd'hui, chère Valentine, en réponse à votre
toute aimable épître. C'est un jour de courrier
pour la Russie et le temps manque, mais j'ai à
cœur que vous trouviez une lettre de vos amis en
arrivant à Adour, ou que du moins elle ne tarde
pas à vous y rejoindre, pour entretenir dans votre
cœur cette précieuse chaleur d'amitié dont les
expressions nous rendent tous si heureux. Vos
aimables épîtres sont lues et relues et retournées
de tous les côtés, pour ne rien laisser échapper de
ce qui est écrit sur les marges, à peu près comme
les enfants lèchent le plat après avoir mangé la
crème qu'il contenait. Les lettres de nos amis ont
le double avantage de les rappeler plus vivement à
notre imagination, et de nous faire oublier pour le
moment les tristes réalités qui nous entourent.
Si vous pouviez m'écrire une lettre assez longue
pour être lue jusqu'au moment de vous revoir!
Que dites-vous de ce souhait impertinent? C'est
que mes châteaux en Espagne sont toujours dans
le *grandioso*, et ceux que mon cœur bâtit sont si

beaux que jamais aucun architecte n'en a rêvé de semblables.

Vous avez raison, ah! bien raison, de regretter Rome et l'Italie. Je regrette moi-même de ne l'avoir pas connue plus tôt, surtout Rome, car je ne compte pas la triste ville de Pise pour l'Italie. J'y ai perdu trois ans, pour y apprendre que la beauté du climat ne suffit pas pour embellir la vie. Rome est la patrie de mon choix, elle sera la patrie de mon imagination, lorsque je n'y serai plus. Sur les bords glacés de la Néva, je rêverai le Colisée, la villa Pamphili toute couverte de tulipes et d'anémones. Je croirai sentir l'odeur des violliers sauvages qui couronnent les ruines des Thermes de Titus et de Dioclétien. Mes nombreuses esquisses me rappelleront les beaux sites dont je serai séparé pour toujours, et de temps en temps je jetterai un triste regard sur le petit tableau de la villa Fatinelli.

Le 6 avril.

J'en étais là de ma lettre, et je croyais ne pas l'abandonner avant que les quatre pages ne fussent pleines, mais qui peut être à l'abri des ennuis et des ennuyeux? Ensuite une partie de plaisir improvisée m'a empêché de la reprendre : le prince Gagarin me proposa de l'accompagner à Grotta-Ferrata, où il allait passer quelques jours avec le bon général Wenspeare, que peut-être vous connaissez, le duc de Santa-Croce nous y a rejoints. Ma femme et Mme de Menou y sont venues dîner deux fois avec Natalie pendant le séjour que j'y ai fait ; nous avons fatigué tous les ânes du voisinage, j'ai usé mes jambes et mes crayons, enfin mon temps s'est écoulé très-agréablement dans nos courses. Mme de Menou m'a fait voir à Montalto, je crois, un endroit où vous avez dessiné avec elle. Je m'approchai du parapet contre lequel vous vous êtes sans doute appuyée, et je fermai les yeux pour évoquer plus vivement votre souvenir. Il me semble en effet vous voir auprès de Mme de Menou, mais vous aviez l'air de vous moquer de moi, et lorsque j'ouvris les yeux, toute la société était déjà bien loin, je ne vis plus que l'herbe qui verdoie et le soleil qui poudroie, et je me mis à courir pour rejoindre mon âne, en me moquant aussi de moi-même. Aujourd'hui toute la société russe dîne chez le prince Gagarin pour fêter l'arrivée de la princesse Sophie Woldonsky qui est arrivée hier et repart demain ; elle est parfaitement guérie et plus allante que jamais. Tout ce monde, excepté la princesse, se prépare pour les cérémonies de la semaine sainte, et cherche des protections contre les féroces Suisses. Les Anglaises, plus nombreuses cette année, brûlent de boxer avec ces redoutables gardiens de l'ordre. Je me dispenserai avec d'autant moins de regret d'y assister, que Sa Sainteté est indisposée et se contentera de donner la bénédiction au peuple le dernier jour.

Ma femme et Natalie ont été aujourd'hui aux obsèques du cardinal de la Pommaglia qui est mort à quatre-vingt-cinq ans, et ne sont pas encore revenues.....

On veut absolument qu'Arthur prenne les bains

de mer, quoiqu'il se porte à merveille. Ce déplacement me coûte, je voudrais cesser cette vie ambulante qui me devient tous les jours plus à charge, mais ces désirs de repos, de jouissances paisibles sont de véritables chimères.

Cette masse d'événements qui composent la vie ressemble à un ballon volant qu'il est impossible de diriger et qui mène toujours où on ne veut pas.

Vous croirez peut-être que je vous écris toujours en date du 6 avril, mais non, c'est aujourd'hui le samedi saint, j'ai laissé aller mes dames à Saint-Pierre, où elles trouveront des protecteurs, et j'ai résolu pour cette fois de ne pas manquer le courrier d'aujourd'hui. Natalie a promis de ne pas y retourner l'année prochaine, à cette condition ma femme se sacrifie cette année; elles sont partout et voient tout. Hier soir, je les ai accompagnées au Colysée par le plus beau clair de lune. Nous avons trouvé plus de vingt voitures à la porte et toutes nos connaissances dedans. Outre l'effet mystérieux de la lune qui semble agrandir les objets, il faisait beau voir paraître et disparaître les flambeaux des curieux dans ces ruines gigantesques. C'est selon moi un des beaux spectacles dont on puisse jouir à Rome : nous avons aussi vu les statues du Vatican aux flambeaux. On en jouit mieux qu'au jour, parce qu'on dispose de la lumière, et que d'ailleurs on ne vous montre que les plus belles choses, ce qui est un grand avantage pour moi, car en voyant successivement, et presque à la fois, ces marbres innombrables, mes yeux finissent par se pétrifier aussi et je ne distingue plus le bon du mauvais.

On nous donne, ou du moins on nous laisse apercevoir une bonne nouvelle, le mariage de l'excellente Pauline. Dieu veuille que cette affaire se termine! J'en aurais plus de joie que si je me mariais moi-même, et cela lui en fera bien davantage à elle-même.

Vous nous écrirez de la campagne; l'ami Granet me dit que le pays n'en est pas très-beau, mais une bonne paysagiste comme vous peut arranger tout, en ajoutant quelques arbres par ci, par là.

Adieu, chère bonne Valentine, je vous baise respectueusement les mains et suis ainsi que les miens tout vôtre.

XX.

A LA MÊME.

Juin (ou juillet) 1830.

Si j'avais pu courir après ma lettre à Granet, lorsque j'ai reçu la vôtre, chère vicomtesse, je l'aurais fait de bon cœur. Je vous y reprochais de ne nous avoir rien dit au sujet de votre retour en Italie, et voilà que j'apprends de vous que Natalie aurait dû recevoir une lettre de Milan, qui sans doute est restée à Rome avec beaucoup d'autres, car nous sommes sans lettres de Russie depuis trois semaines. Ma femme est dans des

transes mortelles au sujet de sa sœur ; c'est la
première fois depuis quatre ans qu'un semblable
retard a lieu, car dans cet intervalle de temps,
nous n'avons pas perdu une seule lettre et lorsqu'une semaine se passait sans en recevoir, nous
en avions deux la semaine suivante ; ajoutez à ce
qu'il peut y avoir de fondé dans ces inquiétudes,
tout ce que l'imagination de ma pauvre Sophie
sait créer de fantômes, et vous aurez une idée de
ses alarmes.

Je devrais recommencer ma lettre déjà barbouil-
lée, car on nous apporte les lettres désirées : elles
étaient depuis huit jours à la poste sous la lettre
X. Maistre, née Zagriesky. C'est notre chère
Natalie qui, à la pointe de son esprit, a deviné ce
quiproquo et nous a tirés de peine.

J'ai toujours avoué que les dames ont plus d'esprit que les messieurs, et les demoiselles plus que
les dames, parce qu'elles sont souvent dans le cas de
deviner ce que les autres apprennent tout naturel-
lement. Or donc, puisque nous voilà tranquilles, je
commence ma lettre. Sans doute vous viendrez !
Comment pouvez-vous en douter un seul instant,
l'occasion de venir avec M. de la Ferronnays est
si belle ! Je vous dirai même que vous ne logerez
pas à la Vittoria, mais à la grande Bretagne, voici
pourquoi. En plaçant une planche sur un des bal-
cons de l'auberge au troisième étage, on arrive sur
le toit de l'hôtel Théodore où nous logeons, à la
troisième maison sur la Chiaïa. Je veux seulement vous faire comprendre combien il me sera
facile d'aller vous faire ma cour en passant par

la porte pour ne pas vous compromettre. Ce serait charmant si vous logiez là, c'est comme si
nous étions dans la même maison, vous pourriez
venir dîner chez nous sans toilette obligée, lorsque
vous auriez un bon mouvement d'amitié, c'est-à-
dire tous les jours et à pied.

Ma femme a si bien expliqué la manière de
préparer les petits pois avec de la laitue comme
chez vous, que notre cuisinière les fait à ravir, et
nous vous attendons pour nous apprendre à faire
ce bon petit plat de douceur à la glace composé
de *tuttifruti* qui nous rappellera vivement la
villa Luchezini. Une autre raison pour préférer
la grande Bretagne à la Vittoria, c'est que la première est au midi : les Napolitains m'ont fait comprendre pourquoi cette situation est préférable au
couchant. Comme le soleil en été est presque per-
pendiculaire à midi, il n'entre jamais dans les
chambres qu'à un pied de la fenêtre, en sorte
qu'au moyen des jalousies on ne l'aperçoit pas du
tout et il n'échauffe pas les murs qu'il frappe en
rasant; au lieu qu'au couchant, depuis midi il devient de plus en plus incommode et finit par arriver jusqu'au fond des chambres; il échauffe
tellement les murs que les nuits deviennent brûlantes. Le fait est que nous ne sentons point la
chaleur; notre appartement est toujours rafraîchi
par une brise de mer, et vous jouirez du même
avantage à la grande Bretagne. C'est un grand
hôtel où le comte de la Ferronnays peut loger
aussi. Voilà donc qui est décidé, *vous viendrez et
vous logerez à la grande Bretagne.*

Nous n'avons encore fait aucune course, je vous attends pour dessiner le temple de Sérapis. En allant chez M. de Ribeaupierre, à Capo di Monte, il y a un paysage sublime et tout fait, il n'y a qu'à le coucher sur une toile. Nous irons passer deux jours à Sorrento; le duc de Serra Capriola nous offre sa maison, il n'y a que les quatre murs, mais que faut-il de plus à des artistes? l'enthousiasme y sera plus au large. Nous avions le projet d'y aller avec Natalie qui est toute de feu pour la peinture, mais nous vous attendons. Nous pourrons aller à Ischia par le bateau à vapeur qui va et vient dans la journée, ou bien enfin nous ne ferons rien de tout cela, et nous serons heureux de vous voir, de vous regarder et de vous entendre. Je ne dirai pas le mot de peur d'intercepter une de vos syllabes, et je ne vous perdrai pas de vue, crainte qu'un de vos mouvements, une de vos *mines* ne m'échappent.

Vous savez donc que M. de Ribeaupierre est fixé à Constantinople. Mme se flatte qu'il reviendra en octobre, mais il est probable qu'elle espère en vain. On dit qu'il est décidément nommé à demeure; vous savez aussi qu'il a été avancé dans sa carrière, il est *Conseiller privé actuel*, ce qui en Russie correspond au grade de général en chef dans le militaire. L'Empereur avec toute sa puissance ne peut plus l'élever que d'un gradin. C'est pour lui dorer la pilule, car sa mission n'a rien d'agréable dans ce moment, et je suis sûr qu'il préférerait à son nouveau grade la mission de Rome ou de Naples où il pourrait vivre en famille. Je le dé-

sirerais aussi pour nous, c'est un des plus aimables
hommes que je connaisse, et j'aime de jour en jour
davantage Mme de Ribeaupierre; c'est une femme
qu'il faut étudier et bien connaître, mais lorsqu'on
y est parvenu, on n'a pas perdu son temps. Elle
paraît affectionner beaucoup ma femme, ce qui
fait que je lui serais éternellement attaché pour
cela seul, et c'est aussi pour cela que je vous
aime de toute la force de mon cœur, chère Valentine, parce que vous avez su apprécier ma Sophie, et que vous lui portez une véritable affection.
Par ce que je viens de vous marquer, vous pourrez
écrire à M. de Ribeaupierre à Constantinople et
être bien sûre qu'il y attendra et recevra votre
lettre. Je pense souvent à ce destin qui contrarie
tout le monde ici-bas et qui fait que M. de Ribeaupierre ne sera nullement charmé de son avan-
cement qui fera crier de jalousie ses collègues.
Votre lettre ne nous explique point votre retour
en Italie. Pauline a écrit vaguement à Natalie que
vous retournerez à Lucques, mais pourquoi et comment? c'est ce que je voudrais savoir. A-t-on rétabli la mission de Lucques, ou M. de Marcellus
ne revient-il que pour prendre congé définitivement, comme vous me l'aviez marqué une fois ?
Votre mystérieuse existence politique qui peut être
ne vous convient pas en tout, sourit assez à mon
imagination. Cela vous donne quelque chose d'aérien. Vos rapides voyages me font penser que
vous ne touchez pas à la terre et me donnent l'espoir de vous voir entrer par ma fenêtre avec la
brise de mer qui soulève les rideaux de ma cham-

bre. Vous nous dites que S. A. R. court encore
les champs; on nous écrit des bains de Lucques
qu'on l'y attend. Une de vos compatriotes russes
à laquelle il faisait deux doigts de cour l'an passé
y est déjà et s'ennuie mortellement ; pour se dis-
traire, elle a adopté huit enfants, c'est bien huit
que je veux dire, elle les habille et déshabille, et
les nourrit. Pour tuer le temps, ce qui lui en reste
(du temps), elle le consacre à ses chiens. Ma femme
m'arrache la plume malgré sa main malade.....

. . . .

. . . .

..... Il faut cependant finir ce volume : Natalie
me dit : « écrivez-lui encore quelque tendresse. »
mais il faut être discret, toutes vérités ne sont
pas bonnes à dire. Je veux cependant vous parler
encore du bon Granet : il avait le projet de finir
son tableau dans son atelier, a-t-il changé d'idée ?
Le Pape vous permettra facilement de visiter les
Chartreux, surtout si vous le lui demandez vous-
même : cela serait utile à ces bons religieux, car
un chartreux peut-il être sûr de sa vocation avant
de vous avoir vue ? — faites demander Bruloff ;
il a fait le portrait de ma femme et le mien,
tous deux très-ressemblants ; il a encore chez lui
celui de Natalie qu'il vous montrera; nous vous
avons écrit combien il est désireux de faire le
vôtre.

Donnez-nous des nouvelles de M. de Forbin.
Je finis enfin en me mettant à vos pieds et en
me rappelant au bon souvenir de M. de Marcellus.

XXI.

A LA MÊME.

Naples, août 1830.

Nous sommes encore tout troublés d'un nouvel accident qui aurait pu nous être funeste, mais qui a fini heureusement. Hier à minuit, en revenant de la Floridia, notre voiture a heurté une pierre, le cocher est tombé avec les brides des chevaux qui ont pris le mors aux dents. Le domestique qui était à côté de lui n'a pas tardé à tomber aussi. Les chevaux, au lieu de prendre la route de Naples, ont pris celle de Pausilipe. Nous avons fait un bon quart de lieue sur un pavé à moitié rompu, au grand galop, nous attendant à chaque tournant et à chaque instant d'être mis en pièces, nous et la voiture. Ma pauvre femme criait *fermate, fermate*, et ses cris me faisaient plus de mal que le danger que nous courions. Natalie avait pris le bon parti et priait Dieu. Enfin les chevaux, qui apparemment ne voulaient nous faire qu'une mystification, se sont arrêtés tout à coup à l'angle d'une maison contre lequel la roue a frappé. M. de Bontourlin ouvre la portière et descend aussitôt, puis Natalie qui tombe de son long et se fait une bonne déchirure au bras, puis Sophie qui sort heureusement. Nous voilà donc à minuit et demi dans un désert, sans domestique ni cocher, ne sachant où donner de la tête, et croyant nos pauvres gens morts ou estropiés. J'ai laissé M. de Bontourlin avec ma femme, et, accompagné de la chère Natalie, nous avons été à la recherche des blessés. Nous étions fermement persuadés d'être sur le chemin de Naples, et nous espérions voir arriver les voitures du bal, mais je reconnus bientôt notre erreur ; après une demi-heure de marche, nous trouvâmes deux jeunes ducs de Carminiano qui avaient un cabriolet à un cheval, un cocher du ministre d'Angleterre et nous retournâmes tous ensemble à la voiture. Sophie était déjà entourée de paysans à la face rébarbative qui l'effrayaient plus que la solitude. Bientôt la voiture de M. de Bontourlin qui avait rencontré Gaëtano qu'on emportait à Naples revint sur ses pas et notre angoisse finit là. Gaëtano est blessé au pied assez grièvement et tout meurtri, Natalie a le coude et le bras écorchés et souffre beaucoup, mais il n'y a aucun danger...

Je continuerai de vous écrire à Rome, parce que je pense bien que lors même que vous n'y seriez plus, vos lettres vous suivront. Je ne vous parlerai jamais de politique, outre que cela fait trop de mal au cœur, il y aurait d'autres inconvénients. Pourvu que nous sachions que vous vous portez bien et que vous pensez à nous, cela vaudra mieux qu'un gros volume. Vous avez bien fait de prendre sur vous et d'aller dessiner; il ne faut pas se laisser déconcerter par le chagrin. Natalie a pris un maître d'aquarelle, M. Giganti, qui a beaucoup de talent. Je compte en profiter aussi pour apprendre ce joli genre. J'ai déjà copié un de ses paysages. Il me semble que dans ce genre on peut faire très-bien, mais qu'on ne fait jamais ce qu'on veut comme à l'huile, on profite du hasard et si on veut finir et copier exactement, on tombe dans la miniature.

Je me suis joliment ennuyé chez les Falconet où je n'ai trouvé de connaissance que M. Fonton ; malgré tout son esprit et son amabilité, il devait la partager entre trop de monde pour que j'aie pu en jouir. Il m'a donné à deviner pourquoi les révolutionnaires ont choisi le coq pour emblème, je vous le donne en quatre ! — Ils ont, dit-il, choisi le coq en mémoire de celui qui chanta lorsque saint Pierre renia Jésus-Christ. Ce n'est pas si mal. J'espère que ce mot vous inclinera en sa faveur.

XXII.

A LA MÊME.

Naples, 19 août 1830.

HIER était un jour mauvais, chère vicomtesse, l'anniversaire de celui où vous vîntes la seconde fois à Livourne soutenir le courage de vos amis dans un grand malheur ; c'en est un bien sensible pour nous de ne pouvoir être avec vous maintenant et d'essayer au moins de vous donner quelques consolations dans des maux qui paraissent sans remède, mais que Dieu peut adoucir.

et même faire tourner à bien, car son bras n'est pas raccourci. J'ai l'air de vous faire un sermon, mais c'est que j'ai plus de foi et d'espérance en Dieu que de crainte du diable et de son *lieutenant-général*. Nous verrons qui aura raison. C'est un pas dangereux et difficile le long d'un précipice, il faut de la patience, du courage, et bien regarder où l'on met le pied; personne ne saura s'en tirer mieux que vous. . . . .

XXIII.

A LA MÊME.

Naples, 24 août 1830.

DEPUIS quelques instants je tiens ma plume tout près du papier, sans savoir comment commencer et de quoi vous parler, chère vicomtesse; j'ai la tête toute pleine de gazettes et le cœur navré de chagrin et je voudrais pouvoir vous dire tout autre chose, impossible!

Hier nous avons passé la soirée chez Mme de la Ferronnays où nous n'avons rien appris de nouveau.

Votre lettre nous avait déjà annoncé l'arrivée de M. Charles, à Rome. Il vient de Paris, dit-on; maintenant M. de la F. doit s'être décidé. Sa destinée et la vôtre nous tiennent dans une angoisse inexprimable.

J'ai lu avec plaisir les discours de MM. de

Chateaubriand et Fitz-James, ce sont les derniers
soupirs de la légitimité qu'on écrase, mais qui ne
mourra pas. Dans celui du premier, la déclaration
qu'il fait de ne pas croire au droit divin des rois
est au moins inutile, assez d'autres se chargent
d'éteindre dans les esprits l'idée de l'influence de
la divinité dans les événements de ce monde,
mais ce n'est pas la première fois qu'il a parlé
contre ses propres principes; pour moi j'y crois
fermement, comme je suis persuadé que toute cette
baraque qu'on élève aujourd'hui, sans Dieu et
contre Dieu, s'écroulera sur ses architectes.

J'attends avec la plus vive impatience de pouvoir
vous écrire à *Adour par Malour*, et d'apprendre que
vous y êtes tranquille. C'est un tremblement de
terre pendant lequel il est bon de demeurer dans
les champs, mais ne pourrais-je donc pas vous
parler d'autres choses, et vous remercier pour
votre aimable et touchante lettre à ma femme?
Elle nous l'a lue tout haut, et ensuite chacun l'a
prise à son tour pour la savourer tout bas; vous
savez si bien aimer vos amis, et si bien le leur
dire, que nous nous trouvons bien heureux d'être
de ce nombre. De peur d'être troublé dans ce
bonheur, je prends le parti pour quelque temps
de tourner le dos à l'avenir, et de jouir de votre
société dans le beau pays qui environne la villa
Luchesini. Je vous y vois heureuse, et je le suis
aussi, vous m'avertirez quand je pourrai me retourner, jusque-là je vous verrai sourire, je pein-
drai à côté de vous un certain pont dont je vous
ai laissé la copie, et je vous suivrai sous les chênes

• où toute notre société a déjeuné . . . . . .

. . . .

Votre place à notre dîner a été prise par un jeune élégant russe, que nous avons revu avec plaisir, mais qui ne vous remplace pas, tout aimable qu'il est. Demain soir nous passerons la soirée au Vomero chez M. Falconet; nous y allons comme vos amis de Paris vont maintenant chez M. Lafitte. J'y verrai le croissant de la lune qui avance vers son plein, voilà ce qui m'allèche, et je compte passer une partie de mon temps sur cette belle terrasse qui domine Naples et le golfe. . . .

. . . .

XXIV.

A LA MÊME.

Naples, 31 août 1830.

ENCORE un mot qui vous trouvera à Rome ou qui vous suivra de près, chère vicomtesse. Je veux d'abord vous dire que notre périlleuse aventure n'a eu aucune suite, la santé de ma femme n'en a point été altérée, et l'écorchure au coude de Natalie lui permettra demain de reprendre les bains de mer.

Depuis votre départ nous ne voyons personne; la chaleur excessive qui vient de ressusciter après la pluie nous empêche de sortir, et nous passons notre temps à lire les journaux et à nous déses-

. 24

pérer pour toutes les personnes qui souffrent et même pour celles qui sont joyeuses, et qui en souffriront bientôt.

Le rétablissement du Panthéon et Sainte-Geneviève chassée une seconde fois, pour faire place à un traître, me fait frissonner, mais j'ai bien résolu de ne vous plus parler sur ce sujet, et cela deviendra de toute nécessité, si notre correspondance peut continuer lorsque vous serez en France. Que Dieu vous bénisse et vous soutienne dans ces épreuves, qu'il vous accorde la santé et la paix; voilà ma profession de foi politique pour ce qui regarde votre patrie, qui ne sera heureuse que lorsque vous le serez aussi. Vous nous écrirez de partout, n'est-ce pas? Un mot suffit, que nous sachions seulement où vous allez, et que l'aimable et noble couple qui nous a donné tant de preuves d'une amitié véritable jouit d'une bonne santé et pense toujours à nous. Malgré la facilité avec laquelle vous écrivez, il vous arrivera quelquefois que l'idée d'une lettre à faire en courant les champs vous empêchera d'y mettre la main; alors, au milieu d'une page blanche, écrivez la date du lieu et du jour avec un joli *Valentine*, et un paraphe qui voudra dire que vous êtes toujours la même Valentine, comme vous l'avez été à Lucques, à Pugnano, à Livourne, à Rome et à Naples; combien de bonnes choses nous dira ce paraphe, combien de souvenirs il réveillera dans le cœur de vos trois amis, au lieu qu'un messager, revenant de la poste aux lettres les mains vides, ne dit rien de bon! . . . .

. . . .

. . . .

J'ai fait avec Pauline et Natalie une promenade ; le trio avait l'intention de dessiner à la
campagne de Serra Marina, mais en arrivant au
bord de la mer, vis-à-vis l'endroit où nous avons
dessiné en barque avec vous, la nuit nous y avait
précédés et nous n'avons fait qu'une jolie promenade . . . .

. . . .

Sophie et Natalie vous disent tout ce que vous
savez, tout ce que vous pouvez imaginer de plus
tendre. Vous avez raison de penser qu'il est indifférent d'écrire à l'un ou à l'autre. Ecrivez seulement à quelqu'un de la famille dévouée.

Adieu, conservez-vous, et persuadez-vous que
vous ne trouverez point parmi les amis que vous
allez revoir, un seul être qui vous aime plus et
mieux que nous.

XXV.

A LA MÊME,

Naples, septembre 1830.

M. Granet a très-bien fait de partir avec vous :
j'y vois deux avantages, un agrément pour votre
voyage et l'espoir que son tableau commencé le
ramènera au cloître des Chartreux.

. Personne n'a souffert de notre aventure dont je vous ai parlé, le coude de Natalie s'est si bien raccommodé qu'on ne peut s'apercevoir de la nouvelle pièce qui s'y est formée. Nous ne sommes pas heureux à Naples, voilà trois catastrophes en peu de temps, l'empoisonnement des champignons, la chûte de ma femme et la course du Vomero, et par-dessus cela votre départ et sa cause, il y a de quoi se désespérer. . . . . .

. . . .

La fête de *Piedigrottæ* n'a pas eu lieu à cause du mauvais temps, mais le bal que devait donner le duc Saint-Théodore à cette occasion a eu lieu, on a dansé au son du piano, quoiqu'il y eût foule. Mme de Frecade avait une ceinture tricolore, quoique fille d'un ministre, ce qui a scandalisé quelques personnes.

Le roi est toujours très-malade, quoiqu'un peu mieux depuis deux jours.

Naples est toujours le même, bruyant et animé comme si nous étions contents. Je ne le vois plus qu'accompagné du souvenir de votre départ, ce qui le couvre d'un crêpe. . . . .

XXVI.

A LA MÊME.

Rome, novembre 1830.

JE ne vous écrirai plus qu'un petit mot aujourd'hui, chère vicomtesse, pour vous accuser la réception de votre lettre du 9 novembre, et pour

vous remercier de tant de bonnes et aimables
choses qu'elle contient. J'ai bien plus de sujet d'en
être glorieux que vous des lettres que je vous
adresse, dans lesquelles je ne fais que raconter le
souvenir que j'ai de vous, sans y rien ajouter et de
la même manière que j'ai fait votre portrait qui,
vous le savez bien, n'est pas flatté. Le plaisir que
nous avons éprouvé a été bien affaibli par l'annonce que vous nous faites. Vous ne reverrez pas
l'Italie de longtemps et avant un autre hiver, et
d'ici là, combien d'événements peuvent encore se
passer! ils courent si vite dans votre France!
Dieu vous les rende favorables, Madame, ils le
seront aussi pour nous. En attendant, Rome va
vous préparer un autre souverain pontife, Pie VIII
se meurt, s'il ne l'est pas au moment où je vous
écris. Les dames romaines qui s'intéressent beaucoup à Sa Sainteté, pensent avec quelque sentiment de consolation que son successeur sera élu
avant le carnaval. Julie Samoïloff qui est ici avait
annoncé en arrivant que le Pape mourrait, parce
que toutes les fois qu'elle vient à Rome pour le
carnaval, le Pape ne manque pas de mourir. Ne
voilà-t-il pas que ce prophète de nouvelle espèce
a deviné juste; c'est Paccini que vous connaissez
qui a remplacé David. Bruloff fait son portrait
en pied; c'est un chef-d'œuvre; elle l'emmènera
avec elle à Milan où elle veut lui faire un établissement solide.

Avant-hier la maison Tortonia a été ouverte à
toute la ville . . . .

. . . .

J'ai été dans le logement de Granet pour avoir de ses nouvelles, on n'en avait que de fort anciennes. Quand vous lui écrirez, parlez-lui de nous; nous le regrettons beaucoup, la place Barberine est toute triste. Jusqu'à présent rien ne nous sourit à Rome, excepté le soleil et votre souvenir.

. . . .

XXVII.

A LA MÊME.

Rome, 21 décembre 1830.

. . . . . Lorsque vous recevrez ma lettre, les papiers publics vous auront appris la révolution de Varsovie. Nous ne savons encore aucun détail. Il y a eu beaucoup de monde de tué : le général, gendre favori du grand-duc, c'était un homme détesté; le général Fenchow, brave homme, et d'autres assez marquants. On a nommé un gouvernement provisoire qui a été changé et remplacé par le prince Czartorisky, le prince Lobinski, et un autre dont le nom m'échappe. Ce sont de braves gens qui n'ont aucun mauvais antécédent. Comment cela finira-t-il? Nous voilà avec le choléra-morbus et la guerre civile. Quel règne orageux que celui de notre cher Empereur! Ma femme n'en ferme pas les yeux. En attendant, la maladie diminue visiblement, elle n'a pas heureusement touché nos terres; les subsides arrivent et Rome.

est tranquille et le sera longtemps, à moins d'une attaque extérieure. Quelques mauvais garnements ont bien voulu faire du bruit, mais ils ne sont pas même parvenus à alarmer nos vieux cardinaux; on savait tout et on a fait arrêter quelques polissons, à la tête desquels étaient le jeune comte de Saint-Leu, qui a été enlevé et conduit chez son père à Florence, et le jeune prince de Montfort, âgé de dix-sept ans. Voilà les puissantes têtes qui conduisirent la conspiration. Gargarin a pris le petit de Montfort sous son égide et on l'a laissé chez ses parents. On n'en parle plus. Le peuple est affectionné au gouvernement et ne vit que de ses secours. Il n'est pas cent individus qui ne perdissent quelque chose au changement; il n'est aucun pays où l'on craigne moins de l'intérieur. Le projet des conjurés était, dit-on, de s'emparer du château Saint-Ange en y conduisant des prisonniers supposés pour faire ouvrir le guichet. On a trouvé les habits de la garde préparés, etc.

XXVIII.

A LA MÊME.

Rome, le 8 février 1831.

CHÈRE vicomtesse, je ne vous ai pas écrit depuis longtemps, parce que je n'avais rien de bon à vous dire, nous étions toujours au moment de nous embarquer sans trop savoir où nous irions, les

nouvelles les plus alarmantes et les plus contradictoires nous faisaient changer de projets à chaque jour, enfin nous commençons à être tranquilles, une notification imprimée du gouvernement nous apprend que les Autrichiens ont rompu
la glace et sont entrés à Modène et sur les États
du pape à *Ponte Lago oscuro*, près de Ferrare,
et qu'ils marcheront rapidement en avant ; Rome
est dans la joie. Je vous avoue cependant qu'on
nous a trompés si souvent par des nouvelles favorables que, malgré cette note officielle et signée
Bernetti, je n'en suis pas encore bien sûr ; quoi
qu'il en soit, la ville est parfaitement tranquille,
le peuple n'a pas voulu se joindre aux agitateurs
en petit nombre qui voulaient *l'émeuter*, ils ont
eu un pied de nez, et on en a arrêté un grand
nombre à la satisfaction universelle. La plupart
des artistes français qui étaient ici sont partis, il
n'y a aucun doute que plusieurs d'entre eux étaient
complices. J'en ai eu la preuve pour l'un d'eux
que vous connaissez et que je voyais souvent. Je
vous conterai cela un jour. Cela jette une grande
défaveur sur les autres qui sont restés et qui n'y
ont aucune part. Robert a fait un tableau magnifique, vous le verrez, car il se rend à Paris. Il a
été exposé au Capitole. Je ne me lassais pas de le
regarder : il représente une soirée de la moisson
dans les marais Pontins. Madame de Menou en
a un dessin par l'auteur lui-même, qu'elle a payé
17 napoléons, et qui en vaut 100 à mon avis.
Vous comprendrez bien que nous n'avons pas
touché de pinceau pendant nos tribulations.

Si, comme je l'espère, tout se tranquillise, nous réparerons le temps perdu à Naples, l'été prochain. Nous sommes toujours décidés à y aller, et d'autant plus que M. de la Ferronnays y sera aussi. J'apprends qu'il est allé à Castellamare pour y chercher une maison de campagne. Si vous pouvez y venir aussi et arracher à la destinée quelques mois de bonheur, je pense que vous n'hésiterez pas. Dieu veuille vous en donner la possibilité, autant pour vous que pour votre pays! Au reste, les tribulations dont je vous parle n'ont été qu'imaginaires, car la ville est dans une paix profonde, les troupes sont toutes parties pour Civita-Castellana, la garde de la ville est confiée à la garde nationale; on voit à chaque coin de rue un tailleur ou un apothicaire avec une bandoulière et un fusil qui vous donne le qui-vive.

Les échos répètent au loin leurs voix formidables; tout cela est inutile, car la population est tout entière pour le Pape. Ces jours passés, on a dételé sa voiture et les Transteverins l'ont traîné en triomphe; les chambellans et la livrée ont été remplacés par les *Zelanti*, qui ont envahi jusqu'à l'impériale; des disputes s'élevaient à chaque quartier, qui ambitionnait l'honneur de s'atteler à la voiture et la presse devenait si grande, que le Saint-Père jugea à propos de revenir au Vatican. Il fut obéi tout de suite, et déposé à la porte de son palais, d'où il donna sa bénédiction à dix ou douze mille hommes à genoux. Cette bagarre ne ressemble pas beaucoup à celle de Saint-Germain-l'Auxerrois, mais aussi les Romains ne sont pas

encore parvenus à ce haut degré de civilisation qui
honore Paris.

L'arrivée des Autrichiens n'amuse pas beaucoup
le pays. Pasquin demande : « *Comment guérit-on
de la peste ?* » et Marforio répond : « *Par le choléra-morbus.* » Pour moi, je regarde leur arrivée,
s'ils arrivent, comme un grand bonheur. Je voudrais pouvoir couler en paix quelques années qui
me sont peut-être encore dévolues, et surtout en
employer une bonne partie à courtiser la chère,
l'excellente Valentine sous le ciel riant de l'Italie.

Madame de la Ferté mère est fort aimable ; aux
politesses affectueuses que nous en avons reçues
nous avons reconnu l'influence de votre amitié,
mais celle que nous avons pour vous ne saurait
augmenter. Une autre famille française nous a été
recommandée, une comtesse Dupont et sa belle-
fille veuve. Elles sont parentes de ma nièce Azélie,
née Lyées ; or, ne voilà-t-il pas que cette veuve a
trouvé ici *par hasard* un baron de Bressieux, son
ancien adorateur, qui profitant de l'occasion l'a
épousée *sonica*. On nous a avertis le matin, le
soir nous avons assisté au mariage, à Saint-Louis
des Français et signé comme témoins dans un
gros livre ; ç'a été l'affaire d'une demi-heure ; la
cérémonie faite, chacun s'en fut coucher ; le lendemain je les rencontrai à la villa Borghèse, très-sa-
tisfaits de l'événement...

Nous sommes dans l'attente des nouvelles de
Pologne ; on dit que les Polonais ont eu un avantage ; c'est à vérifier, et si cela est, ils n'en seront
que plus malheureux, malgré les cent francs qu'a

donnés l'abbé de Lamennais pour les aider. Écrivez-
nous, de grâce, dites-nous quelque chose de consolant au sujet de votre avenir; y a-t-il quelque espoir
de vous voir cet été? Mille choses tendres de la
part de toute la famille au vicomte. Je suis à vos
pieds.

XXIX.

A LA MÊME.

Rome, 23 mars 1831.

LES courriers nous manquent depuis une semaine, les insurgés ont intercepté la route de
Sienne, un parti s'est avancé jusqu'à Santo-Lau-
renzo, entre Bolsena et Acquapendente, et la poste
n'a pas pu passer. Maintenant on nous dit dans
le *Diario* de Rome qu'ils ont été chassés, mais les
courriers n'arrivent toujours point. Voilà où nous
en sommes; une paix profonde règne ici, mais il
est fort désagréable d'être entouré de feu, même
lorsqu'on ne brûle pas. M. de la Ferronnays a
écrit à ma femme pour nous engager à passer l'été
avec eux à Castellamare. Nous comptons y aller
au 1er de mai, tâchez d'y venir aussi; tout est
tranquille à Naples et, suivant les apparences, tout
restera tranquille. Les Autrichiens n'avancent pas,
ils sont à Cento, à Comacchio, sur le territoire
du Pape, mais ils craignent la non-intervention.
En attendant, nous sommes comme l'oiseau sur

la branche; qui sait pour combien de temps?
Comme un manifeste du gouvernement avait
annoncé l'arrivée des Autrichiens sur trois colonnes, un mauvais plaisant a affiché l'avis suivant :
« On a perdu trois colonnes depuis Modène à
Bologne, ceux qui les retrouveront sont priés de
les porter à l'architecte de l'église de Saint-Paul,
ils recevront une bonne *mancia....* »

Le 24. Il n'y a plus de danger, tout s'arrange ;
les Autrichiens sont maintenant à Bologne, ou
doivent y être. M. de Frimont écrit qu'il y arri-
verait avec son avant-garde, le 21. Ceci est
officiel, mais aujourd'hui 24, la poste de Bologne
n'est pas arrivée, en sorte que nous ignorons absolument le résultat de cette marche et même si
elle a eu lieu. Tout est tranquille à Naples, on
attend ici une grande et haute vague d'Anglais qui,
dit-on, doivent venir pour la semaine sainte. Dès
que j'aurai des nouvelles plus sûres, je vous les
enverrai ; je sens que vous devez être instruite de
tout ce qui regarde *votre* Italie, et comme c'est de
mon devoir et de mon plaisir de vous faire mon
rapport, je serai aussi exact que l'aide-de-camp
le plus scrupuleux.

Ainsi, chère vicomtesse, attendez-vous à recevoir
pour quelque temps une lettre par chaque courrier.
Le Saint-Père est fort aimé, il reçoit beaucoup de
monde. Les Anglaises l'ont toutes visité, catho-
liques ou non. On assure qu'il veut faire beaucoup
de réformes et de changements, et que les cardinaux n'en veulent pas, mais comme il est moine et
indépendant, je pense qu'il fera ce qu'il voudra.

Nous voyons souvent Mme de la Ferté, qui est excellente et bien bonne à connaître..... Je ne vous écris point de *coq-à-l'âne* aujourd'hui, parce que je travaille à mes Pâques, je veux même ne plus en dire, c'est cependant bien dommage .... Viendrez-vous? il me semble que vous ne pourriez rien faire de mieux, si cela n'est pas absolument impossible. Pendant l'été la fusée se brûlera en France et ne vous brûlera pas. Écrivez-nous, de grâce, et parlez-nous au moins de votre espoir de venir, afin que nous puissions aussi espérer. Nous n'avons point de nouvelles de Pologne, excepté qu'on se bat et qu'on se battra encore.

XXX.

A LA MÊME.

Rome, 29 mars 1831.

JE vous ai promis une seconde lettre par le premier courrier et je suis d'autant plus empressé de tenir ma parole, que j'ai su par le prince Gagarin lui-même qu'il vous a alarmée sur l'état présent et futur de l'Italie. Il nous a dit que vous lui aviez demandé s'il y avait sûreté à venir en Italie et qu'il vous avait répondu qu'il ne savait pas lui-même s'il pourrait y rester. Je crains donc, chère vicomtesse, que vous ne preniez à la lettre cette boutade du prince, qui restera à Rome fort paisiblement, à moins qu'il ne soit employé ailleurs.

Jamais l'Italie n'a été plus tranquille qu'à présent; les Autrichiens sont reçus partout à bras ouverts; ils ont laissé 1,500 hommes à Bologne et continuent leur marche, qui n'est qu'une promenade de santé, sur Forli, et Ancône. Tout ce qu'on vous dit de la résistance des insurgés dans les journaux est une fable. La fameuse émeute du 12 février a coûté la vie au vieux portier du prince de Piombino; blessé à la cuisse lorsqu'il fermait la porte de l'hôtel, et qui est mort de sa blessure et de sa vieillesse; voilà la victime la plus marquante de la révolution d'Italie. Naples est tout aussi sûr que Rome, vous pouvez compter là-dessus.

Quant à ce qui peut arriver en cas d'une guerre qui ne peut être que générale, si elle a lieu, personne ne peut en prévoir les suites. Je crois cependant que le théâtre en sera ailleurs qu'en Italie, c'est-à-dire que les grands efforts auront [lieu] en Belgique et sur le Rhin. Nous n'avons pas d'autres nouvelles de Pologne que celles qui nous viennent par les journaux français; nos lettres de Pétersbourg nous donnent Prague prise d'assaut, ce que je ne crois pas. Le climat et la mauvaise saison sont contre les Russes, cela peut durer encore; les Polonais sont furieux de la collecte de M. de La Fayette, c'est une véritable mystification.

Vous aurez su que l'aîné des Saint-Leu est mort à Ancône. Sa mère est là avec son second fils; elle n'est pas arrivée à temps pour trouver son fils vivant; il est difficile d'imaginer une folie plus grande que celle de ces jeunes gens, après avoir été accueillis à Rome comme leur famille l'a

été. Nous attendons toujours la réponse de Mme de
la Ferronnays au sujet de notre établissement à
Castellamare. Je crois vous avoir dit qu'elle
nous a proposé de prendre la maison attenante à
celle qu'ils ont louée, si elle n'est pas prise pendant
notre correspondance.

Nous passerons un été charmant; je l'espère en
tremblant, lorsque je pense à mes projets de bonheur à la villa Fatinelli! mais l'espoir n'est-il pas
ce qu'il y a de plus réel dans le bonheur?.... Nous
avons fait la connaissance de M. de Saint-Aulaire,
qui est un fort aimable homme; son arrivée ici
avait un peu alarmé, par l'idée qu'il venait pour
s'opposer à l'intervention des Autrichiens, d'autant
plus qu'il restait à l'auberge et ne prenait pas
d'hôtel. Enfin il a loué le palais Colonna, où il sera
plus grandement que dans celui où logeaient jusqu'à présent les ambassadeurs de France. Il fait
ses visites avec son ami le comte d'Estourmel, qui,
je crois, se fixera ici. Le comte et la comtesse de
Gontaut sont à Rome, ils ont des dimanches où
toute la société française assez nombreuse se réunit.
La comtesse de La Ferté-Meun avec son fils et sa
belle-fille a les jeudis, nous la voyons assez souvent, elle est fort aimable. Nous avons aussi une
comtesse Dupont qui vient de marier sa belle-fille
au baron de Bressieux;

Tant d'autres dont les noms me sont même échappés,
Trop crédules esprits que *la France* a trompés!

Je vous écris tous ces détails insignifiants pour
ne pas vous dire toujours la même chose, combien

je vous suis dévoué et sincèrement attaché, ce qui pourrait à la longue vous ennuyer .... Je voudrais bien vous dire aussi ce que je ne sais pas sur notre avenir, je n'y vois qu'un mélange confus d'espérances, de désirs qui couvrent de leur manteau transparent un faisceau d'inquiétudes. Nous sommes tous bien portants, Natalie engraisse, et ma femme aussi, et moi aussi. Nous avons beaucoup de peine à transporter nos personnes d'un lieu à un autre, et je plains d'avance les ânes de Castellamare.

FIN DU PREMIER VOLUME.

NOTES.

NOTES DE L'ÉTUDE

SUR

XAVIER DE MAISTRE

Page V, ligne 4. — On peut s'étonner que *le comte de Marcellus* (mort en 1861), diplomate formé à l'école de Chateaubriand, amateur passionné des arts, littérateur, savant helléniste, n'ait fait partie ni de l'Académie des inscriptions et belles-lettres, ni de l'Académie française. De précieuses découvertes dans le domaine des arts et de l'archéologie, un bagage de douze à quinze volumes remplis d'érudition, d'élévation d'esprit, de connaissances variées semblaient marquer sa place dans ces savantes compagnies. On sait que c'est lui qui, en 1820, enleva de l'île de Milo un chef-d'œuvre de la statuaire antique, la *Vénus victorieuse*, dite *Vénus de Milo.* Le comte de Marcellus a le premier donné une traduction complète des *Dionysiaques* de Nonnos. (1856.) Une vie retirée et dégoûtée d'ambition, une santé délicate, une modestie

exagérée qui lui faisait céder le pas à toute compétition,
telles sont, croyons-nous, les causes qui ont privé le
comte de Marcellus d'un honneur et d'une compensation
bien dus à celui qui, en 1830, avait volontairement brisé
sa carrière politique.

Page V, ligne 4. — *Mme la comtesse Valentine de Marcellus*, est fille du comte de Forbin, peintre et directeur
général des musées de peinture. Elle-même a dessiné et
peint avec talent. L'eau-forte de notre 1er volume ne
peut donner qu'une imparfaite idée du petit portrait à
l'huile de Xavier, fort ressemblant, peint par la comtesse, à Naples, en 1834. Le plaisir que trouva Xavier
de Maistre dans sa correspondance, pendant vingt-cinq
années, nous fait deviner le charme et la délicatesse de
sa plume.

Page VI, ligne 30. — Il s'agit ici de l'innocente rencontre de Xavier dans le jardin du *Lépreux* avec cette
jeune *Élisa* qu'il aima pendant son séjour à Aoste
(1793-97) et croyait épouser. Le critique, sans songer à
mal, rapprocha par une romanesque antithèse « l'extrême
félicité à peine séparée par une feuille tremblante de
l'extrême désespoir », *inde iræ.* (Voir lettre LXXXVIII,
tome II, p. 152). Et pourtant « Sainte- Beuve, nous
écrivait M. Troubat, son secrétaire, était plein de sympathie pour l'auteur du *Voyage autour de ma chambre.* Il m'a
quelquefois raconté la visite qu'il lui fit à son passage à
Paris, et il en avait gardé le souvenir comme d'un des
moments les plus agréables de sa vie. Un des épisodes de
cette visite est relatif à Mme Xavier de Maistre. Quand sa
femme (alors âgée d'environ 50 ans) entra dans la chambre, il ne put s'empêcher de me dire en la regardant :
« N'est-ce pas qu'elle est belle ? » Mme de Maistre en fut
légèrement embarrassée et lui fit un signe de la main
pour le faire taire. Sainte-Beuve tirait de ce récit une
nouvelle preuve de la sensibilité du conteur. » (Comparez

à cette scène le passage de la lettre xciv, tom. II, p. 173. « Je trouve que ma femme est encore *jolie* pour son âge. »)

Singulière coïncidence que cet enthousiasme touchant et naïf d'un vieillard toujours épris de sa femme, en présence de ce même critique, auquel il devait bientôt reprocher si amèrement une indiscrétion rétrospective à propos d'un souvenir de 45 ans ! (Voir, entre autres passages qui attestent la profonde irritation de Xavier contre le critique, lettre lxxv, tome II, p. 119, et lettre lxxxviii, t. II, p. 159.) Aujourd'hui *l'offenseur* et l'offensé ne sont plus, et nous n'aurions pas songé à jeter notre poignée de poussière entre ces deux abeilles attiques, s'il n'y avait là une leçon utile pour la critique. « J'ai, dit quelque part Sainte-Beuve, plus piqué et plus ulcéré de gens par mes éloges que d'autres n'auraient fait par des injures. » N'est-ce pas que, dans la main même la plus expérimentée, la plume de critique est toujours un instrument si acéré, si pénétrant, qu'elle blesse certains replis mystérieux, certaines parties délicates en les croyant caresser ?

Page XI, ligne 22. — La collection d'autographes de M. Boutron-Charlard, avec celles de MM. le baron Feuillet de Conches, Chambry, Dubrunfaut, Benjamin Fillon, figure parmi les plus importantes collections privées de l'Europe.

Page XII, ligne 14. — *L'Écharpe* (1832), *le Blessé de Novare* (1854). Nous parlons ici du premier de ces romans, le seul que Xavier de Maistre ait pu lire, publié sans nom d'auteur et qui fut attribué, comme œuvre posthume, à la duchesse de Duras. M. Hüber-Saladin, colonel fédéral, attaché militaire à la légation de la confédération Suisse, ancien député au grand Conseil du canton de Genève, descendant d'une vieille famille tyrolienne connue dès le xve siècle, est né à Rome et s'est

fait naturaliser français. Il a produit aussi quelques écrits
politiques et des poésies. C'est à lui qu'est dédié le
Ressouvenir du lac Léman que lui envoyait Lamartine,
en 1841, avec cette flatteuse adresse :

Ame de citoyen dans un cœur de poëte !

Page XIII, ligne 7. — *Eulalie,* c'est Mme la marquise
Oudinot, qui devint duchesse de Reggio en 1847.

Page XIV, ligne 5. — Nous avons ailleurs publique-
ment remercié M. le duc de la Trémoïlle d'avoir bien
voulu nous communiquer pour notre édition des œuvres
d'Agrippa d'Aubigné les richesses de son précieux char-
trier. Nous glissons ici discrètement un nouveau témoignage de notre gratitude pour des démarches que nous
n'aurions pas osé solliciter, que nous n'avons apprises
qu'indirectement.

Page XIV, ligne 19. — Mlle Constance de Maistre,
veuve du marquis de Laval, est, croyons-nous, l'auteur
d'un petit livre sur le *célibat.*

Page XV, ligne 19. — *Sur nos cent seize lettres.* Il y a
eu erreur typographique dans le numérotage des premières lettres, nous en publions *cent dix-huit.*

Page XVI, ligne 16. — *Catherine Freminski :* « J'ai entendu sa femme (Mme de Maistre) parler de la pauvre
Catherine, dont il est question dans une des nouvelles.
La seule fois qu'il m'en dit un mot, fut l'hiver qui pré-
céda sa mort, en me donnant les fragments que je compte
t'envoyer. Il me disait avec des larmes dans la voix :
« Quelle situation que celle de Catherine, lorsqu'elle voit
« passer sur la grande route ses anciens amis ! »
(Fragment d'une lettre de Mme Balabine à son fils.)

Bruxelles, 4 mars 1852.

N'avons-nous pas eu raison de détacher du manuscrit une scène dont le souvenir causait une si vive impression au vieillard, et n'est-il pas intéressant de recueillir ici un témoignage aussi frappant de l'émotion que faisaient éprouver au conteur ses dernières fictions romanesques?

Page XVI, ligne 29. — Joseph de Maistre disait qu'en fait de poésie, *le tolérable* était intolérable et encore, faisant allusion à un proverbe espagnol, « qu'il faut être bien sot pour ne pas savoir faire deux vers, et bien fou pour en faire quatre. »

Page XVII, ligne 10. — Le sujet de cette ode était la lutte inégale du poëte aux prises avec le génie. Sainte-Beuve, dans son étude sur le comte Xavier de Maistre, n'en cite que ces trois vers qui ont un certain mouvement lyrique :

Et glorieux encor d'un combat téméraire,
Je garde dans mes vers quelques traits de lumière
Du Dieu qui m'a vaincu !

Page XVII, ligne 11. — C'est, nous l'avons dit au volume des *Nouvelles*, à M. J. Philippe, député de la Savoie, que nous devons la communication de deux brochures peu connues. L'une nous a fourni quelques notes curieuses sur *le Lépreux de la cité d'Aoste* ; l'autre nous a fait connaître la relation d'une expérience d'aérostat (1784) reproduite en tête de ce volume et qui est assurément la première publication de Xavier de Maistre.

Page XVII, ligne 17. — Kriloff, poëte, né à Moscou en 1768, mort en 1844. Il est le La Fontaine de la Russie. La plupart de ses sujets sont empruntés à notre fabuliste; mais il a eu le talent de les adapter au goût de sa nation. Le comte Gr. Orloff en a donné à Paris, en 1825, une édition de luxe accompagnée de traductions en français et en italien.

Page XVII, ligne 18. — Article du journal *le Figaro* (8 janvier 1857), signé du pseudonyme A. Legendre.

Page XVII, ligne 23. — Pouchkine, né en 1799, à Saint-Pétesbourg. Relégué pour ses opinions libérales dans des provinces éloignées, il ne rentra en grâce qu'en 1825, à l'avénement de l'empereur Nicolas. Il périt en 1837, tué en duel par un de ses amis qu'il soupçonnait d'avoir voulu séduire sa femme. Celle-ci était nièce de Mme Xavier de Maistre. On verra quelques détails sur cette triste affaire au tome II de cette correspondance, p. 103.

Ses principales œuvres sont des *odes*, des *épîtres*, un poëme romantique en six chants, *Roustan et Ludmila* (1820), *le Prisonnier du Caucase* (1822), *la Fontaine des pleurs* (1826), *Tsigani* (1827), une tragédie en prose et en vers, regardée comme son chef-d'œuvre, *Boris Godunow* (1831), quelques nouvelles. Ses œuvres ont été publiées à Saint-Pétersbourg, en 1839 et années suivantes.

Page XVII, ligne 25. — *Des dames Pouchkine*. Elles étaient filles d'une sœur de Mme de Maistre.

Page XVII, ligne 26. — C'est à Saint-Pétersbourg, et non à Rome, qu'eut lieu cette cohabitation (Voir t. II., p. 121 et 123).

Page XVII, ligne 29. — Joseph écrivait, le 20 novembre 1816, à l'amiral Tchitchagoff : « Vous pouvez vous servir de la langue russe pour dire du mal de moi, et devant moi, sans inconvénient, car je ne sais, au bout de quinze ans, que le seul mot *khorocho*, indispensable à chaque instant pour louer tout ce qui se fait. » Sans prendre au pied de la lettre un mot qui ressemble à une épigramme, je suis tenté de croire, et Mme de Marcellus nous a confirmé dans cette opinion, que les deux frères entendaient fort peu le russe. Ils n'en avaient guère besoin d'ailleurs

dans le milieu où ils vivaient; on sait que la haute société
russe, à Saint-Pétersbourg surtout, parle constamment
le français.

Page XXII, ligne 26. — *Jamais surtout de lourdes dissertations.* C'est assurément la *philosophie* qui a fini par tuer
la Julie de J.-J. Rousseau, après en avoir fait le succès
au XVIIIe siècle.

Page XXII, ligne 28. — *Le mérite de la brièveté.* Xavier
est sans doute trop modeste, mais il avait comme un sentiment de cette vérité, quand il termine son *Expédition
nocturne* par ces mots : « Le petit volume de mon voyage
en est le plus grand mérite. »

Page XXIII, ligne 16. — *L'hôte et l'ami.* Nous avions
espéré rencontrer quelque trace de cette persistante
affection dans la correspondance du poëte, aujourd'hui en
cours de publication. Mme Valentine de Lamartine y a
vainement cherché à notre intention des lettres de Xavier.

Page XXIII, ligne 17. — *Laissons donc la parole à Lamartine.* La série de trois articles d'où nous avons extrait
cette citation a été publiée au journal *le Siècle* (9 et
28 décembre 1855, 20 janvier 1856). Ils ont dû être
recueillis plus tard dans son *Cours familier de littérature.*

Page XXIII, ligne 21. — *Un homme que j'aimerai
toujours quand même* (tome II, p. 84, ligne 18).

Page XXIV, ligne 7. — *Une épitre familière : Harmo-
nies poétiques et religieuses,* liv. III, 4. — *Le Retour.*

Page XXV, ligne 12. — *Du petit manoir de Servolex.*
Cette propriété des de Maistre passa par un mariage aux
mains des neveux de Lamartine, ce qui a fait dire au
poëte parlant de ces lieux :

Où mes neveux un jour de ta gloire héritiers
Trouveront nos deux noms unis dans leurs quartiers.

*Page XXVII, ligne 13. — Qu'il est né à Chambéry, le
8 octobre 1760.* Lettre au général Oudinot (page 213).
Sainte-Beuve : Notice sur le comte Xavier de Maistre (mai
1839), en tête de l'édition de ses œuvres. Paris, Garnier.

Page XXIX, ligne 3. — Le Militaire. C'est ainsi que
Xavier se désigne dans son dialogue avec le *Lépreux.*

*Page XXIX, ligne 15. — S'il faut en croire ce témoi-
gnage.* Voir notes du *Lépreux* (Aoste, chez Damien
Lyboz, 1853, p. 46).

Page XXX, ligne 24. — Promu au grade de major.
M. J. Philippe a enrichi de notices son volume *Poëtes de
la Savoie* (Annecy, 1865). Nous empruntons à la notice
sur Xavier l'énumération et la date des promotions successives que le biographe a eu, nous a-t-il dit, la bonne
fortune de recevoir de Saint-Pétersbourg même, par
l'intermédiaire d'un ami habitant cette ville. La précision
de cet extrait d'un annuaire officiel ne laisse aucune place
au doute sur l'exactitude des informations.
Les autres sources imprimées auxquelles nous avons
encore puisé quelques détails biographiques sont :
*Mémoires politiques et Correspondance diplomatique de
Joseph de Maistre,* publiés par Albert Blanc (1 vol. in-8,
Libr. nouvelle, 1859).
Correspondance diplomatique de Joseph de Maistre, don-
née par son fils Rodolphe de Maistre (2 vol. in-8, Paris,
Vaton, 1861, et 2e édit. 1869).
Chateaubriand et son temps par le comte de Marcellus.
(Paris, Michel Lévy, 1859).
Les Grecs anciens et les Grecs modernes (1860), par le
même. (Paris, Michel Lévy, 1861.)

Nous n'avons pas besoin de répéter ici que tous nos renseignements intimes sont tirés de la correspondance inédite (1827-1852) qui fait l'objet de cette publication et de quelques autres lettres adressées à M. de Marcellus.

Page XXX, ligne 29. — *Direction du musée de ce département :* « Mon frère jouit d'une existence assez heureuse : il est directeur du musée, cabinet de physique, de machines et de cartes, et de la bibliothèque, attaché à l'amirauté ; tout cela réuni sous le nom de musée, avec 2,000 roubles d'appointements (paye d'un général-major), un logement, son grade militaire et son ancienneté, telle qu'il l'avait à notre service (c'est-à-dire en Savoie). » (Lettre à Mme Hüber-Alléon. Saint-Pétersbourg, 26 septembre 1806.)

Page XXXI, ligne 12. — *Le titre de comte.* Celui qui prenait légitimement ce titre en Russie, en Savoie s'appelait modestement *le chevalier Xavier. M. le chev. X.* telle est la seule désignation d'auteur de la 1re édition du *Voyage* imprimée en 1794.

Page XXXII, ligne 15. — *Blessé grièvement à Alkaleik.* Qu'on ne s'étonne pas de voir dans la correspondance des deux frères les mêmes noms propres russes écrits d'orthographes si différentes. La qualité d'étrangers ne parlant pas la langue explique ces variations. Ajoutons que Xavier use souvent de grandes licences pour l'orthographe des noms propres, étrangers ou français, les plus connus. Nous les rectifions, autant que possible, soit dans le texte, soit dans les notes.

Page XXXVI, ligne 8. — *La défaite de Leipsick.* L'insurrection allemande de 1813 avait été préparée dès 1807, peu de mois après la défaite d'Iéna, par une association secrète, *L'Union de la vertu* (*Tugendbund*), qui avait eu

27

pour fondateurs le baron de Stein et le ministre d'Autriche Stadion, pour membres une foule de chefs militaires et d'administrateurs, parmi lesquels nous citerons les généraux Blucher et Gneizcnau et le conseiller Justus Grüner, entrés dans la société avec l'assentiment du roi Frédéric-Guillaume. Ce fut au nom de la liberté, de l'égalité et d'une sorte de patriotisme mystique et libéral, où dominait la pensée de l'unité politique de la race germanique, que cette insurrection avait éclaté. Des manifestes où les souverains, invoquant la patrie, sollicitaient tous les citoyens de s'armer pour sa défense et annonçaient la convocation prochaine d'une représentation nationale, doublèrent l'élan. L'Allemagne, remuée dans toutes ses profondeurs, se leva comme un seul homme et marcha sur nous. Ses forces, son sang, ses biens, elle prodigua tout en échange des solennels engagements de ses princes, et la France, deux fois accablée sous le poids de ces masses qui entraînaient le reste de l'Europe après elles, succomba deux fois. (Vaulabelle. *Histoire des deux Restaurations,* tome V, p. 65.)

Page XXXVII, ligne 26. — *Ses deux derniers enfants.* Un de ces enfants, la petite Catinka, était fort malade à Livourne et y devait succomber. Dans un billet, adressé à M. de Marcellus, le père semble inspiré d'un trop juste pressentiment, quand il écrit : « Je ne serai tranquille que lorsque je pourrai tirer toute ma famille de cette maudite Livourne et la ramener au pied des Apennins. Savourez bien le bonheur d'y être, joint à celui de n'être point à Livourne. » Le doux climat de Naples ne devait pas sauver davantage son dernier enfant, son fils Arthur, qui succomba en 1837.

Page XXXVII, ligne 27. — *A Pise.* En 1828, Xavier alla passer quelque temps à Pise, c'est aussi à ce moment qu'il renoua quelques relations avec la cité d'Aoste, c'est de là que sont datées les deux lettres adressées à

Elisa (tome Ier, p. 122 et 124). Si Xavier avait besoin d'être défendu d'une accusation « d'indiscrète fatuité », il serait absous sur la simple lecture de ces deux lettres, si honnêtes, si candides, où il présente en quelque sorte sa femme à celle qu'il avait aimée et cru épouser trente ans avant.

Page XL, ligne 28.—Ce pain… qui a tant de graviers sous les dents. Expression de Lamartine aux *Notes sur mes lectures* déjà citées, publiées au journal *le Siècle.*

Page XLI, ligne 8. — Tout homme qui a une âme. (Tome II, p. 128.)

Page XLI, ligne 11.— La France qui est bien aussi mon pays. (Voir tome II, p. 134.) Joseph de Maistre tient absolument le même langage (Voir notre étude, p. XLV).

Page XLI, ligne 30. — Décorations. Xavier de Maistre était commandeur des ordres de Sainte-Anne (2me classe) et de Saint-Wladimir (3me classe).

Page XLII, ligne 4.— Faisait assez bon marché. (Voir dans la suite de cette étude la conversation avec M. de Marcellus, p. LXI.)

Page XLII, ligne 20. — Le surnom de bien bon, réminiscence de la correspondance de Mme de Sévigné. Ce surnom avait été donné par elle à son oncle, l'abbé de Coulanges, protecteur ardent, parfois jusqu'à l'aigreur, des intérêts de sa chère nièce.

Page XLIII, ligne 2. — Ne pas se douter de sa réputation. La lettre est de décembre 1838. Le comte de Caraman y raconte une journée passée à *Saint-Point,* chez Lamartine, et relève un mot que nous ne pouvons omettre : « Au

diner, Lamartine, s'adressant à Xavier de Maistre, lui dit :
« C'est vous, c'est la lecture du *Lépreux* qui m'a fait poëte ! »
Croyons-en le poëte, puisqu'il le dit, bien que le rapport
entre les deux esprits et les deux inspirations nous
échappe.

Xavier, dans une lettre du 4 février 1843, parle de sa
vive gratitude pour M. de Caraman qui, dans une
brochure, avait rappelé cette visite à *Saint-Point*.

Page XLIV, ligne 1. — *Molière, dans l'expédition nocturne.* (Voir le tome de notre édition des nouvelles,
p. 136.)

Page XLIV, ligne 26. — *Et les jours se passent ainsi.*
Lettre de Saint-Pétersbourg, 22 décembre 1807.) Il
paraît pourtant que le portrait fut achevé au début de
l'année suivante. C'était sans doute un cadeau de nouvel
an, quelque peu attardé.

Page XLIV, ligne 29. — *Trois ans après.* (Lettre du
3 mars 1810.)

Page XLV, ligne 10. — *Cette plaie est incurable.* (Lettre
de Turin, 29 mai 1819.)

Page XLV, ligne 23. — *A M. de Bonald.* (Lettre datée
de Turin, 15 novembre 1817.)
Le vicomte de Bonald est né, le 2 octobre 1754, au
château de Monna, près Milhau, dans le Rouergue. Dialec-
ticien scolastique, reconstructeur des doctrines du passé, il
est, bien plus que Joseph de Maistre, opposé à tout progrès,
à toute évolution légitime et fatale de la société moderne.
Le pouvoir social est assimilé par lui à l'autorité du
père de famille antique, c'est-à-dire qu'il est complet,
sans recours, absolu.
Défenseur opiniâtre de la stabilité sacrée, il est bien
loin d'avoir le talent, l'imagination et l'ouverture d'esprit

de l'auteur du *Pape*. Son premier écrit est une *Théorie du pouvoir politique et religieux dans la société civile,* démontrée par le raisonnement et par l'histoire. (Constance, 1796.)

On a encore de lui *Traité du Divorce, Législation primitive* (1802), *Recherches philosophiques* (1818). Son dernier ouvrage est une *Démonstration philosophique du principe constitutif de la société* (1830.) M. de Bonald, conseiller de l'Université (1814), député en 1815, membre de l'Académie en 1816, pair en 1823, après 1830 rentra dans la vie privée et mourut le 23 novembre 1840.

Page XLVI, ligne 7. — *L'homme infernal.* (Lettre à Joseph, tome Ier, p. 120.)

Page XLVI, ligne 20.—*L'esprit de famille qui l'animait.* Ce même esprit se retrouve chez les deux frères. Rien de plus tendre que les lettres de l'aîné à ses sœurs, surtout à ses deux filles Adèle et Constance.

Page L, ligne 1. — *A son ami la Boétie.* Montaigne. *Essais,* liv. I, ch. XXVII, p. 234, Éd. Lemerre.

Page L, ligne 20. — *Associé à l'éternité.* Voir notre vol. des nouvelles, ch. XIII, p. 106.

Page LI, ligne 12. — *En effet Élisa ne m'aime plus.* Voir id., *Expédition nocturne,* p. 134 lig. 25, ch. XXX. Voir aussi les deux lettres que Xavier lui adressa de Pise en 1828, tome Ier, p. 122 et 124.

Page LII, ligne 15. — *Qui s'efforce d'en déchirer une autre.* J.-J. Rousseau, *Nouvelle Héloïse,* 1re partie, lettre LVII.

Page LII, ligne 18. — *Quelqu'un qui vous marche sur le pied par inadvertance. Voyage autour de ma chambre,*

ch. III, p. 5 de notre édition. Ces folies du point
d'honneur rappellent une anecdote plaisamment racontée
par Agrippa d'Aubigné dans son *Baron de Fœneste* :
« En allant dessus lou prai, un gentilhomme demanda
à l'autre : N'estés-bous pas un tel d'Aubergne? —
Non, dit l'autre : je suis un tel du Dauphiné. Pourtant
ils abisèrent que, puis qu'il y aboit appel, il se falloit
tuer, comme ils firent; et cela s'appelle *raffiné d'haunur*.

(*Baron de Fœneste*, livre Ier, ch. IX.)

Page LII, ligne 25. — Une belle page de La Bruyère.
« Petits hommes hauts de six pieds, tout au plus de
sept, etc. » (*Les caractères et les mœurs de ce siècle*. Des
jugements, t. I, p. 118. Éd. Lemerre.)

Page LIV, ligne 26. — La réalité dans l'anecdote. Il est
souvent curieux de comparer la réalité d'un fait à la
poétique légende, à l'œuvre d'imagination qui le fait
bientôt oublier. Qui se souvient qu'un simple procès-
verbal du naufrage du *Saint-Géran* (août 1744) a suggéré à
l'auteur de *Paul et Virginie* le dénoûment de son roman ?
Un des neuf survivants déposa, entre autres faits, qu'au
moment où le vaisseau allait s'abîmer en vue de l'île
Bourbon, « Mlle Caillou était sur le gaillard d'arrière
avec MM. Villarmois, Grèsle, Guiné et Longchamps de
Montendre qui descendit le long du bord pour se jeter à
la mer et remonta presque aussitôt, pour déterminer
Mlle Caillou à se sauver. » D'autre part, la relation raconte
qu'un matelot, Edme Caret, voulut déterminer le vieux
capitaine du *Saint-Géran* à quitter ses vêtements, pour se
sauver plus facilement, et que celui-ci, par un sentiment
de décence — ou peut-être pour ne pas se séparer de
ses papiers — s'y refusa jusqu'au bout. Voilà en six lignes
le germe du touchant récit de Bernardin. Qu'est-ce que
cette jeune fille ? Est-ce même l'amour, ou simplement
un sentiment d'humanité, qui inspirait à un jeune officier

la résolution de revenir attendre la mort à ses côtés ?
D'un incident, d'un scrupule qui semblerait bizarre chez
un marin, en restituant la pudeur à la jeune fille, en faisant mourir, non plus deux inconnus, mais deux amants,
le romancier tire d'un procès-verbal un drame pathétique,
plus vraisemblable que la vérité. Il a corrigé la réalité,
et assuré la popularité à un des cent mille épisodes du
nécrologe maritime. Deux obscures victimes d'un sinistre
sont transfigurées en deux héros qui ne sortiront plus de
notre mémoire.

L'imagination de Xavier n'avait pas à faire tant de
frais, mais il n'en est pas moins intéressant de comparer
la simplicité du fait, la réclusion d'un misérable lépreux,
avec la scène touchante, avec le dialogue humain, atten-
dri, qu'il a inspiré à notre conteur. M. A. Piedagnel a
bien voulu nous communiquer une note écrite de la main
même de Xavier, à Rome, le 1er mai 1831, sur un exemplaire du *Lépreux*, appartenant au comte Joseph d'Estourmel. Voici l'autographe de Xavier de Maistre : « Le
lépreux, comme on le voit dans son histoire, est né dans
la principauté d'Oneille, où il habitait une maison isolée
près de la mer. Lorsque l'armée française vint envahir le
pays, il crut devoir s'éloigner et vint à Turin, sans passeport ; on l'arrêta à la porte de la ville et on le conduisit
chez le gouverneur, qui le fit placer dans un hôpital, jusqu'à ce que sa demeure de la cité d'Aoste fût préparée ;
il y était depuis quelques années, lorsque sa sœur, affectée
de la même maladie, vint partager sa solitude. Outre
cette sœur, il avait un frère plus jeune que lui, qui se
destinait à l'état ecclésiastique et paraissait jouir d'une
bonne santé ; mais, au moment de prendre les ordres, il
fut attaqué par la lèpre, qui se déclara tout à coup sur une
de ses mains. Le malheureux, voyant cet horrible mal
augmenter rapidement, mourut de douleur dans un court
espace de temps. C'est tout ce qu'on a pu recueillir sur ce
sujet. » Signé : *l'auteur de l'opuscule ci-joint.*

Que savait l'auteur sur son triste héros ? presque rien,

on le voit, moins que M. G. Carrel, à qui nous avons emprunté pour notre 1er volume quelques particularités curieuses; mais qu'importe? M. Carrel a reconstitué par ses investigations l'état civil et le bulletin de santé d'un pauvre mendiant, d'un pensionnaire d'hôpital; Xavier de Maistre a assuré une vie immortelle à ce misérable moribond; il a, en écrivant un chef-d'œuvre, introduit ce paria à tous les foyers.

Page LVII, ligne 4.—Le précepte de vie pratique que La Bruyère avait déjà appliqué. « Un bon auteur et qui écrit avec soin éprouve souvent que l'expression qu'il cherchait depuis longtemps, sans la connaître, et qu'il a enfin trouvée est celle qui était la plus simple, la plus naturelle, qui semblait devoir se présenter d'abord et sans effort. » (Des ouvrages de l'esprit, t. Ier, p. 106. Éd. Lemerre.)

Page LIX, ligne 20. — Xavier de Maistre son disciple. Le *Voyage sentimental* de Sterne est de 1768. Si nous avions songé à comparer Xavier de Maistre au plus célèbre humoriste français du même temps, H. Beyle (Stendhal), ce ne serait qu'un rapprochement par contraste, car nous ne connaissons pas d'esprit plus paradoxal, plus sceptique, plus froidement ironique, plus incapable d'émotion naïve que celui de Stendhal.

Page LXII, ligne 2. — Voilà ma profession de foi politique. (Lettre d'août 1830.)

Page LXII, ligne 4.—Cet ouvrage, dit-il, n'est pas de ma compétence. (Lettre de Naples, 1837.)

Page LXII, ligne 6. — Son inaptitude en cette matière. (Lettre du 3 avril 1839).

Page LXII, ligne 15.—Et ne vous brûlera pas. (Lettre du 23 mars 1831).

Page LXII, ligne 28. — *Échauffourées misérables ou crimi-nelles.* Parlant d'une insurrection à Bologne, Xavier de Maistre comparait les Bolonais à « des écoliers révoltés qui se barricadent dans la salle à manger de leur collége contre le père recteur ». Encore sent-on qu'en écrivant cette comparaison, il est dans un de ses moments d'indulgence.

Page LXIII, ligne 26. — *Dans les loisirs de ma retraite.* A Audour. Ce château est situé dans le département de Saône-et-Loire, près de Dompierre-les-Ormes, à 26 kil. de Mâcon. Le comte de Marcellus, arraché à la politique et à la diplomatie par la révolution de 1830, y partageait son temps entre des travaux d'érudition et d'agronomie.

Page LXIV, ligne. 18. — *Je la croyais plus avancée.* Cette citation est tirée de l'ouvrage qui a pour titre : *Chateaubriand et son temps* (p. 446).

Page LXIV, ligne 28. — *Quand Dieu t'y a fait naître.* Quatrain CIX, p. 97. (Éd. Lemerre, 1874.)

Page LXV, ligne 12. — *Soit qu'ils se gouvernent eux-mêmes.* Lettre de décembre 1831, à propos de l'envoi de la brochure : *Peu de mots sur l'Italie.*

Page LXV, ligne 22. — *Dans une autre lettre.* Lettre du 18 mars 1832.

Page LXVI, ligne 16. — *Emprunté à M. de Marcellus.* (Voir *les Grecs anciens et modernes,* p. 156.)

Page LXVI, ligne 22. — *Le tumulte des capitales et le choc des esprits.* Rien de plus vrai pour Joseph qui, parlant de Paris, « la sage, folle, élégante, grossière, sublime, abominable, noble cité », écrit presque dans les mêmes termes que son frère : .

« *A travers le choc des partis*, cette grande ville a toujours des charmes pour tous les âges et pour tous les goûts.... J'y ai trouvé cette espèce de séduction qu'on ne rencontre qu'à Paris, il est difficile d'en sortir...

« Je tâcherai de quitter cette ville et j'espère y réussir ; » tandis qu'il se promet de s'arrêter dans sa patrie « aussi peu que possible ». A son départ de Saint-Pétersbourg (mai 1817) il éprouve une vraie joie d'enfant « d'aller faire un petit tour à Paris ». Xavier au contraire aimait et a souvent regretté ses montagnes de Savoie. Aussi l'*Harmonie* de Lamartine remuait-elle dans son cœur une fibre toujours sensible en célébrant :

Cet air tout embaumé d'antiques souvenirs.

Page LXVII, ligne 3 — *En daignant quelquefois emprunter sa plume*. L'introduction des *Soirées de Saint-Pétersbourg*, qui rappelle le poétique début de certains dialogues de Platon, et quelques autres pages, sont dues à la plume de Xavier. On y sent en effet comme une note plus douce, plus attendrie.

Page LXVII, ligne 4 — *Un hymne du philosophe grec Proclus*. L'hymne à Minerve Polymétis.

Page LXVII, ligne 9. — *Quand je repasse mon Pater*. Xavier ne pratiquait pas beaucoup plus le xvie siècle que l'antiquité classique. Pourtant il est difficile de ne pas voir là, ce qui n'ôte rien à la sincérité de l'accent, une réminiscence d'un beau passage de Montaigne sur le *Pater nostre* qu'il voudrait que les chrétiens employassent toujours, « qui dict tout ce qu'il faut, de quoy il se sert partout, la seule prière qu'il ait en mémoire. » (Essais, liv. II, ch. LVI, p. 435, Éd. Lemerre.) M. de Marcellus a bien pu, au souvenir d'une émotion commune, mêler à son insu un de ses propres souvenirs à celui de son ami.

Page LXVIII, ligne 3. — S'écroulera sur ses architectes. (Lettre du 24 août 1830.)

Page LXVIII, ligne 8. — Les Muses s'en mêlassent. Lettres et opuscules, etc., recueillis par le comte Rodolphe de Maistre, tome Ier, p. 66, lett. XVII. « Il (Xavier) prétend que vous êtes nécessairement possédés du diable, vu qu'à notre âge les Muses ne s'en mêlent plus. »

Page LXVIII, ligne 15. — Au premier vers d'une épître. Expédition nocturne, ch. vii, page 97 de notre édition.

Page LXVIII, ligne 16. — Certaine ode. Lettre de Joseph, 23 décembre 1807.

Page LXVIII, ligne 17. — La pièce du papillon. (Voir à la fin de notre dernier volume, page 220.).

Page LXIX, ligne 9. — Sur la vérité de mon système. Passage cité par Sainte-Beuve d'une lettre adressée à un ami, dans son étude sur le comte Xavier de Maistre.

Page LXIX, ligne 17. — Que la peinture est un art sublime, Voyage autour de ma chambre, ch. vii, page 11 de notre édition.

Page LXX, ligne 12. — La comtesse de Latour qui me les a fait voir. Nous croyons qu'il s'agit d'une vue des ponts de Châtillon et des usines de Liverone.

Page LXXI, ligne 1. — Pour les achever de son pinceau. (Tome II, p. 64.)

Page LXXI, ligne 6. — La Judith d'Horace Vernet. (Voir t. Ier, p. 151.)

Page LXXII, ligne 3. — J'ai vu, dit M. de Marcellus (Chateaubriand et son temps), page 491.

Page LXXII, ligne 23.— La fontaine Artacie d'Homère.
Odyssée, chant x, vers 107.)

*Page LXXII; ligne 25.—Certain mémoire sur la couleur
de l'air,* etc. Voir pour les mémoires scientifiques cités
dans cette étude la bibliographie qui la termine.

Page LXXIII, ligne 26. — Joseph écrivait en 1806.
(Lettre du mois de mai 1806.)

Page LXXV, ligne 1. — Contempler d'un seul regard.
Phrase de Xavier de Maistre dans le *Prospectus de l'Expérience aérostatique* (p. 17, ligne 22). C'est probablement à
l'époque où la navigation aérienne préoccupait Xavier
qu'il songeait aussi à construire des appareils de vol
mécanique, comme l'atteste un passage de l'*Expédition
nocturne* (ch. ix), p. 100.

*Page LXXV, ligne 5.—Le lavis à l'encre de Chine. Ré-
flexions et menus Propos de Töpffer,* liv. II, ch. viii : « De
mon bâton d'encre de Chine. » Sous prétexte de *lavis,*
l'auteur, parmi une foule de digressions, y aborde les considérations les plus hautes, sur l'*idéal* dans l'art et dans
la littérature.

Page LXXV, ligne 21. — Naturel comme lui. Réminiscence ou rencontre fortuite, il y a chez Töpffer telle page
que l'on croirait écrite par de Maistre, ce passage par
exemple : « Si vous avez jamais voyagé à pied, n'avez-
vous pas senti naître en vous et croître, avec les journées
et les services, cette affection pour le sac qui préserve vos
hardes, pour le bâton, si simple soit-il, qui a aidé votre
marche et soutenu vos pas? Au milieu des étrangers, ce
bâton n'est-il pas un peu votre ami... et ne vous serait-il
pas arrivé, au moment de vous en séparer, de le jeter
sous l'ombrage caché de quelques fouillis, plutôt que de
l'abandonner aux outrages de la grande route? » (*Ré-*

flexions et menus Propos. Liv. II, ch. VIII, Paris, Dubo-chet, 1848.)

Comme un *fils d'adoption* garde toujours quelque trace d'origine, reconnaissons chez le conteur genevois un naturel, une originalité plus bourgeoise. Tous deux aiment et sentent la nature : l'un la voit le plus souvent de la terrasse de sa villa et exprime son enthousiasme très-sincère dans une langue plus aristocratique, plus pure, mais moins personnelle; l'autre cheminera pédestrement toute sa vie, le bâton à la main, entouré de ses gais écoliers, et sa langue se ressent de ce voisinage. Son style est, de même que ses impressions, plein d'imprévu et semble parfois inégal et raboteux comme les sentiers qu'il gravit à travers les montagnes. En un mot, Töpffer et le comte Xavier de Maistre ont chacun leur naturel qui conserve le trait de race, le pli de la vie, la marque individuelle.

Page LXXVII.—Bibliographie. M. de Caussade, bibliothécaire au ministère de l'Instruction publique et M. Renaudin de la Bibliothèque nationale ont bien voulu nous fournir les éléments de ce travail et en vérifier l'exactitude.

NOTES DU TOME PREMIER

DE

XAVIER DE MAISTRE

———

Page 5, ligne 1. — M. Nadar a publié dans le journal le *XIXᵉ Siècle* (8 et 9 juin 1875) une conférence faite par lui, à Rouen, sur l'*Aérostation d'hier et l'Aéronavigation de demain.* Xavier de Maistre, bien qu'un des premiers, n'y a pas l'honneur d'une citation dans la liste nombreuse de ces héros de l'aérostat; et de fait, son expérience fut plutôt une tentative qu'une véritable ascension. Plus équitable, ou plutôt mieux informé, M. Gaston Tissandier, dans le *Bulletin mensuel illustré de la navigation aérienne* (avril 1876) a consacré quelques pages à l'ascension de Xavier de Maistre. Nous croyons qu'on ne rapprochera pas sans intérêt du récit de Xavier quelques passages de l'instructive conférence de M. Nadar :

« Lorsqu'au mois de juin 1783, le bruit vint à se répandre à Paris et partout qu'un simple papetier d'Annonay, en Vivarais, venait de découvrir la loi en vertu de laquelle des globes d'étoffe, gonflés par lui d'une certaine façon, quittaient d'eux-mêmes le sol où nous sommes attachés et s'enlevaient automatiquement dans les airs,

ce fut un enthousiasme universel. Dès le commencement
de l'année 1784, nous voyons le ciel de l'Europe comme
obscurci par les ballons. La terrible catastrophe de Pila-
tre de Rozier et de son compagnon, le frère Romain, vient
raviver douloureusement l'intérêt général, si vivement
surexcité déjà par la traversée de la Manche, exécutée à
travers les airs par le Normand Blanchard et l'Amé-
ricain Jeffries. Sadler, à Oxford, fut le premier aéronaute
chez nos ardents rivaux d'alors, les Anglais, qui avaient
si dédaigneusement, en apparence, accueilli d'abord la
nouvelle de notre grande découverte. »

Nous ne pouvons suivre l'aéronaute conférencier dans
tous ses développements. Après une véhémente invective
contre « les bateleurs et acrobates, les saltimbanques
ignares et grossiers » qui, en faisant tomber cette science
toute française de l'aérostation sur la place publique, pour
l'amusement des badauds, en ont paralysé les progrès,
M. Nadar remarque qu'elle était d'ailleurs, presque à ses
débuts, arrivée à la perfection : « Le filet a immédiatement
recouvert et soutenu l'enveloppe ; la galerie ou nacelle,
l'ancre, la soupape, le « guide Rope », le parachute l'ont
constituée dans son ensemble, pour ainsi dire, du premier
jet... » Le nombre des ascensions devait être favorisé
plus tard par l'invention et la généralisation du gaz
d'éclairage, qui remplaça d'abord l'air raréfié par la chaleur, puis le gaz hydrogène. « Le conférencier énumère
les aéronautes appartenant à la noblesse, depuis Philippe
Égalité jusqu'à Ibrahim Pacha, au corps des officiers,
et il rend hommage à l'intrépidité d'un grand nombre
de femmes qui rivalisèrent de courage avec les savants ;
puis il rappelle la création de la première compagnie d'aérostiers militaires, sous le commandement
de Coutelle, suivie bientôt de la fondation de l'école
aérostatique militaire, au château de Meudon, confiée à
Conté. Cet homme de génie, artiste, savant, inventeur,
improvisateur, à la fois peintre, chimiste, physicien, architecte, mécanicien, qui sauva notre expédition d'Égypte

d'un premier désastre irréparable, nous en ignorerions presque le nom, sans la plus humble de ses inventions, les crayons *Conté*, imaginés pour suppléer à la mine de plomb que les Anglais ne nous fournissaient plus. Et voyez à quoi tiennent les destinées des plus belles inventions. Aux fêtes du couronnement impérial, un ballon non monté, portant un aigle et une couronne en verres de couleur (il y en avait 3,000) est lancé de Paris par Garnerin (16 décembre 1804). Le lendemain matin, ce ballon tombait en Italie, aux environs de Rome, laissant accrochées sa couronne et une partie de ses insignes à un pseudo-tombeau de Néron. Journaux et caricaturistes ne manquèrent pas, en Italie comme en Angleterre, le rapprochement entre Néron et le nouvel empereur. C'en était fait de l'aérostation militaire française : d'un trait de plume, Napoléon supprima l'école de Meudon et licencia les deux compagnies qui furent versées dans d'autres corps. »

Page 5. — Le *prospectus* et la *lettre* imprimés chez M. F. Gozzin ont été édités à Chambéry, chez F. Puthod, rue Saint-Dominique.

Page 14, ligne 12. — « Quelques modernes, dit *Borelli*, ont pensé que l'homme pourrait mettre son corps en équilibre avec l'air, au moyen d'une *immense vessie vuide, ou pleine d'un fluide très-rare.* » — Il est vrai que ce grand homme s'amuse ensuite à prouver l'impossibilité du premier moyen, et perd de vue le second. (*Note de la brochure.*)

Page 19, ligne 4. — *Off... dans la L... des C...*, c'est-à-dire officier dans la légion des campements.

Page 21, ligne 10. — *On a dit que notre ballon.* L'expérience aérostatique ayant eu lieu le 22 avril, suivant

l'annonce du *Prospectus* de Xavier de Maistre, le lendemain, une relation critique assez spirituelle en fut faite
sous forme de lettre par Philalète, *Hermite de Nivolet* (le
Nivolet est une montagne de Savoie), c'est-à-dire par
le père Domergue. Toutes les épigrammes n'y sont pas
« à la glace », comme le dit Xavier, qui a ses raisons pour
ne goûter qu'à demi la lettre de l'hermite, mais elles ont
le tort, soit dit sans jeu de mots, de frapper des gens à
terre, et de chercher à décourager « le galant auteur du
prospectus » dans une innocente tentative où trois jeunes
gens, aussi enthousiastes qu'inexpérimentés, risquaient
leur vie pour le plaisir du public... et le leur.

Page 30, ligne 5. — On se conduisit ainsi dans l'essai
qui eut lieu le matin du 22 avril, et de tous ceux qui
furent présents, personne ne doute que le *ballon* ne fût
parti avec trois hommes qu'il portait alors, si l'on eût
coupé les cordes ; mais ce n'était pas le moment. (*Note
de la brochure.*)

Page 30, ligne 10. — *En chemise.* Pour : en bras de
chemise. (*Note de la brochure.*)

Page 33, ligne 26. — Le *Nivolet* a 1553 mètres de
hauteur et le mont *Granier* 1931. (*Note de la brochure.*)

Page 38, ligne 14. — *Une libation d'eau fraîche.* « L'auteur du *Prospectus* se garde bien d'approuver cette libation : au contraire, il est fou de l'*Hermite,* qui est un
homme d'esprit. Salut ! gloire ! paix ! bénédiction à tous
les critiques passés, présents et futurs ! Y a-t-il rien dans
l'univers de plus excellent que ce qui fait rire ? Au diable
ces auteurs susceptibles qui jettent les hauts cris à la
moindre égratignure ! La critique amuse, et partant elle
est bonne, suivant le grand axiome :

Est-ce un malheur ? — Non, si c'est un plaisir.

L'*Hermite* aurait cependant dû avoir l'honnêteté d'adresser un exemplaire de sa lettre à l'auteur du *Prospectus*, qui le somme ici très-expressément de se faire connaître à lui dans huit jours, afin qu'il ait le plaisir de l'embrasser. S'il se refuse à cette invitation qui n'est ni un *lazzi*, ni une *inconséquence*, il s'expose visiblement à passer pour un *écriveur* discourtois.

(N. B). — L'auteur du *Prospectus* a demandé place pour cette note à celui de la *Relation*. » (*Note de* X . *de Maistre*.) Malgré le petit artifice qui lui fait distinguer, parmi les convives du « repas de 90 couverts », « les deux voyageurs » et « l'auteur du *Prospectus*. », il est bien évident que l'auteur et l'un des deux voyageurs ne font qu'un. Rien de plus gai que la petite note qui précède. Nous avons remarqué dans notre étude qu'un des défauts de Xavier était la susceptibilité. En cette circonstance du moins, il fait preuve d'esprit et semble se mettre franchement contre lui-même et sans prétention du côté des rieurs.

Page 41. — Les six fragments inédits qui suivent font partie des cahiers communiqués au comte de Marcellus par M. Balabine qui fut attaché à la mission de Russie à Paris. (Voir notre étude biographique; pages VII et XVI.)

Page 43. — *Histoire d'un prisonnier français.* Dans une lettre datée du 12 août 1852, M. de Friesenhoff écrivait à M. de Marcellus : «Ce serait pendant un voyage entrepris vers 1822 ou 1823 à la campagne, dans le gouvernement de Tamboff, où il était seul pour les affaires de sa femme, qu'il aurait commencé ses dernières nouvelles; ensuite il n'aura plus pensé à les terminer. C'était un peu dans son caractère où l'imagination prédominait. »

Dans une autre lettre du 5 octobre 1852, M. de Friesenhoff écrivait encore à propos de ces nouvelles : « L'un

des romans.a été écrit il y a *35 ans* (donc vers 1817),
celui où se trouvent des détails de mœurs russes, mêlés
à des souvenirs de la campagne française de 1812 en
Russie. »

Il y aurait là contradiction dans les dates : M. de Friesenhoff, d'une part, fait remonter à 1822 ou 1823 la composition de ces dernières nouvelles; de l'autre, il assigne
implicitement pour date à la plus importante l'année 1817 :
si les nouvelles ont été commencées trente-cinq années
avant 1852, elles ne l'ont pas été à la campagne de Tamboff, ou la date du voyage et du séjour de Xavier est
inexacte. A quelque époque qu'ait été écrit ce morceau,
on y retrouve encore vivantes les impressions de l'officier
qui, attaché au service de la Russie, avait assisté à la
fatale campagne de 1812. Dans un fragment de lettre cité
p. 119, nous le voyons, malgré son humanité, au milieu
de cet effroyable désastre, réduit à l'impuissance de sauver la vie même à un malheureux compatriote qui se dit
son parent.

Page 43, ligne 5. — Xavier, dont la femme possédait
en Russie de grandes propriétés, malgré son peu de goût
pour ces questions d'intérêt, s'était forcément initié aux
détails de redevances et d'administration.

Page 44, ligne 1. — *Fieldiegre.* Courrier militaire
impérial.

Page 45, ligne 30. — *Starost.* Sorte de maire de village,
élu par le libre choix de ses camarades. (Voir p. 58 des
détails donnés par l'auteur sur l'autorité de ce magistrat
municipal.)

Page 47, ligne 10. — *Abrok.* Xavier de Maistre écrit à
tort *abrok* pour *obrok.* Bien que l'auteur explique ce mot
(p. 58 et 59), nous extrayons d'un article de la *Revue des
Deux Mondes* une page de renseignements précis sur

cette sorte de redevance. Les deux modes de servitude se ramenaient à deux types, à deux états principaux, aujourd'hui encore temporairement en usage, la corvée ou *barchtchina* (boiarchtchina, le travail dû au boïar ou seigneur) et la redevance en argent ou *obrok*. La corvée, le travail personnel du serf pour le maître, était la forme primitive, rudimentaire. D'ordinaire les paysans travaillaient trois ou quatre jours au profit du propriétaire; l'autre moitié de la semaine, ils cultivaient les terres que le propriétaire leur abandonnait pour leur entretien. Comparée à la corvée, l'*obrok*, ou redevance annuelle en argent, constituait un véritable perfectionnement ou adoucissement du servage. Ce système était surtout en usage dans le voisinage des centres de production et dans les contrées peu fertiles. Par l'*obrok*, le paysan rachetait, ou mieux, louait temporairement l'usage de sa liberté, quittant la terre seigneuriale pour exercer tel ou tel métier à la campagne ou dans les villes; grâce à l'*obrok*, beaucoup de serfs avaient cessé toute vie rurale, mais il suffisait d'un ordre de leur maître pour les rappeler à la charrue. Au moyen de ces redevances en argent, le but primitif du servage qui devait fixer l'homme au sol était tourné; le serf à l'*obrok* redevenait maître de lui-même; extérieurement il était libre, mais il demeurait retenu par un lien qui, quelle qu'en fût la longueur, l'enchaînait à son maître. Le taux de la redevance annuelle variait considérablement suivant les régions, les exigences du maître ou les aptitudes des serfs. En général l'*obrok* oscillait entre 25 et 50 francs par an. On voit que, sous ce régime, on n'était vraiment riche qu'en possédant des villages, ou plutôt des cantons entiers. Les paysans de la couronne, ou paysans libres, établis sur les terres de l'État, étaient au régime de l'*obrok*. En somme l'*obrok*, en restituant aux serfs une liberté conditionnelle, neutralisait les pires effets de la servitude.

Sur l'état des paysans sous le régime de servage, le

lecteur français peut consulter les *Lettres sur la Russie* de M. X. Marmier et de M. de Molinari, ou; pour plus de détails, les grands ouvrages de Haxthausen et de Schnitzler. (Voir *l'Empire des Tsars et les Russes*, par M. Anatole Leroy-Beaulieu.) (*Revue des Deux Mondes*, 1er août 1876.)

Page 47, ligne 29: — *Touloupe*. Sorte de peau d'agneau préparée.

Page 48; ligne 32. — *Kibik*: Espèce de voiture de voyage. (En voir la description exacte au volume des nouvelles, p. 335.)

Page 50, ligne 9.— *Samovar*. Bouilloire à faire le thé.

Page 50; ligne 28. — *Dharovoï*. Gens qui habitaient autrefois la cour du seigneur.

Page 51, ligne 3. — *Les poteaux des verstes lui semblaient une balustrade*. Image très-vraie et qui ne paraît plus exagérée depuis l'invention des chemins de fer.

Page 56, ligne 27. — *Le billet bleu* valait autrefois cinq roubles.

Page 57, ligne 12. — *Isbak*, ou plutôt *Isba*. Maison de paysan.

Page 89.—*Catherine Freminski*. La scène par où débute ce fragment est d'une touchante simplicité ; Xavier de Maistre, dans sa vieillesse, ne se la rappelait pas sans émotion. (Voir notre étude, p. XVI.)

Page 91, ligne 23. — *Cette réponse était bien loin d'être favorable*. On sait combien le czar intervient fréquemment dans la vie privée de sa noblesse et de ses sujets.

Pour partir, pour séjourner à l'étranger, il est besoin d'une autorisation spéciale. (Voy. tome II, page 7.)

Page 97, ligne 23. — *Druchik.* Nous ne connaissons pas ce mot. Xavier n'a-t-il pas voulu écrire *dienschtik*, militaire ou brosseur?

Page 107. — « Ce fragment, écrit M. de Friesenhoff, a été raconté à l'auteur pendant son séjour à Paris en 1839, il est donc vraisemblablement une des dernières œuvres de Xavier de Maistre. »

Page 107, ligne 2. — Gustave IV, roi de Suède, né en 1778, monta sur le trône en 1792 à l'âge de 14 ans. Dépouillé d'une partie de ses provinces par la Russie et la France, il fut forcé, par une révolte de la noblesse, d'abdiquer en 1809. Depuis cette époque, Gustave vécut, sous le nom de comte de Holstein-Gottorp, et ensuite sous celui de colonel Gustawson, alternativement en Allemagne, dans les Pays-Bas, en Angleterre et en Suisse. Il est mort à Saint-Gall, en Suisse, en 1837. Xavier de Maistre semble avoir jugé ce prince d'un mot en disant : « Son cœur valait mieux que sa tête. »

Page 114. — Cet épisode paraît, comme les *Prisonniers du Caucase*, un souvenir de son expédition en Géorgie (1810). (Voir notre étude, p. XXXII.)

Page 114, ligne 2. — Bakou (Chirvan), ville de la Russie d'Asie, le meilleur port de la mer Caspienne.

Page 119. — Ce fragment de lettre est extrait de la *Correspondance diplomatique* de Joseph de Maistre (1811-1817), publiée par M. Albert Blanc en 1861 (t. 1er, page 296). Il est précédé dans la lettre de Joseph des lignes suivantes : « Les Français ont fait les plus grands et les derniers efforts de bravoure et de patience, ils ne

se sont jamais révoltés (chose incroyable!) ; mais que
peut l'homme contre le fer, la faim et le froid réunis ?
Ceux qui ont vu ce spectacle de près ne savent comment s'exprimer. L'un écrit : *j'ai fait deux cents verstes
sur des cadavres.* L'autre : Nous sommes entrés à Vilna à
travers un défilé de cadavres, etc.. Je suis persuadé que
S. M. (Sarde) lira avec intérêt une lettre qui lui tiendra
lieu de toutes; elle est de mon frère Xavier, et je la
choisis, parce qu'elle part d'un témoin oculaire et d'une
plume étrangère à l'ombre même de l'exagération. »

Page 122, ligne 22. — *Lettres à M*me *M. D. A.*
Nous n'avons pas vu l'original de ces deux lettres,
recueillies sans doute dans le pays même par M. G. Carrel (voir sa brochure, *pages 46 et suiv. Le Lépreux de
la cité d'Aoste,* Aoste, Impr. de Damien Lyboz, 1853);
mais elles nous paraissent avoir tout le caractère de
l'authenticité.

Page 124, ligne 25. — *Comme je la connais.* Pendan
son séjour à Aoste, Xavier logea dans cette maison, avec
sa mère et quelques autres parents.

Page 125, ligne 17. — *Rebioller.* Expression valdotaine,
qui signifie repousser.

Page 125, ligne 18. — *Ma face pâle et maigre.* Lamartine trace ainsi le portrait de Xavier 15 ans plus tard,
c'est-à-dire âgé de 80 ans : « C'était alors un petit homme
pâle et maigre, un peu féminin, sur le visage de qui la
vieillesse n'avait pas trouvé assez de chair pour creuser
des rides, mais où elle dessinait seulement des lignes
presque imperceptibles, semblables aux fils de l'araignée
sur la vitre d'une vieille demeure. Son corps, quoique
droit et leste encore, disparaissait sous ses habits fourrés,
qu'il avait rapportés de Russie; mais ses yeux bleus
avaient tout le feu doux et toute la transparence du

matin, ses lèvres tout leur sourire, son esprit toute sa finesse et tout son enjouement. »

Page 125, ligne 26. — Si l'excessive chaleur. Cette lettre a donc été écrite un mois ou deux seulement après la précédente.

Page 125, ligne 30. — Pour mon enfant malade. Xavier avait déjà perdu deux enfants en Russie ; il s'agit ici de la petite Catinka, dont il est question dans la lettre suivante et qu'il ne devait pas conserver. (Voir notre étude, pages XXXVII et XXXVIII et la note ci-dessus, à la page 210.)

Page 127.— Dans la note où nous disons que Mme de Marcellus a bien voulu nous communiquer les lettres qui forment la presque totalité *du volume*, il faut lire : des *deux volumes*. Au moment où cette note a été imprimée, nous croyions encore qu'un seul volume suffirait à notre publication.

Page 128, ligne 3. — Le comte de Forbin, père de Mme de Marcellus, est né le 19 août 1777, au château de la Roque (Bouches du Rhône) ; il est mort à Paris le 23 février 1841. Ayant vu périr son père et son oncle à Lyon, lors du siége de cette ville par la Convention, il fut élevé par l'artiste lyonnais Boissieu. C'est à ce maître qu'il dut ses premières leçons et le goût de la peinture à laquelle, après avoir renoncé à la carrière des armes, il se consacra tout entier. Un voyage en Italie compléta son éducation artistique et fit de lui un maître. Nommé à la Restauration directeur général des musées, il agrandit celui du Louvre et en inaugura un spécial au Luxembourg, pour les artistes vivants. M. de Forbin ne fut par seulement un administrateur, il a laissé des œuvres appréciées. Son tableau de l'*Éruption du Vésuve* lui ouvrit les portes de l'Académie des beaux-arts. On lui doit encore la *Mort de Pline*, la *Vision d'Ossian*, la *Procession des Pénitents noirs*, une *Scène de l'Inquisition*, *Inès de Castro*, le *Campo Santo de Pise*, le *Cloître de santa Maria novella* à Florence. Il a écrit un *Voyage dans le Levant* (1819), des *Souvenirs de Sicile* (1823), *Un mois à Venise* (1824), ouvrages accompagnés de vues prises par l'auteur. On a publié en 1843 son *Portefeuille*, dont M. de Marcellus a rédigé le texte.

On verra dans une lettre écrite en 1841, à l'occasion de la mort de M. de Forbin, l'estime que professait Xavier pour le talent et le caractère du père de Mme la comtesse de Marcellus.

Page 128, ligne 12. — *Ma femme et Natalie.* — Mme de Maistre, Sophie Zagriatski, ou Zagreski, et la nièce de sa femme, Natalie, qui devint Mme la baronne de Friesenhoff. C'est le baron que de Maistre désigne souvent par son prénom de Gustave.

Page 129, ligne 2. — *Mon pauvre frère.* Il s'agit du comte Joseph de Maistre qui succomba le 26 juin 1821, à une paralysie lente, âgé de 67 ans. Son frère André, l'évêque d'Aoste, était mort en 1818.

Page 129, ligne 18. — *C'est un ouvrage sur la physique.* (Voir notre étude, p. LXIX, lig. 28.)

Page 129, ligne 25. — *M. de Waïery.* Lisez M. Valery. Il a publié en 1825 les œuvres de Xavier de Maistre. (Voir la table bibliographique.)

Page 131, ligne 1. — *Jatayola*, localité située entre Lucques et Pise.

Page 135, ligne 7. — *Buttabam.* Nous n'avons pu découvrir le sens de ce mot, qui n'est peut-être qu'une plaisanterie.

Page 143, ligne 6. — Le bon Granet, né à Aix, en 1775. Son attachement pour Mme de Marcellus était une dette de reconnaissance, car c'est son père, le comté de Forbin, qui le tira de la situation précaire où il végétait et permit à son talent de se produire. Il visita avec lui Paris et l'Italie et s'ouvrit une voie nouvelle en s'attachant à rendre les effets de lumière. Ses principales œuvres sont une *Vue du cloître des Feuillants*. (Voir p. 148); *Stella traçant une Vierge sur les murs de sa prison* (1810); *Chœur des Capucins de la place Barberine*; la *Mort du Poussin* (1834); la *Cérémonie funèbre aux Invalides après l'attentat de Fieschi* (1839.) On l'a surnommé le Rembrandt français.

L'incendie du Palais-Royal (1848), consuma 33 toiles de Granet, qui était en quelque sorte le peintre attitré de la famille d'Orléans. Le chagrin qu'il conçut de cette perte irréparable semble avoir abrégé ses jours. Il mourut en 1849.

Page 144, ligne 23. — Ressuscita une jeune fille d-12 ans. Xavier de Maistre avait perdu à Livourne une jeune fille de cet âge.

Page 149, ligne 13. — Deux ou trois abominables aquarelles. Le jugement de M. E. Aubert cité dans notre étude (p. LXVIII) est un peu moins sévère.

Page 149, ligne 18. — La délicieuse Pauline. Une fille de M. de la Ferronnays, ambassadeur, tout dévoué au roi Charles X, qui renonça, en 1830, comme le comte de Marcellus, à la politique. Resté fidèle à la branche aînée, il servit plusieurs fois à la duchesse de Berry, dans ses voyages, de protecteur et de chevalier d'honneur. Une lettre de Xavier nous le montre offrant ses services à la princesse dans une de ces occasions. — Il est mort en odeur de sainteté, le 17 janvier 1841. On a même raconté que ce fut en présence de son cercueil que le jeune

Alphonse Ratisbonne, touché de la grâce, abjura le judaïsme. Mlle Pauline de la Ferronnays, l'un de ses huit enfants, dont parle ici Xavier de Maistre, devenue madame Auguste Craven, est l'édifiant auteur des *Récits d'une sœur*. Son mari a occupé des postes diplomatiques à Lisbonne, à Bruxelles et en Allemagne. Son frère, Albert de la Ferronnays, est, on le sait, avec sa femme Alexandrine Alopeus, le héros du premier volume de ce touchant récit.

Page 151, ligne 3. — *Schnetz* (Victor), né en 1787, élève de David, de Gros et de Gérard, moins célèbre peut-être par ses travaux originaux que pour avoir longtemps dirigé l'École de Rome. Aussi a-t-il laissé un nom populaire parmi les nombreuses générations de peintres qui avaient apprécié les qualités originales de son caractère et de son esprit. « Il adorait la vérité, quitte à la prendre un peu près de terre », a dit M. Paul Baudry dans sa notice lue à l'Académie des beaux-arts (22 août 1874) ; « c'est en haine de l'antiquité fardée à la mode révolutionnaire qu'il se tourna résolûment vers les choses visibles et vivantes et leur demanda ses inspirations d'artiste. »

Son premier tableau est la figure nue du *Caïn* qui obtint en 1817 le 1er prix du concours Canova. Au Salon de 1819, dans deux ouvrages vraiment originaux pour cette époque, il enleva la médaille d'or. Schnetz peignit ensuite coup sur coup la *Femme du brigand endormi*, la *Jeunesse de Sixte-Quint*, la *Revanche du Gaulois*, la *Campagne de Rome*, les *Soldats Guelfes blessés*, les *Costumes de Nettuno*, et surtout le *Vœu à la Madone* (1827), son meilleur tableau, celui qui résume toute sa force et sa verve piquante devant la nature. Entre 1820 et 1831 il faut citer encore le *Grand Condé à Senef*, la *Mort de Mazarin*, le *Saint-Martin de Tours*, *Sainte Geneviève distribuant des vivres aux Parisiens* et la *Scène d'inondation* que nous avons longtemps admirée au Luxembourg.

La seconde période de la carrière de Schnetz se passe à Paris de 1832 à 1841, époque à laquelle il fut nommé pour la première fois directeur de l'École de Rome. En 1837, il remplaça à l'Académie Gérard. Schnetz fit alors ses principales peintures décoratives à Notre-Dame-de-Lorette, à Saint-Séverin, à l'église de la Madeleine, son plafond de Charlemagne au Louvre, les *Batailles d'Ascalon* et de *Cérisolles* et le *Siège d'Aquilée* pour le musée de Versailles. Il revint en 1852 reprendre la direction de l'école de Rome jusqu'en 1867. C'est là qu'il a été connu, aimé de toute notre jeune école française.

Schnetz s'était si bien acclimaté à la ville éternelle et au palais Médicis, que son retour à Paris fut un véritable exil. Il s'y éteignit le 15 mars 1870.

Page 151, ligne 11.—*Horace Vernet*, né à Paris en 1789, mort en 1863, était en 1829 directeur de l'École de peinture à Rome. Quatre générations ont consacré le nom de Vernet dans la peinture : *Claude-Joseph*, fils lui-même d'artiste, le peintre de marine, *Carle*, le peintre de batailles et de chevaux et *Horace* Vernet qui, à défaut d'un fils héritier de son talent, avait donné sa fille en mariage au peintre d'histoire Delaroche. Ses premières œuvres, *le Chien du régiment* et *le Cheval du trompette* rendirent son nom populaire. Comme son père, il a peint un grand nombre de batailles, depuis celles de *Jemmapes* et de *Valmy*, jusqu'à la bataille d'*Isly*. On lit dans l'ouvrage de M. Amédée Durande, *Joseph, Carle et Horace Vernet* (1863, p. 77) : « Horace fut interrompu tout à coup dans ses travaux par un événement important qui devait marquer une nouvelle phase de sa vie : on le chargea, vers la fin de 1828, d'aller à Rome remplacer Pierre Guérin dans le directorat de l'École de Rome. M. E. Talbot, uni par une alliance à cette illustre famille, nous communique un détail d'un intérêt particulier dans ce livre : « M. le comte de Forbin (le père de Mme la comtesse de Marcellus), alors directeur général des musées, a dû contribuer à la nomination d'Horace Vernet, pour lequel il professait une estime toute particulière. Aussi, lorsqu'en 1826 H. Vernet fut nommé membre de l'Institut, en remplacement de Le Barbier, le comité de Forbin prononça cette parole de vive sympathie : « Pour les Vernet, le fauteuil académique est un meuble de famille. »

Page 152, ligne 22. — *Robert (Léopold),* né en 1794, à la Chaux-de-Fond près de Neufchatel, en Suisse, élève de Gérard et de David, peignit en Italie ses plus beaux tableaux qui sont aujourd'hui au Louvre.

Il eut toujours présent à l'esprit ce précepte de David qu'il faut étudier directement la nature, mais ne pas la voir *bêtement,* qu'il faut savoir trouver le *beau. Noblesse* et *vérité,* c'est là toute la poétique de L. Robert.

Nous croyons qu'à force de chercher le noble et le majestueux, il s'est parfois trop éloigné de la nature; qu'en voulant l'idéaliser, il l'a *dramatisée.* Mais on n'en doit pas moins admirer le talent de ce consciencieux artiste, toujours en travail, en douleur de conception. Ses grandes œuvres sont : *Corinne improvisant au cap Misène* (1821), qui devint par transformations successives l'*Improvisateur napolitain* (1822); — *Retour de la fête de la madone de l'arc* (1827); — *L'arrivée* ou *la halte des moissonneurs dans les marais Pontins* (1831), sa plus belle page au gré des connaisseurs. — *Le départ des pêcheurs de l'Adriatique pour la pêche au long cours* (1835) n'a pas été achevé. Il avait d'abord voulu faire une scène de carnaval à Venise, mais la gaieté populaire ne répondait pas à son instinct de beauté mélancolique et majestueuse et la scène de joyeuse ivresse se transforma en une scène d'adieux grave et triste. L'artiste semble déjà porter en lui une pensée funèbre.

Il se donna la mort (1835), épris, dit-on, d'un violent amour pour une grande dame qu'il ne pouvait épouser. M. Feuillet de Conches a publié, en 1848 : *Léopold Robert, sa vie, ses œuvres et sa correspondance.*

On lira également avec intérêt un article de Th. Gautier
(Moniteur, 15 juillet 1854) et ceux de Sainte-Beuve
recueillis dans ses *Causeries* (tome X, page 332).
Ce dernier appelle L. Robert : « *Un André Chénier de la
peinture.* » En effet, c'est un talent original, placé entre
l'ancienne et la nouvelle école, n'appartenant en propre
ni à l'une ni à l'autre, qui se souvient et qui devine.

Page 153, ligne 24. — *Piano nobile.* L'étage noble, le
premier.

Page 154, ligne 2. — *Mezzanini.* — C'est l'entresol.

Page 155. — Cette lettre a dû être écrite de Naples ou
de Castellamare. Cette dernière ville était le séjour
préféré de Xavier. Elle est en été la promenade des Napolitains. Sa longue rue qui borde la mer, ses rues
latérales qui montent sur le flanc de la montagne
expliquent cette préférence. Elle occupe à peu près
l'emplacement de l'antique Stabies détruite en 79 par
une éruption du Vésuve.

Page 157, ligne 28. — *Le duc de Blacas* fut particulièrement attaché à la personne de Louis XVIII, qui lui
confia plusieurs missions importantes. Dans une première
ambassade à Naples, il avait négocié le mariage du duc
de Berry avec la fille du prince royal. De 1824 à 1830, le
duc de Blacas, de nouveau chargé du poste d'ambassadeur
à Naples, y avait réuni un riche cabinet d'antiquités.

Page 161, ligne 8. — Le premier volume des *lettres et
opuscules* du comte Joseph de Maistre renferme deux lettres, adressées de Saint-Pétersbourg, 1806, à Mme Hüber-
Alléon, grand'mère de M. Hüber-Saladin. Il déplore la
mort de sa vieille amie genevoise dans ses lettres de 1807,
adressées au comte Théodore Golowkin et au comte
Deodati. Sainte-Beuve a cité les lettres à Mme Hüber

comme les plus charmantes du volume. La liaison avait
commencé à Lausanne, où l'émigration patricienne genevoise et l'émigration française avaient cherché un refuge.
Les de Maistre y arrivèrent après l'occupation du Piémont par notre armée en 1796. Le salon de Mme Hüber
devint le centre de tout ce que les émigrations renfer-
maient de plus distingué. — Joseph de Maistre revient
souvent sur ce « délicieux salon de *Cour* » (nom d'une
maison de campagne près du lac de Lausanne) ; c'est là
que Xavier fit la première lecture du *Voyage autour de
ma chambre.* (*Note de M. H. S.*)

Page 162, ligne 2. — *L'Auteur de la Bibliothèque de mon
Oncle.* La lettre de Xavier à M. Hüber-Saladin nous fait
remonter à l'origine de la liaison entre les deux écrivains. L'envoi de la fameuse plaque d'encre de Chine a
dû suivre de près cette lettre du 12 novembre 1829;
mais la correspondance intime, on l'a vu dans notre
étude, ne commença guère que neuf ans plus tard.

Page 163, ligne 9. — *La princesse paraît encore plus
petite à côté de lui.* — Née princesse Joséphine Massimo, fille de Camille-Victor Massimo, prince d'Arsoli,
et de Christine de Saxe. Cette aimable princesse avait
l'esprit très-cultivé et son salon était alors le plus
recherché de Rome. Elle et sa sœur la marquise, depuis
duchesse del Drago, furent particulièrement appréciées
par Chateaubriand, ambassadeur près du Saint-Siège à
cette époque. La princesse et M. Hüber-Saladin avaient
joué ensemble un proverbe de circonstance, dans une
fête donnée par l'ambassadeur à la grande-duchesse
Hélène Paulowna, au printemps de 1829. (*Note de
M. H. S.*)

Page 165, ligne 20. — *Bruloff,* peintre russe. Outre le
portrait de Mme la comtesse de Marcellus, il fit ceux de
M. et de Mme Xavier de Maistre. La Russie possède de

lui un grand nombre de tableaux historiques, entr'autres :
le Siége de Pskoff et *le Dernier jour de Pompéies.*

Page 167, ligne 9. — *Trantanove.* Quelques artistes interrogés par nous n'ont pu nous fournir de renseignements sur ce sculpteur. Nous serions assez tenté de croire que ce chanteur « phénomène » était un de ces artistes amateurs et hommes de salon, fort connus de leur vivant, mais qui ne laissent rien après eux.

Page 169 ligne 9. — *De figurer Mme de Sévigné.* Innocent jeu de mots contre cette dame qu'il poursuit volontiers de ses petites épigrammes.

Page 177, ligne 2. — *Le temple de Sérapis* ou Serapeum, qui ne fut exhumé qu'en 1750, est une cour quadrangulaire, entourée de 48 grandes colonnes de marbre et de granit, au milieu de laquelle s'élevait un temple circulaire dont les statues ont été transportées au musée de Naples. Divers signes indiquant le séjour prolongé des eaux permettent de faire des observations fort curieuses sur le niveau de la mer à différentes époques, depuis la restauration du temple, sous le règne de Marc-Aurèle.]

Page 182, ligne 13. — On sait que le *coq* a été l'emblème de la royauté de Juillet, comme l'*aigle* celui des Napoléon, les *fleurs de lys* l'emblème de la branche aînée.

Page 183, ligne 4. — Le duc d'Orléans, avant d'avoir reçu de la Chambre le titre de roi (9 août), avait été nommé *lieutenant général* du royaume depuis le 30 juillet. La nouvelle arrivait donc toute fraîche, à Naples, douze jours après.

Page 183, ligne 17. — M. *Charles de la Ferronnays*

l'aîné des fils du comte, « qui accepta tardivement un poste d'attaché d'ambassade, à la suite de M. Casimir Périer, chargé d'affaires en Russie ». (Voir t. II, p. 154 et suivantes, les petites taquineries diplomatiques qu'il eut à subir à la cour de Russie.) Il avait épousé Mlle Emma de Lagrange. (*Note tirée des Récits, d'une sœur de Mme Craven.*)

Page 183, ligne 24. — Les discours de MM. de Chateaubriand et Fitz-James. — Édouard, duc de Fitz-James, arrière-petit fils du maréchal de Berwick (1776-1838), était pair sous la Restauration. Il donna sa démission en 1830 et fut avec les Hyde de Neuville, de Martignac, de Noailles, un des orateurs les plus distingués du parti légitimiste.

Le dernier discours de Chateaubriand, « ce dernier soupir de la légitimité qu'on écrase, » ne manquait certes pas d'éloquence, [mais on s'étonne que Xavier ait pu le lire « avec plaisir », car l'orateur reconnait hautement la justice et l'héroïsme de l'insurrection du peuple de Paris. Il y faisait bien serment de fidélité aux Bourbons « s'acheminant vers l'exil pour la troisième fois », mais il s'emportait jusqu'à la plus violente invective contre une partie de « ces généreux royalistes » qu'il accusait de trahison et de lâcheté. « J'ai transporté ma discussion, s'écriait-il, sur le terrain de nos adversaires; je ne suis point allé bivaquer dans le passé, sous le vieux drapeau des morts, drapeau qui n'est pas sans gloire, mais qui pend le long du bâton qui le porte, parce qu'aucun souffle de vie ne le soulève. Quand je remuerais la poussière des trente-cinq Capets, je n'en tirerais pas un argument que l'on voulût écouter. L'idolâtrie d'un nom est abolie; la monarchie n'est plus une religion, c'est une forme politique préférable dans ce moment à tout autre, parce qu'elle fait mieux entrer l'ordre dans la liberté. » On comprend, avec les opinions que l'on connaît à

Xavier de Maistre, qu'il trouvât cette déclaration « au moins inutile ».

Page 185, ligne. 6 — *Au Vomero,* colline où se trouve la villa *Belvedere,* d'où l'on jouit d'une des plus belles vues de la contrée et de la baie.

Page 185, ligne 8. — *Chez M. Laffitte.* — On sait que le banquier Jacques Laffitte eut la part la plus active à la Révolution de Juillet et fut, avec le général La Fayette, un des premiers à déférer la couronne au prince d'Orléans.

Le 9 août 1830, le duc d'Orléans, entré au Palais Bourbon lieutenant général du royaume, en sortait *roi des Français. Le roi de France* Charles X, à la même heure, entendait la messe à Argentan et, reprenant le chemin de l'exil, se dirigeait vers Cherbourg.

Page 186, ligne 4. — *Le rétablissement du Panthéon.* — On connaît les vicissitudes subies par l'œuvre de Souf- flot. Le Panthéon, destiné par Louis XV à remplacer une ancienne église de Sainte-Geneviève, qui tombait en ruines, fut, par un décret de 1791, consacré à recevoir les restes des grands hommes. Rendu au culte en 1821, il reprit le nom de Sainte-Geneviève, qu'il perdit de nouveau après 1830. C'est à ce dernier décret que Xavier fait allusion. Un décret de 1852 l'a de nouveau restitué au culte et à la patronne de Paris.

Page 188, ligne 11. — *La fête de Piedigrotta* ou plutôt de la *Vergine di Piedigrotta,* petite église, près du Pau- silippe, non loin de la grotte, en commémoration d'une victoire remportée sur les Autrichiens, près de Velletri, (1741) Elle se célébrait le 8 septembre par une revue, un cortège solennel de la cour à l'église, des danses et des jeux populaires.

Page 189, ligne 15. — *Pie VIII,* élu pape en 1829, mourut, en effet, dès 1830, après un règne de vingt mois.

Page 190, ligne 8. — Pendant dix mois, du 29 novembre 1830 à septembre 1831, la Pologne lutta héroïquement contre toutes les forces de la Russie. A la fin, vaincue, malgré les efforts des Chlopicki, des Shzrynecki, des Czartoryiski, des Dembinski, elle vit remplacer par les *statuts organiques* la Constitution que lui avait octroyée en 1815 l'empereur Alexandre. Dès lors, la Pologne allait voir s'appesantir, chaque année, le joug qui, après le soulèvement de 1863, acheva de l'écraser, en lui enlevant les derniers vestiges de sa nationalité.

Page 191, ligne 6. — *Le jeune comte de Saint-Leu.* — Le prince Louis-Napoléon, fils de la reine Hortense, qui s'était retirée en 1817, sous le nom de duchesse de Saint-Leu, au château d'Arenemberg, sur les bords du lac de Constance. Il prit part au mouvement de l'Italie avec son frère.

On lit dans l'*Histoire du règne de Louis-Philippe* (1858) par V. de Nouvion : « Parmi les étrangers surpris dans Ancône, il en était un qui était réservé à de surprenantes destinées. Avides de jouer un rôle dans la révolution italienne, deux jeunes princes de la famille Bonaparte, Charles-Napoléon-Louis et Louis-Napoléon, fils de l'ex-roi de Hollande, qui avaient reçu avec la reine Hortense, leur mère, l'hospitalité dans les États du Pape, s'étaient joints aux insurgés. L'aîné, atteint à Forli d'une fluxion de poitrine, ne tarda pas à y succomber (1831). Le plus jeune, parvenu à Ancône, y était tombé malade à son tour, et sa mère était venue l'y entourer de ses soins et de sa tendresse. Il y était encore, quand les Autrichiens y entrèrent. Redoutant avec raison d'être livré au gouvernement pontifical, le prince fit répandre le bruit qu'il était parti pour Athènes, sur un navire grec, et réussit, à la faveur d'un déguisement, à sortir de la ville. Le prince et sa mère purent ainsi, sans être reconnus, traverser toute l'Italie, franchir la frontière française et arriver à Paris, où il prirent un appartement, hôtel de Hollande, rue de la Paix. La reine Hortense s'empressa d'écrire à Louis-Philippe une lettre touchante, par laquelle elle lui faisait connaître sa présence à Paris et l'état de souffrance de son fils et lui demandait l'autorisation de prolonger son séjour, jusqu'à ce que la santé du jeune prince fût rétablie. Cette lettre, confiée par un ami fidèle au général d'Houdetot, fut remise au roi par ce dernier... Dans sa réponse, le roi exprimait son regret de ne pouvoir aller complimenter lui-même l'auguste voyageuse, lui permettait, sous condition de garder l'incognito, de se reposer à Paris, et parait libéralement à un dénûment dont on ne lui avait pas fait mystère. » (tome II, page 345.)

On voit que la version de Xavier diffère un peu du récit de M. de Nouvion : Le jeune conspirateur n'aurait pas, dès les premiers jours, échappé grâce à un déguisement — cette page appartenait à l'avenir — il aurait été tout simplement enlevé et reconduit, comme un écolier en révolte, chez son père Louis Bonaparte, qui habitait alors Florence où il devait mourir en 1846. Cette version, moins romanesque, nous paraît plus vraisemblable. Ce n'est qu'un peu après que le prince et la reine Hortense auraient gagné la frontière, assez librement sans doute, le pape n'ayant pas plus de raisons que l'ex-roi de Hollande pour entraver le départ de la mère et du fils.

Page 192, ligne 5. — *Les Autrichiens ont rompu la glace.* — L'élection du pape Grégoire XVI (2 février 1831) avait été, dès le 4 du même mois, le signal d'une révolte dans les Romagnes. Le mouvement fut plus général et plus accentué que semble le croire Xavier de Maistre. Pérouse, Spolète, Foligno, Narni, avaient déclaré aboli le gouvernement pontifical. Mais la marche des Autrichiens sur Bologne (20 mars), le combat de Rimini, fatal aux libéraux italiens, amenèrent la capitulation d'Ancône. Bien que Casimir Périer eût fait occuper cette ville (22 février 1832), la Péninsule n'en retomba

pas moins sous l'oppression des gouvernements qui pe-
saient sur elle depuis 1815. A Rome, une partie de la
colonie artistique avait pris part au mouvement, comme
en fait foi la lettre de Xavier de Maistre. En dépit du
zèle des *Zelanti,* l'ordre donné par le Saint-Père, au
milieu de l'enthousiasme populaire, de rentrer promp-
tement au Vatican, prouve que ces démonstrations ne le
rassuraient pas complétement.

*Page 192, ligne 27. — Une soirée de la moisson dans
les marais Pontins. —* Voir la note ci-dessus sur Léopold
Robert (p. 238).

Page 194, ligne 22. — Sonica. — Mot inconnu ; nous
aurions compris *subito,* immédiatement.

*Page 196, ligne 23. — On assure qu'il veut faire beau-
coup de réformes. —* En effet, des édits, datés des 5 juillet, 5 et 31 octobre, 4 et 5 novembre 1831, publiés sur
les représentations des puissances européennes, intro-
duisirent quelques réformes dans l'administration muni-
cipale, la justice civile et criminelle ; mais elles ne satis-
firent pas les Italiens ; la réorganisation des sociétés
secrètes amena une nouvelle insurrection et le rappel des
Autrichiens. C'est alors qu'Ancône fut occupé par le
gouvernement français.

*Page 198, ligne 1. — Jamais l'Italie n'a été plus tran-
quille. —* Si cette assertion pouvait sembler vraie pour
Rome et Naples, elle était assurément trop générale,
même à ce moment ; mais le désir de ramener ses amis
auprès de lui abusait de Maistre et lui représentait la
situation sous le jour le plus favorable. Avant peu, la
Péninsule allait voir d'autres accidents que *la blessure
d'un vieux portier.*

Page 198, ligne 28. — L'aîné des Saint-Leu est mort à

Ancône. — L'aîné, Napoléon-Charles, mort en 1807, ne vécut que six ans. Le prince Charles-Napoléon-Louis, celui que désigne Xavier, né en 1804, avait épousé Charlotte, fille de Joseph. (V. la note de la p. 242.)

Page 199, ligne 28. — Xavier de Maistre parodie ici deux vers de la *Phèdre* de Racine (acte Ier, scène 1re). Le second vers est :

Trop crédules esprits que *sa flamme* a trompés.

FIN DES NOTES DU TOME PREMIER.

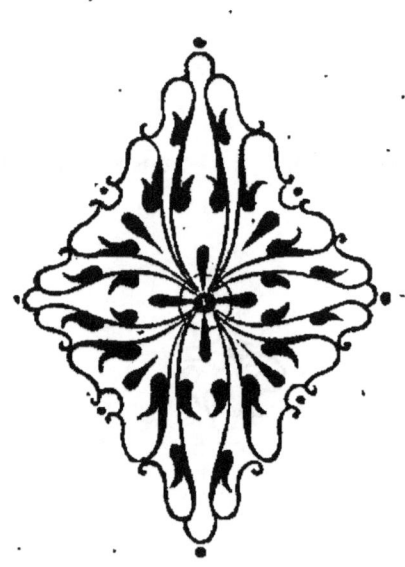

TABLE DES MATIÈRES

DU TOME PREMIER.

———————

CORRESPONDANCE.

FIN DE LA TABLE DU TOME PREMIER

IMPRIMÉ PAR A. QUANTIN

ANCIENNE MAISON J. CLAYE

POUR

ALPHONSE LEMERRE, LIBRAIRE

A PARIS

www.ingramcontent.com/pod-product-compliance
Lightning Source LLC
Chambersburg PA
CBHW072350030726
47505CB00014B/1452